*Buch*

Arabella und Sylvana Markham sind Zwillinge, gerade zwanzig Jahre alt geworden. Für Fremde sehen beide ganz gleich aus – ein klassisch geschnittenes Profil, eine kurze gerade Nase, einen anmutig geschwungenen Mund, ein kleines festes Kinn und Grübchen in den Wangen. Diejenigen aber, die sie lieben, erkennen in Arabellas Augen das feurige Temperament, in Sylvanas Augen die Herzensgüte. Als Sylvana von Lady Rothwell, die sie vier Jahre nicht gesehen hat, eingeladen wird, zur gesellschaftlichen Saison nach London zu kommen, tauschen die Mädchen die Rollen: Sylvana bleibt ohnehin lieber in den Cotswolds, in der Nähe des Mannes, den sie liebt; Arabella brennt darauf, das Leben in London kennenzulernen und sich an einem Mann zu rächen. Sie weiß, das Täuschungsmanöver wird ihr nur gelingen, wenn sie mit dem Namen ihrer Schwester zugleich auch deren ruhiges und ausgeglichenes Naturell annimmt...

*Autorin*

Caroline Courtney wurde als jüngste Tochter eines hohen britischen Offiziers in Indien geboren. Sie schrieb in ihren Mußestunden zahlreiche Liebesromane, weigerte sich aber lange, sie zu veröffentlichen. Als schließlich ihr erstes Buch erschien, wurde es sofort ein Welterfolg.

Außer dem vorliegenden Band sind von Caroline Courtney als Goldmann-Taschenbücher erschienen:

Carina. Die Liebeswette. Roman (6401)
Davinia. Königsweg der Liebe. Roman (3994)
Miranda. Auf verbotenen Wegen. Roman (6406)
Olivia. Triumph der Liebe. Roman (6361)
Stella. Sehnsucht des Herzens. Roman (6373)
Vanessa. Doppelspiel des Glücks. Roman (6596)

# Caroline Courtney

# Arabella

## Ein Herz fängt Feuer

### Roman

Deutsche
Erstveröffentlichung

**GOLDMANN VERLAG**

Aus dem Englischen von Inge Leipold und Evelyn Linke
Titel der Originalausgabe: The Masquerading Heart
Originalverlag: Arlington Books Ltd., London

Made in Germany · 2. Auflage · 8/87
© der Originalausgabe 1981 bei Arlington Books Ltd., London
© der deutschen Ausgabe 1982 beim Wilhelm Goldmann Verlag, München
Umschlagentwurf: Atelier Adolf & Angelika Bachmann, München
Umschlagfoto: Fawcett, New York
Satz: Fotosatz Glücker, Würzburg
Druck: Elsnerdruck, Berlin
Verlagsnummer: 6485
Lektorat: Ria Schulte/MV
Herstellung: Sebastian Strohmaier/Voi
ISBN 3-442-06485-6

# I

»Was, du hast keine Lust? Du willst dir wirklich die Saison in London entgehen lassen? Aber warum denn nur, Sylvana?« fragte Arabella Markham ihre Zwillingsschwester, und ein wenig Neid schwang in dieser Frage mit.

Die beiden Mädchen mit den klassisch geschnittenen Gesichtern – eine das genaue Ebenbild der anderen – saßen einander an einem alten, auf Hochglanz polierten Tisch in ihrem früheren Unterrichtsraum gegenüber, der anläßlich ihres siebzehnten Geburtstages vor zwei Jahren zum ›Damensalon‹ deklariert worden war – eine Bezeichnung, die nicht so recht zu der einfachen Ausstattung und den abgewohnten Möbeln paßte.

Vom Aussehen her konnte man die beiden nicht auseinanderhalten; vom Wesen her aber waren sie grundverschieden. Arabella, genau fünf Minuten älter als ihre Schwester, schäumte über vor Lebensfreude und Unternehmungslust; als Kind war ihr ein Mißgeschick nach dem anderen passiert. Sylvana hingegen war ausgeglichen und nachgiebig; sie überließ es Arabella, die Initiative zu ergreifen, und machte folgsam alles, was ihre Schwester sagte.

Wer die beiden seit ihrer Kindheit kannte, war froh, daß sie ein so grundverschiedenes Naturell hatten, nur dadurch konnte man sie, abgesehen von einem winzigen Muttermal, das Arabella am Schlüsselbein hatte, überhaupt auseinanderhalten – ein Umstand, den Arabella mehr als einmal ausgenutzt hatte.

Sylvana reagierte mit einem unsicheren Lächeln auf die vorwurfsvolle Frage ihrer Schwester.

»Ach, weißt du, Arabella, bei dir ist das etwas ganz anderes. Du würdest mit Begeisterung nach London fahren, und ich wünschte wirklich, daß Lady Rothwell deine und nicht meine Patentante wäre, denn dann hätte sie dich eingeladen. Mir liegt nichts an diesen Bällen, auf denen man ständig neuen Leuten vorgestellt wird, die alle so vornehm tun, daß sie einem damit regelrecht Angst einjagen. Ich bin lieber hier auf dem Land bei Papa, und ich fühle mich

5

wohl in unserem Bekanntenkreis; es ist hier alles doch viel gemütlicher.

»Bekanntenkreis – damit meinst du doch eigentlich Roland Frampton, oder?« neckte Arabella sie; ihre grünen Augen funkelten belustigt.

Sylvana errötete. »Ich weiß, daß Roland weder reich noch eine besonders elegante Erscheinung ist, aber ich liebe ihn, Arabella«, verteidigte sie sich. »Wenn du dich einmal verliebst, wirst du verstehen, was das bedeutet. Es wäre unerträglich für mich, wenn ich ihn auch nur ein paar Wochen lang nicht sehen könnte. Könntest du nicht mit Papa darüber reden?«

»Papa interessiert es nicht, was wir tun, solange wir ihn nur bei seinen Forschungsarbeiten nicht stören«, erklärte Arabella trocken.

Der Vater der Zwillinge, Sir Lucius, war ein namhafter Historiker, der sich zur Zeit die Aufgabe gestellt hatte, alles über das Leben von Rollo de Courcy, ihrem Vorfahren, herauszufinden – ein ziemlich aufwendiges Unternehmen. Sir Rollo war zusammen mit Wilhelm dem Eroberer nach England gekommen; den großzügig angelegten, einst von ergiebigen Ländereien umgebenen Wohnsitz der Familie, Darleigh Abbey, hatte allerdings ein anderer Vorfahre erworben.

Arabella ließ ihre Augen nachdenklich durch das Zimmer schweifen, als sie darüber nachdachte, wie ungerecht das Schicksal doch war. Als die Mutter der Zwillinge starb, wurde eine entfernte, ältliche Verwandte in Schottland ihre Patentante, während Sylvana das Glück hatte, Lady Rothwell als Patin zu bekommen.

Darleigh Abbey lag in den Gloucestershire Cotswolds; aber die Schafzucht, die zuerst die Mönche und später die Familie zu beträchtlichem Wohlstand gebracht hatte, rentierte sich nicht mehr, und allmählich verfiel die Abtei. Für die Familie allein war sie sowieso zu groß, und viele Räume wurden überhaupt nicht mehr benutzt. In den Ställen standen nur noch die Reitpferde der beiden Mädchen und die Pferde, die man zur Bewirtschaftung des Gutes brauchte; wohin man auch sah – überall Zeichen der Verwahrlosung.

Arabella wußte sehr wohl, daß das nicht unbedingt hätte so sein müssen; aber ihr Vater war zu sehr mit seinen Studien beschäftigt, und so stand fest, daß entweder sie oder Sylvana eine gute Partie machen mußte, wenn der Besitz vor dem endgültigen Verfall gerettet werden sollte.

Vor dem Fenster erstreckten sich, so weit das Auge reichte, architektonische Gartenanlagen, die jetzt verwilderten, da der einzige Gärtner auf dem Gut es nicht schaffte, alles in Ordnung zu halten.

Warum sind wir nicht beide nach London eingeladen worden? dachte Arabella wütend, und sie sagte ihrer Schwester das auch.

»Das wäre mir auch lieber gewesen«, lenkte Sylvana ein. »Trotzdem, ich will einfach nicht fort. Roland hat erklärt, daß er erst dann mit Papa sprechen will, wenn er sicher ist, daß er mir ein Leben bieten kann, wie es seinen Vorstellungen entspricht. Sein Gut ist zwar kleiner als unseres, aber es ist alles viel besser in Schuß. Roland hat alle möglichen neuen Anbaumethoden eingeführt; auch wenn er wohl nie sehr reich sein wird, ist mir Queen's Mead lieber als Darleigh Abbey. Die Leute, die die gotische Architektur so bewundern, haben überhaupt keine Ahnung, wie ungemütlich solche Gebäude sein können: zugig, überall Staub, immer kalt...«

»Einzig und allein die Romane von Mrs. Radcliffe sind schuld daran, daß es in Mode gekommen ist, sich für gotische Architektur zu begeistern«, erklärte Arabella. »Aber es macht mich traurig, daß unser Haus so verwahrlost ist. Du kannst froh sein, daß du Roland hast, Sylvana. Wenn ihr erst verheiratet seid, werden nur noch Papa und ich hier wohnen...«

»Wir können vorläufig noch nicht heiraten«, seufzte Sylvana. »Wenn doch nur du nach London fahren könntest... Vielleicht würdest du jemand Passenden kennenlernen.«

»Warum nur hat Lady Rothwell mich nicht eingeladen?« beschwerte sich Arabella.

»Mir wäre das auch angenehmer gewesen«, gab Sylvana offen zu. »Aber du weißt doch, meine Liebe, Giles wird auch dort sein, und du und er...«

»Giles! Dieser arrogante Kerl!« rief Arabella wütend aus. »Ich kann ihn nicht ausstehen. Kit ist viel netter.«

Sylvana zog es vor, nichts zu sagen. Sie wußte sehr wohl, woher die Abneigung ihrer Schwester Giles Rothwell gegenüber rührte.

Seit die beiden Mädchen ihre Mutter verloren hatten, hatte sich Lady Rothwell ein wenig um die Zwillinge gekümmert; in den ersten Jahren ihrer Witwenschaft war sie regelmäßig auf ein paar Wochen nach Darleigh Abbey zu Besuch gekommen und hatte immer auch ihre beiden Söhne mitgebracht.

Giles war zehn Jahre älter als Kit und die beiden Zwillingsschwestern, und schon als kleines Mädchen hatte Arabella sich immer darüber geärgert, daß er älter und erfahrener war. Sie hatte den Eindruck, daß er auf sie und ihre Schwester herabschaute. Da Arabella es gewohnt war, daß Sylvana sich ihr immer bereitwillig unterordnete, hatte sie es alles andere als witzig gefunden, wie Giles sich über sie lustig gemacht hatte, als sie ihm eines Tages – ohne Erfolg allerdings – beweisen wollte, daß er auch nichts Besseres sei.

Kit war ihr da schon lieber. Er war im gleichen Alter wie sie. Ihn konnte sie beim Reiten ohne weiteres ausstechen. Sie spielte sich ziemlich auf, wenn sie auf ihrem Pony ritt, denn Kit konnte sie mit ihrem Temperament beeindrucken – ein Verhalten, das Lady Rothwell insgeheim Kummer bereitete; ihrer Ansicht nach war es die Folge davon, daß die Zwillinge keine Mutter mehr hatten und Sir Lucius sich nicht sonderlich um die Erziehung seiner Kinder kümmerte.

»Es würde gar keinen Unterschied machen, wenn die zwei Mädchen Waisen wären«, klagte sie oft ihren Freunden. »Lucius läßt sie alles machen, was sie wollen.«

»Vielleicht hat Giles sich inzwischen auch verändert«, versuchte Sylvana ihre Schwester zu besänftigen. »Schließlich haben wir ihn seit vier Jahren nicht mehr gesehen.«

»Stimmt, da waren wir gerade sechzehn«, gab Arabella zu und errötete.

Sie wurde nicht gern an jenen Sommer erinnert. Kit und Giles waren wie immer zusammen mit ihrer Mutter nach Darleigh Abbey gekommen. Kit sollte anschließend ans Oxford-College, und Sir Lucius, der schließlich kein unbedeutender Wissenschaftler war, hatte versprochen, ihm Nachhilfestunden in Latein und Griechisch zu geben. Arabella hatte darum gebeten, an diesen Unterrichtsstunden teilnehmen zu dürfen, da sie sich sehr für die klassische Literatur interessierte, und zwischen den beiden hatte sich eine Art freundschaftlicher Rivalität entwickelt. Dennoch merkte sie, daß Kit sich irgendwie verändert hatte. Er war kein kleiner Bub mehr, sondern ein junger Mann – sogar ein ausgesprochen gutaussehender und attraktiver junger Mann, und schon bald hatte sie sich hoffnungslos in ihn verliebt.

»Das ist ganz natürlich, schließlich sind sie ja ständig zusammen«, erklärte Lady Rothwell ihrem Gastgeber, als sie sah, was sich da abspielte. »Es gibt überhaupt keinen Grund, sich deswegen Sorgen zu machen«, sagte sie, denn sie hatte ihre Zweifel, ob diese Verliebtheit den ganzen Sommer lang anhalten würde.

Arabella hatte natürlich nicht die geringste Ahnung, daß die Erwachsenen sie durchschaut hatten. Sie war davon überzeugt, daß dieses wunderbare, überwältigende Gefühl der Erregung, das ihr förmlich die Sprache verschlug, wenn Kit in der Nähe war, ihr ganz persönliches Geheimnis war.

Es stellte sich jedoch bald heraus, daß dem nicht so war. Und ausgerechnet Giles machte eine Bemerkung über ihre veränderten Gefühle Kit gegenüber, mit dem sie noch im letzten Sommer unbekümmert im Park herumgetollt war.

»Junge Männer interessieren sich nicht für so einen Wildfang wie dich«, war sein reichlich unfreundlicher Kommentar, als er sie vor dem Spiegel ertappte, in dem sie sich verträumt betrachtete. »Wenn du dir Kit angeln willst, dann mußt du dich schon bemühen, genauso freundlich und fügsam zu werden wie deine Schwester«, fügte er in verletzendem Ton hinzu. »Kein Mann fühlt sich zu einem Mädchen hingezogen, das ständig besser sein will als er, und dabei spielt es gar keine Rolle, wie offen sie ihm ihre Gefühle zeigt.«

Arabellas Gefühle schwankten zwischen Enttäuschung und Wut, als sie diese ironische Belehrung hörte. Er lachte sie aus! Machte sich über die für sie selbst neuen Gefühle lustig! Vor lauter Zorn brachte sie kein Wort hervor, aber in jener Nacht weinte sie bitterlich und schwor sich, daß sie sich an diesem Scheusal rächen werde.

Und sie wußte auch, wie sie das anstellen wollte. Beim Frühstück schlug sie eine Wette vor und lächelte dabei Giles fröhlich und unschuldig an. Er konnte zwar mittlerweile sehr gut reiten, aber würde er sich auch auf den Hengst wagen, den sie zur Zeit im Stall stehen hatten?

Das Pferd gehörte einem Nachbarn, der gerade im Ausland war; er hatte Sir Lucius gebeten, das wertvolle Pferd bei sich unterzubringen. Den beiden Mädchen war immer eingeschärft worden, sich nicht in die Nähe des Hengstes zu wagen, der ziemlich temperamentvoll war. Aber wie Arabella Giles kannte, würde er ihre Herausforderung annehmen. Zu ihrer Überraschung stellte er jedoch auch eine Bedingung: Sollte es ihm gelingen, den Hengst zu reiten, war Arabella ihm eine Belohnung schuldig.

Sie war so besessen von dem Gedanken, sich zu rächen, daß sie sofort einwilligte und das verschmitzte Lächeln in Giles' Augen überhaupt nicht wahrnahm. Er war damals sechsundzwanzig, in einem Alter also, in dem er eigentlich darüber hinaus hätte sein sollen, ein kleines Schulmädchen zu ärgern. Sobald sie das Frühstück beendet hatten, gingen die vier zu den Stallungen, wo Giles den Protest des Reitknechts ganz gelassen abwehrte.

Zwei Stallburschen mußten den Hengst aus seiner Box führen. Er war ziemlich groß; sein schwarzes Fell glänzte, und er sah Giles wild an, als dieser auf ihn zuging. Triumphierend dachte Arabella, daß Giles nie in der Lage sein würde, auf dieses Untier zu steigen, geschweige denn, es zu reiten. Sie lächelte Kit an: Er sollte sich auch über Giles' Niederlage freuen.

Es kam aber ganz anders. Giles bestieg nicht nur ohne weiteres das Pferd, sondern ritt sogar zweimal um die Pferdekoppel – sehr zum Kummer Arabellas.

Als er wieder abstieg und dem Reitknecht, der mit offenem Mund dastand, die Zügel zuwarf, sagte niemand ein Wort.

Gemessenen und ruhigen Schritts ging Giles auf Arabella zu, die ihn ungläubig anstarrte. Sylvana und Kit wichen instinktiv ein paar Schritte zurück, und Arabella hätte am liebsten das gleiche getan; aber das ließ ihr Stolz nicht zu.

»Jetzt willst du wahrscheinlich deine Belohnung haben«, sagte sie angriffslustig, als Giles vor ihr stand. Obwohl sie es um alles in der Welt nicht zugegeben hätte, fühlte sie sich unter seinem kalten, prüfenden Blick irgendwie schuldig und beschämt, wie nie zuvor in ihrem Leben. Es schien fast, als habe er genau gewußt, was sie mit der Wette beabsichtigt hatte, und verachte sie dafür.

Vor Zorn wurden ihre Wangen brennend rot.

»Würdest du an meiner Stelle vielleicht darauf verzichten?« fragte er gelassen. »Das kann ich mir nicht vorstellen. Es ist höchste Zeit, daß du lernst, was dein unüberlegtes Verhalten für Konsequenzen haben kann, mein liebes Kind.«

Ganz im Gegensatz zu dem, was sie erwartet hatte, hatte diese Belohnung nichts mit irgendeiner Art von Geschicklichkeitstest zu tun; zumindest nicht mit einer Kunst, die *sie* beherrschte.

Er forderte einen Kuß von ihr, und notgedrungen mußte sie es ertragen, daß sich die Lippen dieses Scheusals auf ihren Mund preßten. Freiwillig hätte sie, bei Gott, so etwas nie, nie getan!

Kit hatte sie später getröstet; aber nichts konnte diesen schrecklichen Augenblick wiedergutmachen, diese Erniedrigung, als Giles noch hinzufügte, daß sie – so gut sie auch im Reiten und in der Schule sei – doch noch sehr viel lernen müsse, was das Küssen angehe.

Seit jenem Sommer war Giles nicht mehr nach Darleigh Abbey gekommen. Arabella war sehr froh darüber; aber sie hing immer noch Rachegedanken nach, was dadurch noch verschlimmert wurde, daß sie in ihrem innersten Herzen genau wußte, daß er nicht über sie triumphiert hatte, weil er auf Satan geritten war, sondern vor allem, weil er ihr auf unmißverständliche Weise zu erkennen gegeben hatte, wie schrecklich unweiblich sie war.

Seine ›Bestrafung‹ hatte einen nachhaltigen Eindruck auf sie gemacht. Sie tollte zwar immer noch herum wie ein Junge, aber allmählich interessierte sie sich auch für so eigenartige Dinge wie hübsche Kleider und ähnliches.

Trotzdem war sie immer noch sehr temperamentvoll, was sich in ihrem Verhalten und vor allem in ihrer Ausdrucksweise zeigte.

Als sie sich jetzt mit Sylvana über die Einladung von Lady Rothwell unterhielt, kam ihr plötzlich eine Idee.

»Sylvana, wenn du wirklich nicht nach London fahren willst, warum kann dann nicht ich an deiner Stelle dorthin? Papa hätte sicher nichts dagegen. Schließlich ist es ihm ja ziemlich egal, wer von uns beiden eine gute Partie macht, solange es zumindest eine von uns schafft.«

»Wenn das nur möglich wäre«, seufzte Sylvana. »Aber Lady Rothwell würde es ganz bestimmt merken, wenn wir die Rollen vertauschten.«

»Da bin ich mir nicht so sicher. Sie hat uns zwei Jahre lang nicht mehr zu Gesicht bekommen«, meinte Arabella. »Wir müssen zwar Papa ein bißchen anschwindeln, aber ich bin überzeugt, daß sonst niemand etwas merken wird. Wir erklären Papa ganz einfach, daß ich an deiner Stelle nach London fahre. Er wird annehmen, daß Lady Rothwell damit einverstanden ist, und sich weiter keine Gedanken darüber machen. Und sobald ich in London bin, werde ich nicht mehr Arabella, sondern Sylvana sein.«

»Arabella, wenn das möglich wäre! Du kannst dir gar nicht vorstellen, wie sehr ich mich vor dieser Reise gefürchtet habe! Es hat mir richtig auf der Seele gelegen ... Aber was ist, wenn Lady Rothwell doch dahinterkommt?«

»Das laß nur meine Sorge sein«, sagte Arabella. »Zusammen mit deinem Namen werde ich gleichzeitig auch deinen Charakter annehmen.« Ihre Augen glänzten. »Stell dir das doch mal vor! Das ist *die* Gelegenheit, mich an Giles für sein niederträchtiges Verhalten zu rächen.«

Sylvana blickte sie entsetzt an. »O nein, du hast doch nicht etwa die Absicht, auch Giles an der Nase herumzuführen?«

»Die Absicht? Ich werde es mit Freuden tun!« erklärte Arabella. »Er merkt es bestimmt, da bin ich mir ganz sicher.«

»Unsinn«, beruhigte Arabella ihre Schwester. »Wie denn? Er hat uns fast vier Jahre lang nicht mehr gesehen.«

»Aber als wir noch klein waren, konnte er uns mit untrüglicher Sicherheit auseinanderhalten, selbst wenn wir ihn mit Absicht durcheinanderbringen wollten.«

»Ach was! Du machst dir viel zu viele Gedanken. Oder willst du doch lieber selbst nach London fahren und Roland allein lassen?«

»O nein, natürlich nicht. Wie kommst du denn auf die Idee? Aber was wirst du Kit erzählen?«

Daran hatte Arabella überhaupt nicht gedacht, so sehr war sie mit Überlegungen beschäftigt, wie sie Giles am besten eins auswischen könnte.

»Oh, wenn ich es ihm wirklich sagen muß, dann findet er es sicher genauso lustig wie ich. Er kann es nämlich ebensowenig ertragen wie ich, daß Giles immer so überlegen tut.«

»Nun, ich muß zugeben, daß ich wirklich lieber zu Hause bleiben würde«, gestand Sylvana. »Aber es wäre mir lieber, wenn du es nicht so darauf anlegen würdest, dich an Giles zu rächen. Er ist ganz anders als Kit ...« Etwas zweifelnd betrachtete sie das nachdenkliche Gesicht ihrer Schwester.

»Sei jetzt bitte nicht beleidigt, meine Liebe; ich weiß ja, wie wütend du auf Giles bist. Aber glaubst du nicht, daß es klüger wäre, diesen kindischen Streit endlich zu vergessen? Wir sind jetzt neunzehn und –«

»Als dieser ›kindische Streit‹, wie du es zu nennen beliebst, stattfand, war Giles sechsundzwanzig«, bemerkte Arabella grimmig. »Du wirst doch kaum vergessen haben, auf welch abscheuliche Weise er mich beleidigt hat. Mich zu küssen!« fügte sie hinzu und geriet bei dieser Erinnerung ganz außer sich.

Sylvana merkte, daß sie ihre Schwester nicht beruhigen konnte. Sie persönlich fand Giles irgendwie ehrfurchtgebietend und im großen und ganzen recht nett. Sie konnte einfach nicht begreifen, daß Arabella es gewagt hatte, Giles derartig zu provozieren; aber – und das wußte sie selber am besten – sie selbst war bei weitem nicht so temperamentvoll wie ihre Zwillingsschwester. Sie sehnte sich nach nichts anderem als nach einem glücklichen und beschaulichen Familienleben auf dem Land. Seit zwei Jahren schon war sie in Roland verliebt und wußte, daß er ihre Gefühle erwiderte, und Arabellas Vorschlag, daß sie einfach die Rollen tauschen sollten, hatte ihr sofort gefallen. Schließlich verschaffte ihr das die Möglichkeit, in der Nähe ihres Verehrers zu bleiben. Falls außerdem Arabella das Glück haben sollte, daß ein wohlsituierter Gentleman sich für sie interessierte, würde ihr Vater sicher auch nichts mehr dagegen haben, daß sie, Sylvana, Roland heiratete – und sie hoffte inständig, daß es so kommen würde.

Nachdem sie sich nun einmal entschlossen hatte, diese Komödie zu spielen, verlor Arabella keine Zeit mehr, sondern bemühte sich heimlich, ein Verhalten einzuüben, das dem ihrer Schwester entsprach.

Vom Aussehen her, wie gesagt, konnte man die beiden Schwestern unmöglich auseinanderhalten. Beide hatten sie ein klassisch geschnittenes Profil, eine kurze, gerade Nase, einen anmutig geschwungenen Mund, ein kleines, festes Kinn und Grübchen in den Wangen.

Beide hatten sie grüne Augen und lange, dunkle Wimpern, einen Teint wie ein Pfirsich und dunkle Ringellöckchen. Nur einem sehr aufmerksamen Beobachter wäre es aufgefallen, daß Arabellas Gesicht viel lebhafter wirkte; sie lachte viel öfter und hatte mehr Sinn für Humor.

Glücklicherweise hatte Lady Rothwell ihrer Patentochter für die Saison in London eine komplette Ausstattung versprochen, so daß Arabella sich keine Gedanken wegen ihrer eher bescheidenen Garderobe machen mußte.

»Bist du dir auch wirklich ganz sicher, daß du nicht doch lieber selbst nach London willst?« fragte sie Sylvana nochmals, als sie an Lady Rothwells Versprechen dachte. Die beiden Schwestern saßen in ihrem ›Damensalon‹ und nähten. Arabella besserte gerade den Volant eines verwaschenen Musselinkleidchens aus. »Ich möchte dich nicht um dieses Geschenk bringen. Lady Rothwell hat doch versprochen, dich völlig neu einzukleiden; du könntest auf alle Bälle gehen und die Creme der Gesellschaft kennenlernen...«

»Du weißt doch, daß ich mich nicht für Ballkleider oder die sogenannte Gesellschaft interessiere«, versicherte Sylvana und lächelte verstohlen. »Ich bleibe lieber hier, in der Nähe von Roland. Du kannst dir gar nicht vorstellen, wie erleichtert ich bin, daß du an meiner Stelle fährst. Ich habe nur Bedenken, daß Giles irgendwie dahinterkommt und dann verärgert ist.«

»Der wird überhaupt nichts merken«, erklärte Arabella selbstsicher. »Aber stell dir nur vor, wie praktisch es wäre, wenn ich einen reichen Ehemann erwischte. Dann würde ich anschließend Giles erzählen, wie ich ihn an der Nase herumgeführt habe und wie unrecht er hatte, als er mir erklärte, daß ich viel zu ungebärdig sei, um je einen Mann zu kriegen...«

»Ach, Arabella, ich glaube nicht, daß er das so gemeint hat«, protestierte Sylvana etwas verlegen. »Außerdem würdest du sowieso nie wegen Geld allein heiraten. Ich weiß genau, daß du in Wirklichkeit ganz schön romantisch bist«, fügte sie hinzu.

Diese Feststellung überraschte Arabella; sie war der festen Überzeugung gewesen, daß nur sie selbst über ihre wahren Gefühle Bescheid wußte.

»Du hast eine ganze Woche lang geweint, als der arme alte Rex einging«, erinnerte Sylvana sie, »und ich weiß ganz genau, daß du den Roman von Mrs. Radcliffe zweimal gelesen hast! Ich glaube sogar, daß du in Wirklichkeit viel romantischer bist als ich, auch wenn du das hinter einer stolzen Fassade verbirgst.«

Arabella war etwas erstaunt über das Einfühlungsvermögen ihrer Zwillingsschwester und stritt alles ab, allerdings nur halbherzig. Es entsprach durchaus der Wahrheit, daß sie trotz des ungestümen Verhaltens, das sie an den Tag legte, um ihre innersten Gefühle zu verbergen, viel zu sensibel war, viel zu verletzlich. Mit ihren Gefühlen mußte man behutsamer umgehen als mit denen ihrer etwas prosaischeren Schwester.

Wie Arabella vorausgesagt hatte, war Sir Lucius überhaupt nicht überrascht, als sie ihm erzählte, daß sie an der Stelle von Sylvana nach London fahren wolle. Sie unterdrückte eine Anwandlung von Schuldgefühl, daß sie ihren Vater beschwindelte, indem sie sich selbst sagte, daß sie ja schließlich nichts wirklich Böses tue.

Ende der Woche sollte sie aufbrechen, und als sie zusammen mit Sylvana ihren Handkoffer packte, bemühte sie sich krampfhaft, ihre zunehmende Aufregung zu unterdrücken.

Als Teil ihrer ›Maskerade‹ hatte sie es sich angewöhnt, die etwas langsame Sprechweise ihrer Schwester nachzuahmen. Das hatte unter den Dienstboten einige Verwirrung gestiftet, und Sylvana war erstaunt, wie gut Arabella ihre Rolle spielte.

Als eines Morgens zufällig Roland vorbeikam und Sylvana noch oben war, um sich fertigzumachen, bot sich für Arabella die Gelegenheit, ihr neu entdecktes schauspielerisches Talent auszuprobieren. Allerdings erklärte ihr Roland, daß er sich nicht einen einzigen Augenblick lang hatte täuschen lassen.

»Das ist nur, weil er mich liebt«, tröstete Sylvana ihre Schwester, die etwas erstaunt darüber war, daß Roland so ohne weiteres ihre Verstellung durchschaut hatte. »Einen Mann, der verliebt ist, kann man nicht täuschen. Roland würde mich selbst dann erkennen, wenn wir sechs wären und die eine aussähe wie die andere.«

Die Kutsche von Sir Lucius war ziemlich schäbig; als letzter hatte sie der Großvater der Zwillinge benutzt. Arabella war daher sehr froh darüber, daß Lord Mulhaven – eben jener Nachbar, dessen Hengst Satan unfreiwillig der Anlaß für ihren Kummer und ihre Demütigung gewesen war – ihr anbot, seinen modernen gefederten Wagen zu nehmen, vor den er vier Pferde spannen lassen würde. An dem Tag, als sie aufbrach, war das Wetter feucht und kalt – ganz ungewöhnlich für den April –, und Arabella war sehr dankbar für den heißen Ziegelstein, den eines der Dienstmädchen vorsorglich unter die Sitzbank gelegt hatte, und für den Muff, den sie sonst nur hernahm, wenn sie zur Kirche ging.

Zum Abschied küßte sie ihren Vater und Sylvana.

»Vergiß nicht«, flüsterte Sylvana ihr zu, als gerade niemand in Hörweite war, »provoziere bitte Giles nicht, denn das würde ihn sofort mißtrauisch machen ... Und schreib mir bald ...«

»Willst du auch ganz bestimmt nicht selber fahren?«

»Bestimmt nicht! Es wäre mir sogar sehr unangenehm!«

Die Kutsche rollte die verwahrloste Auffahrt entlang und bog dann auf den Weg ein, der zu der Straße nach London führte. Dikke graue Wolken erschwerten die Sicht, und Arabella verfiel ins Grübeln. Neben ihr auf dem bequemen, gepolsterten Sitz lag ein Führer von London. Ob sie wohl dazu kommen würde, in das berühmte Astley-Amphitheater zu gehen, wo echte Löwen und Tiger unglaubliche Kunststücke vorführten? Und würde sie sich vielleicht auch die Elgin Marbles anschauen können? Und erst all die anderen großartigen Ereignisse, die in der Saison in London stattfanden, die Bälle und all die attraktiven jungen Männer, von denen jedes romantische junge Mädchen träumte!

Zum erstenmal in ihrem Leben würde sie von ihrer Zwillingsschwester getrennt sein, und Arabella gestand sich ein, daß sie sich schon jetzt sehr einsam fühlte.

Und Giles? Würde ihre Abneigung ihm gegenüber sie dazu verleiten, irgendeinen dummen Fehler zu machen? Sie schlug sich diesen Gedanken aus dem Kopf und blätterte wieder in dem Reiseführer. Es waren noch etliche Meilen bis London, und es würde genügen, sich über Giles Gedanken zu machen, wenn sie ihm im Salon seiner Mutter gegenüberstand.

## 2

»Giles, Gott sei Dank, daß du endlich da bist!« rief Lady Rothwell erleichtert aus und erhob sich aus einem kunstvoll verzierten, vergoldeten Sessel, um ihren Sohn zu begrüßen.

Sein weiter Umhang war ganz durchnäßt, und die bei ihm auffällige Tatsache, daß seine dunklen Haare ganz durcheinander waren, ließ darauf schließen, daß er unverzüglich der Aufforderung seiner Mama gefolgt war, zu ihr zu kommen. Andererseits verlieh ihm dieses Aussehen einen gewissen Charme, der mehr als ein Frauenherz hätte höher schlagen lassen.

»Ich bin eben erst von Rothwell zurückgekehrt«, erklärte er ihr. »Um genau zu sein – ich hatte kaum den Fuß ins Haus gesetzt, als ich deine Nachricht erhielt. Was ist los?«

»Es ist wegen Kit«, erklärte Lady Rothwell theatralisch. »Er ist mit diesem schrecklichen Addison weg.« Sie rang die Hände und betrachtete das Gesicht ihres Sohnes, das etwas Raubvogelhaftes hatte. »Liebster Giles, fährst du ihm bitte nach und holst ihn zurück? Er ist in einer dieser schrecklichen Spielhöllen irgendwo in Hampstead draußen, glaube ich. Alle Welt weiß, daß Conrad Addison seinen Lebensstil mit Kartenspielen finanziert und daß er schon eine ganze Reihe junger Männer ruiniert hat.«

»Conrad Addison ist ein Intrigant, der es Machiavelli gleichtun möchte, und hat außerdem einen geizigen Großvater, der ihn sehr kurz hält. Aber er ist kein Falschspieler, Mama, und wenn Kit nun einmal gerne mit ihm zusammen ausgeht...«

»Willst du etwa tatenlos mit ansehen, wie er sich selber ruiniert? Du, sein leiblicher Bruder?« protestierte Lady Rothwell unter Tränen. »Er ist doch noch ein Kind, Giles, er kennt das Leben noch nicht und ist so schrecklich unüberlegt...«

»Er ist viel zu stolz dazu, hier in der Stadt zu bleiben, ohne zu wissen, wovon er leben soll«, erwiderte Giles kurz und bündig. »Hättest du mich ein Offizierspatent für ihn kaufen lassen, als er volljährig wurde, dann hätte er jetzt einen guten Posten in der Armee, und es könnte gar nichts mehr passieren.«

»Wie kannst du nur so etwas sagen!« schluchzte Lady Rothwell. »Das wäre viel zu riskant gewesen! Giles, du bist wirklich ohne jedes Gefühl deinem Bruder gegenüber. Giles, wo gehst du denn hin?« fragte sie, als Giles sich umdrehte und auf die Tür zuging. Er blieb stehen; das Kerzenlicht fiel auf seine vom Regen nassen Haare, und seine Augen glänzten wie Stahl.

»Verehrte Mama, ich mache mich gerade auf den Weg, um meinen armen Bruder aus dieser ›Hölle‹ zu befreien, in die Addison ihn geschleppt hat, obwohl ich befürchte, daß er, ganz im Gegensatz zu dir, darüber nicht sonderlich erbaut sein wird. Wenn er schon über die Stränge schlagen will, warum kann er sich dann, um Himmels willen, nicht einfach mit Gin vollaufen lassen oder zu einem Boxkampf gehen wie andere seines Alters? Und warum hat er sich ausgerechnet diesen Conrad Addison als Freund auserkoren? Er wird das doch nicht etwa einfach deswegen gemacht haben, weil er mich ärgern will? Was meinst du, Mama?«

Lady Rothwell rang wieder die Hände.

»Er versteht das einfach noch nicht, Giles«, versuchte sie ihren Sohn zu besänftigen. »Wenn euer Vater nicht gestorben wäre, als Kit noch so jung war, dann wäre alles ganz anders gekommen.«

»Du brauchst mir gar nicht erst zu erklären, daß Kit in mir eine Art strengen und tyrannischen Vater sieht«, sagte Giles. »Unser Vater hat keinem von uns einen Dienst erwiesen, als er mir eine solche Verantwortung übertrug.«

Lady Rothwell schlug schuldbewußt die Augen nieder.

»Armer Giles. Wir haben es dir beide schwergemacht. Du bist wirklich ein guter Sohn. Aber ich bin nun einmal ungeschickt und hilflos, ich weiß es ja, irgendwie komme ich mit Geld- oder Verwaltungsangelegenheiten einfach nicht zurecht!«

»Und meiner Ansicht nach solltest du dir darüber auch keine Sorgen machen«, warf Giles ein. »Was Kit betrifft ... Er ist sehr verbittert, daß ich es ihm nicht erlaubt habe, zur Armee zu gehen.«

»Das ist einzig und allein meine Schuld«, fiel ihm Lady Rothwell ins Wort. »Aber er ist doch noch so jung, Giles.«

»Auch nicht jünger als ich damals, als ich, wenn ich mich recht erinnere, schon ganz allein die Verwaltung meiner Güter in die Hand nahm. Kit braucht irgendeine Beschäftigung, Mama, sonst wird er am Ende noch genauso wie dieser Addison. O ja«, fuhr er fort, ohne sich darum zu kümmern, daß Lady Rothwell plötzlich ganz blaß wurde. »Mit seiner Verderbtheit befriedigt Addison seinen Stolz, weil sein Großvater in seiner Sturheit ihm einfach nicht erlaubt, ein Leben in angemessenem Stil zu führen. Als er neunzehn war, hatte er große Ähnlichkeit mit Kit; jetzt, mit neunundzwanzig, ist er tatsächlich gefährlich.«

»Nie würde Kit so werden, wie dieser abscheuliche Mensch!« protestierte Lady Rothwell; sie ärgerte sich über diese Unterstellungen ihrem jüngeren Sohn gegenüber. »Und ich wage zu behaupten, daß er sich nie mit diesem Addison eingelassen hätte, wenn du ihm nicht gesagt hättest, daß das nicht der richtige Umgang für ihn sei. Was sollen wir also tun, Giles?« Hilflos blickte sie ihn an. »Um Himmels willen! Schau doch nur, wie spät es schon ist! Ich muß der Köchin sagen, daß wir erst später essen; außerdem erwarte ich heute Sylvana.«

Giles kannte seine Mutter und ihre Zerstreutheit und war es seit Jahren gewohnt, daß sie mitten im Satz das Thema wechselte; folglich wußte er, wie er mit ihr umzugehen hatte.

»Zerbrich dir darüber jetzt nicht den Kopf«, sagte er daher. »Ich werde dir dein Herzblatt schon heil und gesund wiederbringen. Trotzdem wäre es besser, wenn du der Köchin sagtest, daß sie erst später anrichten soll. Denn ich habe nicht vor, etwas Verkohltes zu essen, nur weil ich zu spät dran bin.«

»Du denkst doch daran, daß ich in der Rothwell-Villa einen Ball anläßlich des Debüts von Sylvana geben will?« rief Lady Rothwell ihrem Sohn nach. Ein guter Sohn. Er war eine so große Hilfe für sie, wenn auch manchmal etwas schroff und abweisend. Er hatte gelegentlich eine Art, einen anzusehen, die sie an ihren Mann erinnerte, wenn dieser sich ironisch gegeben hatte. Auch in diesem Augenblick vermißte sie ihren seligen Richard und verlor sich in Erinnerungen an vergangene Zeiten, an die Jahre, die sie gemeinsam mit ihm verbracht hatte. Was war es für ein Glück gewesen, daß sie ihn aus Liebe geheiratet hatte und nicht aus materiellen Gründen – und wie reich war sie dafür belohnt worden!

Sie sagte sich selber, daß es Unsinn sei, solchen Respekt vor ihrem eigenen Sohn zu haben. Das Wetter war scheußlich, aber Giles hatte unbedingt mit seiner zweirädrigen Kutsche fahren wollen. Er und Kit würden vermutlich völlig durchnäßt zurückkommen.

Lady Rothwell war eine zärtliche und besorgte Mutter, und wenn es nach ihr gegangen wäre, hätten ihre beiden Söhne noch bei ihr gewohnt. Giles hatte jedoch, als er volljährig wurde, darauf bestanden, das hübsche Haus in der Brook Street, das Lady Rothwell gemietet hatte, zu verlassen und in die riesige Villa am Cavendish Square zu ziehen, die sein Vater ihm vermacht hatte. Daraufhin wollte auch Kit unbedingt eine eigene Wohnung haben. Sie bestand aus ein paar armseligen Zimmern in der Half Moon Street; er hatte lediglich einen Butler und zwei Dienstboten, die für ihn sorgten. Lady Rothwell war sich dessen ganz sicher, daß Kits Bett nicht mit im Freien getrockneter Wäsche überzogen wurde ... Und dann die Aufregung, als er unbedingt zur Armee wollte.

Es war nicht das erste Mal, daß sie darüber nachgrübelte, wie schade es war, daß ihr jüngerer Sohn so ganz anders war als sein älterer Bruder und sich diesen auch nicht zum Vorbild nahm. Natürlich, Giles' schreckliche Vorliebe für Ringkämpfe konnte sie nicht gutheißen, ebensowenig, daß er fast jeden Tag in den Boxklub von Mr. Jackson ging; sie wußte auch, daß er oft bis morgens um drei Uhr im Club Karten spielte, aber es war sehr selten, daß er dabei viel Geld verlor. Obwohl man Giles eigentlich nicht als Schürzenjäger bezeichnen konnte – allerdings hatte er eine ganze Reihe von jungen Mädchen zeitweise ausgehalten –, war er jetzt, mit seinen neunundzwanzig Jahren, ein Weltmann, der genau wußte, wie er sich in der Gesellschaft zu verhalten hatte. Und vor allem war er mit den Gentlemen befreundet, die den Ton angaben und von den Jüngeren geradezu ehrfurchtsvoll behandelt wurden.

Nachdem er das Haus seiner Mutter verlassen hatte, befahl Giles seinem Reitknecht, ihm die Zügel zu überlassen und sich hinten auf den Wagen zu setzen. Der Junge war der Sohn eines ehemaligen Reitknechts von Giles' Vater, und er war stolz darauf, bei einem so geachteten und sportlichen Herrn in Diensten zu stehen.

»Wo geht's denn hin?« fragte er keck, als Giles sich behende auf den Kutschbock schwang und die Zügel nahm. »Besuchen wir vielleicht jenes entzückende Geschöpf, mit dem Sie neulich etwas hatten? Ich hab' nämlich noch nicht zu Abend gegessen.«

»Es geht dich gar nichts an, wohin wir fahren, Edward«, sagte Giles streng. »Auf jeden Fall werden wir nicht zu diesem, hm, Geschöpf fahren, von dem du eben sprachst. Allerdings bin ich mir sicher, daß wir dort, wo wir hinfahren, eine ganze Reihe ähnlicher Mädchen vorfinden werden.«

Edward schaute verdutzt drein. Normalerweise ging Giles nie in ein Bordell, wenn er sich nach weiblicher Gesellschaft sehnte – er hatte es auch im Grunde genommen gar nicht nötig, denn es gab eine ganze Reihe von hübschen jungen Damen, die alles darum gegeben hätten, die Geliebte des Herzogs von Rothwell zu werden.

Als könnte er die Gedanken seines Reitknechts lesen, fügte Giles kurz angebunden hinzu: »Es ist mir eine Freude, Edward, dir versichern zu können, daß wir nicht meinetwegen dorthin fahren, sondern wegen meinem Bruder. Anscheinend hat er beschlossen, eine gewisse Spielhölle in Hampstead aufzusuchen.«

»Herrje ... Master Kit darf doch nicht in solche Spelunken gehen!«

»Irre ich mich, Edward, oder beneidest du ihn tatsächlich ein bißchen deswegen? Auf jeden Fall wirst du ihn nicht mehr beneiden, wenn ich mit ihm fertig bin. Ich bin fast hundert Kilometer von Rothwell hierhergefahren, nur weil meine Mutter ganz außer sich war, daß mein schlimmer kleiner Bruder ausgegangen ist, und zwar zusammen mit einem Kerl, vor dem ich ihn ausdrücklich gewarnt habe. Wenn du außerdem bedenkst, daß ich hungrig und müde bin und es mich friert, wirst du nicht mehr an seiner Stelle sein wollen.«

Giles trieb die Pferde zum Galopp an und lenkte auch in der einfallenden Dämmerung den Zweispänner mit sicherer Hand.

›Nie zuviel des Guten‹, war Giles' Devise, und er betonte immer wieder, daß ihm nichts daran lag, als der beste Reiter, der geschickteste Wagenlenker oder als der bestgekleidete Gentleman zu gelten. Trotzdem war er eine der tonangebenden Persönlichkeiten in der Gesellschaft und als Herzensbrecher bekannt, ein eher zurückhaltender junger Mann, der in allen Salons willkommen war.

Seit seiner Volljährigkeit war er einer der begehrtesten Heiratskandidaten, aber bis jetzt hatte er – zum Kummer so mancher Mama – nichts von einer Heirat wissen wollen; offensichtlich zog er die Gesellschaft seiner Freunde vor.

»Rothwell ist undurchschaubar«, hatte Beau Brummel erklärt, ehe er selbst in Ungnade gefallen war. »Hinter seiner Maske der Unnahbarkeit verbirgt sich etwas – ich weiß selber nicht, was –, aber ich glaube, daß mit ihm nicht zu spaßen ist.«

Wie auch den übrigen Kommentaren dieses Schönlings wurde dieser Äußerung einige Bedeutung zugemessen, und Giles galt als jemand, mit dem man sich besser nicht anlegte.

Ein paar hatten es versucht. Vor allem Conrad Addison, dessen Hauptvergnügen darin bestand, eine Katze in einen Käfig mit Tauben zu setzen und blutrünstig zu beobachten, wie die aufgebrachten Vögel mit ihren Schnäbeln auf das arme Tier einhieben, bis es tot war. Giles hatte für derlei verabscheuungswürdigen Zeitvertreib nichts übrig und brachte dies auch deutlich zum Ausdruck.

Er hegte den Verdacht, daß Conrad Addison ihm das nie verziehen hatte und daß dies mit ein Grund für die merkwürdige Beziehung zwischen Conrad und seinem Bruder Kit war, denn die beiden gaben ein etwas eigenartiges Paar ab. Der einzige Grund, weshalb die Gesellschaft Addison überhaupt akzeptierte, war, daß er prinzipiell gegen alle ihre Regeln verstieß. Gnade Gott der armen Lady, deren Einladung er ausschlug, um zu einem anderen Empfang zu gehen; sie konnte sicher sein, daß er dort mit seiner spitzen Zunge über sie herziehen würde. Obwohl alle erklärten, daß sie ihn eigentlich nicht leiden könnten, hatten doch alle – solange sie nicht gerade selber die Zielscheibe seines Spottes waren – genügend Verstand und Humor, um zuzugeben, daß seine bissigen Bemerkungen so treffend und witzig waren, daß man sich einfach darüber amüsieren mußte.

»Ein Hofnarr, der sich auf diese Weise seinen Lebensunterhalt verdient«, so hatte Giles ihn einmal beschrieben, und er war sich darüber im klaren, daß Addison diese Bemerkung nie vergessen würde.

Mit der schnellen Kutsche waren sie bald auf der offenen Heide angelangt. Manche Leute, die Angst vor Wegelagerern hatten, mieden diese Straße in der Nacht, aber Giles dachte sich nichts dabei.

Das Haus, das er suchte, lag etwas abseits, war aber leicht zu finden, da in allen Räumen Licht brannte. Es war nicht nur eine berüchtigte Spielhölle, sondern auch bekannt dafür, daß sich dort viele reizende Mädchen für die Gäste zur Verfügung hielten. Giles verzog angeekelt sein Gesicht, als er sah, wie eines dieser Mädchen ihm von einem Fenster aus zuwinkte.

Er übergab Edward die Zügel und ging dann auf die Tür zu; in völlig sachlichem Ton erklärte er den beiden Türstehern, daß niemand ihn daran hindern werde, das Haus zu betreten.

Edward hatte den drohenden Blick seines Herrn sehr wohl bemerkt und empfand fast etwas Mitleid mit Kit, der nun bald seinem älteren Bruder gegenübertreten mußte.

Es war schon seltsam. Er, Edward, hätte alles darum gegeben, einen Bruder wie Giles zu haben, aber Kit wollte nun mal nicht immer klein beigeben. Es war ein offenes Geheimnis, daß er vor allem gegen seinen Bruder aufbegehrte, weil dieser ihm kein Offizierspatent verschafft hatte.

Arabella blickte ängstlich aus dem Fenster der Kutsche. Der Regen war immer heftiger geworden, und die Regentropfen prasselten gegen die Scheiben. Den ganzen Tag über war es wolkenverhangen gewesen, und jetzt dämmerte es schon; sie fror und war müde. Warum war die Kutsche plötzlich stehengeblieben? Als sie um sich blickte, tauchte plötzlich der Kutscher vor ihr auf.

»Ich glaub', daß wir endgültig im Dreck steckengeblieben sind, Miß«, erklärte er und stellte den Kragen seines Umhangs hoch. Er war einer der Dienstboten von Lord Mulhaven, und sie erkannte ihn kaum wieder, als sie ihn jetzt hilflos anstarrte; sie wußte einfach nicht, was tun.

»Kommen wir wirklich nicht mehr weiter?« fragte sie ängstlich.

»Es ist aussichtslos, Miß. Zumindest bis morgen, wenn ich nachsehen kann, wie tief wir drinstecken.«

»Bis morgen?!« rief Arabella entsetzt aus. »Das würde ja bedeuten, daß wir die ganze Nacht hier verbringen müssen. Lady Rothwell wird sich Sorgen machen...«

»Da drüben steht ein Haus, Miß, nur ein kleines Stückchen neben der Straße. Vielleicht könnten die Leute dort der Lady eine Nachricht zukommen lassen. Und vielleicht haben sie auch ein Bett für Sie und so...«

»Ja, das müßte gehen«, gab Arabella zu. »Ich bleibe hier im Wagen, und Sie schauen nach, ob man uns helfen kann.«

»Aber ich kann doch die Pferde seiner Lordschaft nicht aus den Augen lassen«, protestierte der Kutscher in weinerlichem Ton. »Der Lord hängt sehr an ihnen, und ich kann nicht riskieren, daß irgend so ein Landstreicher daherkommt und sie klaut.«

Es half alles nichts. Der Kutscher weigerte sich strikt zu gehen. Arabella zitterte vor Kälte. Der feuchte Nebel drang durch die Fugen in die Kutsche, und es war ihr klar, daß sie nicht bis zum Tagesanbruch auf Hilfe warten konnte.

»Dann muß ich eben selber gehen«, erklärte sie und war selbst betroffen, wie ängstlich ihre Stimme klang. Hatte sie denn all ihren Mut verloren? Aber es war so dunkel, und es goß in Strömen; und sie hatte nur ihren altmodischen Mantel mit den vielen Rüschen und ihre Stiefeletten aus Ziegenleder an.

Der Kutscher half ihr aus dem Wagen; das eiskalte Wasser stand ihr bis zu den Knöcheln. Sie fröstelte.

Er drückte ihr eine Laterne in die Hand, und sie sprach sich selber Mut zu: Was sollte ihr hier denn schon passieren? Sie ging auf das Haus zu.

Es war dunkel, der Wind heulte; im Schein der Laterne sah sie gespenstische Schatten, und der Wind trieb den Nebel in Schwaden vor ihr her. Ihre Locken klebten an ihrer Stirn fest, und ihr dünner Mantel bot ihr auch kaum Schutz gegen das Unwetter. Schon nach ein paar Schritten bereute sie es zutiefst, überhaupt ausgestiegen zu sein. Alles andere wäre besser gewesen, als das jetzt! Sie stand knöcheltief im Schlamm, ihre Haare waren zerzaust und naß, und sie fror bis auf die Knochen. Plötzlich schrie ein Käuzchen, und vor Schreck hätte sie beinahe die Laterne fallen lassen.

Was ist eigentlich mit mir los? fragte sie sich. Sie hatte schließlich schon des öfteren Eulen schreien hören... Aber sie gestand sich selber ganz ehrlich ein, daß sie noch nie allein auf einer verlassenen Landstraße solche Angst gehabt hatte.

Schließlich stand sie vor dem Haus, das hell erleuchtet war. Sie nahm undeutlich wahr, daß es darin ziemlich laut zuging, aber sie war so erleichtert, endlich ihr Ziel erreicht zu haben, daß ihr das ganz gleichgültig war. Auch die vielen prächtigen Kutschen in der Auffahrt beeindruckten sie nicht sonderlich.

Als sie klopfte, wurde die Tür geöffnet, und vor sich sah sie einen Mann, der in keiner Weise den Butlern oder Dienstboten ähnelte, die sie kannte. Er starrte sie neugierig an. Sein Gesicht war derb und von tiefen Falten durchzogen.

»Ja, wen haben wir denn da?« sagte er mit gehässigem Grinsen, als er bemerkte, wie Arabella ängstlich zurückwich.

»Entschuldigen Sie, Sir, aber meine Kutsche ist steckengeblieben, und ich dachte, daß...«

»Was geht hier eigentlich vor?« hörte sie plötzlich eine gedehnte Stimme hinter sich. »Laß sie in Ruhe, Jake; ich will mir das Täubchen mal etwas näher betrachten!«

Arabella wußte nicht so recht, was er damit sagen wollte, aber sie konnte sich des Gefühls nicht erwehren, daß hier etwas nicht in Ordnung war. Ein hochgewachsener, geckenhaft gekleideter Mann kam auf sie zu und musterte sie eingehend, so daß sie ganz gegen ihren Willen errötete.

»Bitte, Sir...«, stammelte sie, aber ihr Beschützer schien eher belustigt als verärgert zu sein.

»O Gott, was ist denn das! Nun ja, mal eine Abwechslung. Eine Schönheit vom Lande. Ganz charmant, nicht wahr, Jake, aber ein bißchen naß!«

Arabella verstand diese Anspielung nicht; sie merkte nur, daß es irgendeine Anzüglichkeit war. Sie wandte sich ab, aber schon umklammerte jemand nicht gerade sanft ihr Handgelenk und zog sie in die Vorhalle des Hauses; sie konnte sich nicht dagegen wehren.

Schon auf den ersten Blick sah sie, daß die Einrichtung zwar sehr teuer gewesen sein mußte, es sich aber keinesfalls um die Residenz eines Gentleman handeln konnte. Sie war schockiert, als sie die Statuen sah, die ziemlich eindeutig waren, und das laute Lachen von Frauen hörte.

»Sie wollen sicher gleich zu Ihren Kolleginnen«, meinte ihr Beschützer. »Einen Augenblick, ich hole nur Ihre Sachen ... Sie haben so etwas Erfrischendes an sich ... Wir werden ja sehen, ob das auch unter die Haut geht.«

Arabella schrak zurück, als er sich zu ihr niederbeugte, und es gelang ihr kaum, sich seiner Umarmung zu entziehen.

»Lassen Sie sie in Ruhe«, hörte sie plötzlich eine ruhige Stimme sagen, an die sie sich nur allzugut erinnerte, und wie durch einen Schleier hindurch sah sie eine große Gestalt die Treppe herunterkommen.

Giles! Das durfte doch nicht wahr sein! Vor Schreck schlug sie die Hand vor den Mund; in dem grellen Licht sah sie fürchterlich blaß aus. Ihr einfacher Mantel und ihre durchnäßten Schuhe standen in auffälligem Gegensatz zu der protzigen Einrichtung des Hauses.

Sie vergaß in diesem Augenblick, daß sie dem Mann, der jetzt auf sie zukam, ewige Rache geschworen hatte; sie war einfach froh, daß sie in dieser ihr so fremden Umgebung wenigstens ein bekanntes Gesicht sah. Ohne lange zu überlegen, lief sie auf ihn zu und war erleichtert, als sie spürte, wie er beschützend seinen Arm um ihre Schulter legte. Sie hatte ganz vergessen, daß sie ja jetzt eine bestimmte Rolle spielen mußte.

»Giles! Dem Himmel sei Dank! Meine Kutsche ist im Schlamm steckengeblieben, und ich bin hierhergelaufen, um Hilfe zu holen ...«

»Reichlich leichtsinnig von dir, wie du inzwischen wohl selbst gemerkt hast«, bemerkte Giles gelassen. »Ich bin überrascht, daß du dich überhaupt hierhergetraut hast.« Er warf dem Mann, der sie verdutzt anstarrte, einen Blick zu. »Sie werden vergessen, Dartington, daß Sie heute abend das Patenkind meiner Mutter hier gesehen haben – dafür vergesse ich, was Sie sich der jungen Dame gegenüber herausgenommen haben. Ich hoffe, daß ich mich klar ausgedrückt habe.«

»Das alles ist doch nur ein Mißverständnis«, stimmte der Stutzer eifrig zu. »Ich bitte Sie um Verzeihung, Madam, aber ich... Ich konnte ja nicht wissen –«

Allmählich wurde Arabella klar, wo sie sich befand. Sie erinnerte sich an das Lachen, das sie aus der oberen Etage gehört hatte, und wie Giles lässig die Treppe heruntergekommen war. Tiefe Röte überzog ihre Wangen.

»*Das* kannst du vergessen«, erklärte Giles und tätschelte ihre Wange. »Ich habe keineswegs die Dienste einer dieser Damen in Anspruch genommen. Ich bin nur hier, um nach Kit zu sehen. Du hast also Glück gehabt. Welcher Teufel hat dich eigentlich geritten?«

»Ich dachte, jemand hier könnte mir vielleicht helfen.« Sie war erschrocken, daß er so ohne weiteres ihre Gedanken lesen konnte. »Der Kutscher meinte, daß wir vor morgen nicht weiterfahren könnten...«

»Und da hast du beschlossen, hierherzulaufen... Nun gut, es ist jetzt weder der geeignete Zeitpunkt noch der richtige Ort, dir zu erklären, daß in London etwas andere Sitten herrschen als auf dem Land. Ich muß nur noch Kit holen, dann können wir aufbrechen. Ich schicke jemanden, der deinem Kutscher behilflich sein soll. Und jetzt komm.«

Sie gingen zusammen in einen Raum, in dem einige Männer in grimmigem Schweigen an Tischen saßen, die mit grünem Stoff bezogen waren. Arabella sah, daß sie Karten spielten und würfelten, und es wurde ihr klar, daß sie in einen Spielsalon geraten war. An einem dieser Tische saß Kit; allerdings spielte er selbst offensichtlich nicht, sondern unterhielt sich mit seinem Begleiter, einem Mann, der ungefähr so alt sein mochte wie Giles; allerdings war er nicht so groß, hatte braune Haare und böse Augen, die vor Erstaunen groß wurden, als er Arabella erblickte. Er murmelte Kit etwas ins Ohr, woraufhin dieser abrupt aufstand; er sah sehr verärgert aus.

»Sylvana!« rief er. »Was zum Teufel...«

»Der Teufel hat damit gar nichts zu tun«, erklärte Giles liebenswürdig. »Und stell jetzt bitte keine Fragen, ehe wir dieses Haus verlassen haben. Was hast du dir eigentlich dabei gedacht, du Narr, als du Mama einfach allein gelassen und meine Warnungen in den Wind geschlagen hast und hierhergefahren bist?«

»Großer Gott, ich bin doch kein Kind mehr, Giles«, protestierte Kit wütend. »Als du so alt warst wie ich, konntest du auch so leben, wie du wolltest, und genau das ist es, was ich will. Ich habe zwar nicht soviel Geld wie du und auch keinen Titel, aber dafür habe ich Freunde.«

»Freunde?« Giles verzog sein Gesicht. »Wenn du Addison für einen Freund hältst, Kit, dann bist du ein noch größerer Dummkopf, als ich dachte. Und was das ›freie Leben‹ in meiner Jugend betrifft, darf ich dich vielleicht daran erinnern, daß die Verpflichtungen, die diese Erbschaft mit sich brachte, nicht selten schwer auf meinen Schultern lasteten. Ich habe mir oft gewünscht, daß unser Vater noch am Leben wäre, um sich um Mama zu kümmern. Aber so töricht war ich nie, daß ich mich mit einem Kerl wie Addison eingelassen hätte.«

Kit wurde blaß, und Arabella, die keine Ahnung hatte, was da eigentlich vor sich ging, spürte die Spannung zwischen den beiden Brüdern. Vorhin in der Halle hatte sie einen Augenblick lang vor Erleichterung ihre Abneigung gegenüber Giles vergessen; jetzt aber mußte sie sich auf die Zunge beißen, um nicht Kit in Schutz zu nehmen.

»Du bringst Sylvana zum Wagen, und später unterhalten wir uns weiter«, befahl Giles schroff. »Und keine Widerrede bitte.«

Als Arabella und Kit den Raum verlassen hatten, ging Giles zu dem Tisch, an dem Addison saß und beobachtete, was sich um ihn herum abspielte.

»Das war nicht sehr klug von Ihnen, Giles«, bemerkte er mit sanfter Stimme. »Kit ist zu stolz, um sich derlei einfach gefallen zu lassen.«

»Und ich bin zu alt, um auf jemanden wie Sie hereinzufallen, Conrad«, gab Giles zurück. »Entweder Sie lassen meinen kleinen

Bruder in Frieden, oder aber Sie werden die Konsequenzen für Ihr Verhalten tragen müssen.«

»O mein Gott! Ein Duell! Wie romantisch!«

»Sie können sich Ihre Bemerkungen sparen, Conrad. Von einem Duell kann überhaupt keine Rede sein. Ich dachte eher an einen kleinen Wettkampf im Boxsalon des ehrenwerten Mr. Jackson als an ein Säbelgefecht in der Morgendämmerung mitten auf der Heide.«

»Wie schade«, brummte Addison. »Stellen Sie sich doch vor, was das für ein Aufsehen erregen würde. Ein angesehenes Mitglied der besseren Gesellschaft – denn schließlich sind Sie ja ein geachteter Gentleman, Giles, nicht wahr?« fügte er boshaft hinzu. »So geachtet und angesehen, daß es mir ein Vergnügen wäre, dieses glänzende Image ein wenig anzukratzen. Ein Gentleman, der nicht die Ehre seiner Schwester, sondern die seines Bruders verteidigen muß. In der Tat köstlich! Obwohl ich meine Zweifel habe, ob Kit sich sonderlich darüber freuen würde.«

»Das festzustellen, werden Sie kaum Gelegenheit haben«, erwiderte Giles kurz angebunden.

Conrad Addison sah ihn aus zusammengekniffenen Augen an. Schon seit langem hatte er nach einer Gelegenheit gesucht, sich an Giles zu rächen, und als er zufällig Kit kennengelernt und sich geduldig dessen Klagen über Giles angehört hatte, wurde ihm schnell klar, wie er das anstellen könnte. Giles selber war unangreifbar; er war ein angesehenes Mitglied der Gesellschaft und hätte wahrscheinlich eher belustigt als gekränkt auf seine Beleidigungen reagiert. Rothwells distanzierte Einstellung sich selbst wie auch anderen gegenüber, war seine beste Verteidigung, das mußte selbst Addison zugeben. Nun aber sah er eine Möglichkeit, diesen Schutzpanzer zu durchbrechen. Rothwell hatte genauso seinen Stolz wie jeder andere, und es würde ihm sicher sehr gegen den Strich gehen, wenn sein eigener Bruder ihm, vor dem die Gesellschaft auf den Knien lag, nicht gehorchen würde.

»Das war ernst gemeint, Conrad«, sagte Giles freundlich lächelnd. »Und Sie wissen, daß ich ein Mann bin, der nichts von leeren Versprechungen hält.«

»Oder von Drohungen«, murmelte Conrad, aber Giles hörte ihm gar nicht mehr zu.

»Aber – was wolltest du denn eigentlich hier?« fragte Arabella Kit; sie bemerkte gar nicht, daß Giles gerade auf sie zukam. »Du bist doch kein Spieler, Kit, das ist doch undenkbar ...«

»Nein, natürlich nicht. Wenn du es genau wissen willst – ich bin nur deswegen hierhergefahren, weil Giles es mir verboten hat. Ich kann es einfach nicht mehr ertragen, daß er mir ständig vorschreiben will, was ich tun darf und was nicht.«

»Tut mir leid, das zu hören«, ließ sich plötzlich Giles vernehmen. »Bitte, schwärze mich ruhig weiter an, aber sage doch bitte Sylvana auch den Grund für deinen Trotz: daß ich dir kein Offizierspatent verschafft habe.«

»Es ist mir ganz schlicht und einfach unbegreiflich«, wandte Kit ein. »Am Geld kann es doch nicht liegen – alle Welt weiß, daß du ein wahrer Nabob bist. Ich dachte, daß du eher froh sein würdest, mich loszuwerden.«

»Ist das der Grund für deine Dummheiten?« fragte Giles belustigt. »Kit, du solltest allmählich wissen, daß ich weit mehr Geduld habe als du und daß es dir nie gelingen wird, mich auf diese Weise auszutricksen.«

»Für dich ist das Ganze nur eine Kinderei«, regte Kit sich auf. »Aber schließlich ist es mein Leben, von dem wir im Augenblick sprechen, Giles.«

»Eben. Und genau das war auch der Grund dafür, daß ich dir nicht erlaubt habe, zur Armee zu gehen. Allerdings bin auch ich der Meinung, daß ein junger Mann irgendeine Art von Beschäftigung braucht. Du wirst das ganze Vermögen von Mama bekommen – später, und ich selber zahle dir gerne eine Apanage, vorausgesetzt, daß du endlich damit aufhörst, mich auf diese Weise zu reizen.«

»Und wenn ich das trotzdem tue?« fragte Kit mit gespielter Ruhe, als Giles ihn mit einer Handbewegung aufforderte, in die Kutsche zu steigen.

»In dem Fall«, erwiderte Giles und faßte Arabella um die Taille, um sie in den Wagen zu heben, »in dem Fall werde ich zu härteren Methoden greifen müssen. Ich werde dich nach Rothwell House schicken, wo du bleiben wirst, bis du wieder zu Verstand gekommen bist. Ich brauche wohl nicht hinzuzufügen, daß ich unter diesen Umständen auch deine Apanage streichen würde.«

»Mich wegschicken!« Kit rang vor lauter Wut nach Luft. »Mein Gott, Giles, ich bin doch kein Paket, das du, je nach Laune, hieroder dorthin schicken kannst. Das kannst du doch nicht machen!« protestierte er. Als Arabella sich zwischen die beiden Brüder gesetzt hatte, nahm Giles die Zügel und trieb die Pferde an.

»So, glaubst du? Dann versuch es mal«, erklärte er mit sanfter Stimme.

Arabella stand ganz auf Kits Seite, und doch war zu ihrer Überraschung Giles derjenige, der bemerkte, daß sie vor Kälte zitterte. Er hielt die Kutsche an und bestand darauf, daß sie sich seinen weiten Mantel um die Schultern legte.

»Zieh erst mal den nassen Umhang aus«, forderte er sie auf. »Das Ding ist ja patschnaß.«

Mit vor Kälte steifen Fingern nestelte sie an den Knöpfen herum; Giles schob ihre Hand beiseite, zog ihr kurzerhand den Mantel aus und warf ihn seinem Reitknecht zu. Dann legte er ihr seinen eigenen, schweren und warmen Mantel um die Schultern. Der Umhang war ihr natürlich viel zu lang, aber er war schön warm, und sie fühlte sich gleich besser und war sogar dankbar dafür, daß Giles beruhigend seinen Arm um sie legte.

Als Arabella sich allmählich darüber klar wurde, welcher Gefahr sie um Haaresbreite entronnen war, brach sie in Tränen aus. Wenn nicht zufällig Giles in diesem Augenblick aufgetaucht wäre, sie allein hätte wohl kaum eine Chance gehabt, jenen zudringlichen Trunkenbold davon zu überzeugen, daß sie sich nur aus Versehen in dieses Haus verirrt hatte.

Sie glaubte, in der Dunkelheit würden die beiden Brüder, die zudem ja mit ihren eigenen Problemen beschäftigt waren, ihre Tränen nicht bemerken; als aber Giles ihr ein großes weißes Taschentuch gab, wußte sie, daß sie ihn nicht hatte täuschen können.

»Hier, Kind«, sagte er keineswegs unfreundlich. »Es war ein ziemlicher Schock für dich, aber im Grunde genommen ist dir ja nichts passiert. Das Ganze soll dir eine Lehre sein. Außerdem hast du sicher schon mal einen Kuß bekommen...«

Einen entsetzlichen Augenblick lang hätte Arabella fast vergessen, daß sie jetzt ja Sylvana spielte, aber glücklicherweise schob sich gerade eine Wolke vor den Mond, so daß Giles ihr Gesicht nicht sehen konnte. Ihr Herz schlug bis zum Halse, als sie so dasaß und sich zwang, still zu sein. Sie würde sich wohl oder übel an derlei Überraschungen gewöhnen müssen, wenn sie Giles auch weiterhin täuschen wollte. In gewisser Hinsicht waren die Umstände, unter denen sie sich wiedergesehen hatten, vielleicht sogar ganz günstig für sie, denn Giles war viel zu beschäftigt gewesen, um sich über ihre wahre Identität Gedanken zu machen. Nachdem er nun einmal der Meinung war, daß sie Sylvana sei, würde er bestimmt auch in Zukunft keine Fragen mehr stellen.

»Jetzt ist es nicht mehr weit«, erklärte Giles, als sie die Stadt erreichten. »Mama wird entzückt sein. Ihre beiden Herzblätter kommen gemeinsam heil nach Hause. Wir werden heute abend *en famille* dinieren, Kit, und ich wäre dir sehr dankbar, wenn du auf Mama Rücksicht nehmen und dir die Beleidigungen, die du mir wahrscheinlich an den Kopf werfen willst, für später aufheben könntest. Vergiß nicht, daß es von mir abhängt, ob es sich als notwendig erweisen wird, daß du deine Wohnung in der Stadt aufgeben mußt.«

»Um bei dir oder Mama zu wohnen, wie ein ungezogenes kleines Kind«, stieß Kit hervor.

»Nun, wer nicht hören will, muß fühlen«, erwiderte Giles trokken. »Allerdings muß ich zugeben, daß es mir wahrscheinlich keinen Spaß machen würde, wenn du mein friedliches Leben durcheinanderbrächtest. Ich bin zu alt dafür, mir die Nächte um die Ohren zu schlagen...«

Einen Augenblick lang trat ein amüsiertes Lächeln in Kits Augen. Er wußte genau, daß die gesellschaftliche Stellung seines Bruders es erforderlich machte, daß dieser genau dies tat, und einen Augenblick lang dachte er daran, wie er früher zu Giles aufgeblickt hatte und genauso werden wollte wie dieser. Aber das war etwas, was ihm nie gelingen würde. Er war der Zweitgeborene; er hatte kein Vermögen, lediglich einen Ehrentitel, und war immer auf das Wohlwollen anderer angewiesen – und das war nicht gerade leicht für ihn.

»Die Schuld liegt nur bei dir«, erklärte Kit verbittert. »Du willst mich an dich binden, so daß ich immer von dir abhängig bleibe. Damit lädst du eine Schuld auf dich, angesichts der Tatsache, daß wir schließlich Brüder sind.«

Als Arabella Giles einen Blick zuwarf, sah sie zu ihrer Überraschung, wie seine Augen sich verdüsterten, allerdings nur einen Moment lang; sie sagte sich, daß es wohl Einbildung gewesen sei.

## 3

»Nun, Mama, hast du mir denn gar nichts zu sagen?« neckte Giles Lady Rothwell, als er zusammen mit seinen beiden Schützlingen den Salon betrat. »Wie du siehst, habe ich Sylvana auf der Straße aufgelesen. Ich habe ja schon immer gern den fahrenden Ritter gespielt, also habe ich sie dazu überredet, ihre schöne warme Kutsche stehenzulassen und in meinen ungemütlichen Zweisitzer zu steigen.«

»Giles, du machst dich über mich lustig«, rief Lady Rothwell und eilte auf Arabella zu, um sie zu begrüßen. »Sylvana, meine Liebe, du bist ja völlig durchnäßt«, meinte sie besorgt. »Giles, was hast du dir eigentlich dabei gedacht? Ruf eines der Mädchen. Ich werde der Köchin sagen, daß sie mit dem Abendessen warten soll, bis Sylvana sich umgezogen hat. In dem nassen Kleid kann sie nicht zu Tisch gehen, sonst erkältet sie sich noch.«

»Ich würde mich eigentlich auch ganz gern umziehen«, erklärte Giles ungerührt. »Denn ich muß gestehen, daß mir nicht übermäßig viel daran liegt, in den Kleidern zu Abend zu essen, in denen ich seit heute nachmittag, als ich in London ankam, stecke. Kit und ich werden gleich wieder zurückkommen, wenn es dir recht ist.«

Als die beiden Brüder gegangen waren, führte Lady Rothwell Arabella in ein wunderbar warmes Schlafzimmer mit geblümten Tapeten, deren Muster zu dem der Bettwäsche paßte.

»Oh, wie schön!« rief Arabella begeistert. Lady Rothwell lächelte nachsichtig; in ihrer zerstreuten Art redete sie unablässig auf Arabella ein und wollte genau wissen, wie ihre Reise gewesen sei.

»Mein armes Kind! Dem Himmel sei Dank, daß ich Giles gebeten habe, Kit zu holen«, erklärte sie, als Arabella ihr berichtet hatte, was geschehen war und unter welchen Umständen sie Giles getroffen hatte. »Du bist wirklich tapfer. Ich wäre sicherlich vor Schreck ohnmächtig geworden. Dich so zu beleidigen!«

Arabella lag die Bemerkung auf der Zunge, daß Giles sie einst auf die gleiche Weise ›beleidigt‹ hatte, aber sie beherrschte sich und sagte lieber nichts.

»Ich habe Giles dazu überredet, daß wir für dich einen Ball in Rothwell House geben. Ich persönlich mag das Haus hier in der Brook Street lieber, aber für einen offiziellen Ball ist es einfach nicht groß genug. Außerdem habe ich Karten für Almacks besorgt. Was deine neue Garderobe angeht, habe ich ebenfalls alle notwendigen Vorbereitungen getroffen; und das Beste am Ganzen ist, daß auch die älteste Tochter von Lady Waintree, die auf dem Land ein Haus ganz in der Nähe von uns hat, in dieser Saison debütiert. Ich bin überzeugt davon, daß du und Cecily gut miteinander auskommen werdet. Sie ist ein nettes Ding, und Lady Waintree hofft, daß sich ein geeigneter Ehemann für sie findet. Um ehrlich zu sein, ich habe das Gefühl, daß sie es auf Giles abgesehen hat; aber damit wird sie kein Glück haben. Ich habe tatsächlich manchmal den Eindruck, daß Giles überhaupt nicht ans Heiraten denkt, obwohl er die Wahl unter mindestens einem Dutzend ausgesprochener Schönheiten hätte. Je mehr ein Mann sich ziert, desto größer ist die Bewunderung von uns armen Geschöpfen für ihn, obwohl ich einfach nicht einsehe…«

Wollte Lady Rothwell sie etwa davor warnen, sich ja nicht irgendwelche Hoffnungen auf Giles zu machen? Arabella wollte gerade hoch und heilig versichern, daß Giles der letzte wäre, den sie sich als Ehemann wünschte, als glücklicherweise die Zofe das heiße Wasser brachte.

Als sie sich gewaschen und ein frisches, wenn auch etwas abgetragenes Kleid angezogen hatte, betrachtete Arabella sich im Spiegel. Durch den Regen hatten sich ihre Locken gekräuselt, aber dagegen konnte sie jetzt nichts machen. Bei der Fahrt durch die frische Luft hatten sich ihre Wangen gerötet; ihr Mund war rot wie eine Kirsche, und ihre Haut schimmerte wie Alabaster.

Ein leichtes Klopfen an der Tür erinnerte sie daran, daß man auf sie wartete. Sie war ein wenig erschrocken, als sie gesehen hatte, wie formell es bei Lady Rothwell zuging. Das Haus war tatsächlich nicht sehr groß, aber Lady Rothwell legte trotzdem Wert auf einen *Major Domo*; darüber hinaus hatte sie etliche Dienstmädchen, eine Köchin und zwei Diener angestellt; einer von den beiden zeigte jetzt Arabella den Weg zu dem eleganten Speisezimmer, das sich an die Halle anschloß.

»Ein bißchen ausgefallen, findest du nicht auch?« meinte Lady Rothwell selbstgefällig, als Arabella die Einrichtung bewunderte. »Natürlich wird das bald schon wieder aus der Mode sein, und jedermann wird für den neuen chinesischen Stil schwärmen, der dem Prinzregenten so gefällt.«

Eigentlich fand Arabella die karmesinrote Tapete und den türkisfarbenen Teppich ein wenig übertrieben, aber die Mahagonitische, die Ledersessel und die Anrichte gefielen ihr.

Auf dem Tisch stand eine Unmenge von Porzellangeschirr mit grün-goldenen Rändern; auch das schwere Tafelsilber und die Kristallgläser waren so ganz anders als das einfache Geschirr, das sie daheim in Darleigh Abbey verwendeten.

»Ich habe der Köchin gesagt, daß sie nur einen kleinen Imbiß servieren soll«, murmelte Lady Rothwell vor sich hin und brachte Arabella damit noch mehr durcheinander. »Suppe, Fisch, ein wenig Roastbeef und anschließend eine Eiercreme. Ich hoffe, daß du jetzt nicht glaubst, ich würde jeden Pfennig umdrehen. Mein seliger Richard hat sehr gut für mich gesorgt, und außerdem habe ich ja auch noch das Geld, das meine Eltern mir zu meiner Hochzeit überschrieben haben.«

»Aber wenn Giles so reich ist, warum sorgt er dann nicht anständig für Kit?« fragte Arabella, der die Auseinandersetzung zwischen den beiden Brüdern wieder einfiel.

Lady Rothwell sah sie etwas verlegen und gleichzeitig schuldbewußt an. »Bitte, meine Liebe, versprich mir, daß du niemandem etwas davon erzählen wirst«, sagte sie leise. »Ich selbst habe ihn darum gebeten. Eines steht nämlich fest: Sobald Kit Geld in die Finger bekommt, wird er sich sofort ein Offizierspatent kaufen und zur Armee gehen, und davor habe ich entsetzliche Angst.«

Arabellas Erstaunen war nicht geheuchelt. Sie wußte, daß Lady Rothwell eine ängstlich besorgte Mutter war, aber warum deckte Giles sie und gab vor, daß es seine Entscheidung gewesen war? Das hätte sie nie von ihm erwartet.

Trotzdem stand sie ganz auf Kits Seite. Warum sollte er nicht sein Leben so gestalten, wie er es wollte?

»Du hältst mich jetzt wahrscheinlich für überängstlich, das sehe ich dir an«, sagte Lady Rothwell aufgeregt. »Aber, meine Liebe, wenn du selbst einmal Mutter bist, dann wirst du mich verstehen. Ich gebe ja zu, daß ich mir schon seit jeher um Kit weit mehr Sorgen gemacht habe als um Giles. Irgendwie kam Giles immer ganz allein zurecht. Als er noch klein war, hat er nie geweint, wenn er hinfiel und sich weh getan hatte. Kit hingegen war ein sehr schwieriges Kind.« Sie seufzte. »Er würde es mir nie verzeihen, wenn er herausbekommen würde, was ich getan habe, aber ich weiß, daß Giles mich nicht verraten wird. Giles ist der Vormund von Kit, verstehst du, und er hat diese Verantwortung immer sehr ernst genommen. Manchmal habe ich das Gefühl, daß Giles durch den Tod seines Vaters seiner Kindheit beraubt worden ist, aber wenn ich denke, wie ich ohne ihn hätte zurechtkommen sollen, dann wird mir jetzt noch ganz angst und bange.«

Arabella wurde allmählich klar, daß Lady Rothwell sich voll und ganz auf ihren älteren Sohn verließ, und sie fragte sich, ob er dies nicht manchmal als Last empfand. Lady Rothwell war zwar sehr liebenswert und großherzig, aber alles andere als praktisch veranlagt; doch gerade ihre Zerstreutheit machte sie so charmant, und Arabella war ein wenig verwirrt, daß sie so etwas wie Mitleid für Giles empfand.

Lady Rothwell hatte zwar keinerlei Sinn für die Dinge des alltäglichen Lebens, aber sie besaß, wie Arabella bald feststellen sollte, einen erstaunlichen Scharfsinn, sobald es um typisch weibliche Angelegenheiten ging. Jetzt blickte Lady Rothwell auf die kleine Uhr, die sie um den Hals trug, und sagte zu Arabella: »Kit und Giles werden gleich zurück sein. Ich glaube, es ist am besten, wenn wir es heute abend nicht zu spät werden lassen. Du bist bestimmt müde und willst dich richtig ausschlafen. Ich habe absichtlich für morgen keinerlei Verabredungen getroffen, obwohl ich allen meinen Freundinnen von dir vorgeschwärmt habe und mich mittlerweile vor Einladungen kaum mehr retten kann.« Sie lächelte, als sie sah, wie Arabellas Gesicht sich aufhellte. »Die erste Saison, die man erlebt, ist unvergleichlich«, sagte sie verträumt. »Alles ist so neu und aufregend. Man wird von attraktiven jungen Männern umschwärmt, und das ganze Leben besteht nur noch aus Bällen, Einladungen und anderen wunderbaren Ereignissen. Als erstes werden wir zu Celestine gehen. Sie ist *die* Schneiderin, und ich habe mir vorgenommen, daß die erste Saison für dich genauso wunderbar werden soll, wie damals für deine Mutter und mich. Du weißt, daß wir sehr eng befreundet waren; jede von uns war auf ihre Weise hübsch. Deine Mama hatte dunkle Haare, genau wie du, während ich blond war – das hat Kit von mir geerbt, während Giles ein richtiger Rothwell ist.«

Das erklärt vielleicht auch, warum sie so grundverschieden sind, überlegte Arabella; sie hätte die Minuten in dem Zweispänner, als Giles ihr tatsächlich wie ein Beschützer vorgekommen und sie über seine Gelassenheit froh gewesen war, am liebsten vergessen.

»Du wirst natürlich deine Schwester sehr vermissen«, fuhr Lady Rothwell fort. »Am liebsten hätte ich euch beide eingeladen, denn ich finde es nicht gerecht, daß Arabella nicht auch dies alles kennenlernen darf, aber Giles war dagegen, daß –«

»Giles war gegen was, Mama?« fragte Giles in eigener Person von der Tür her.

Er trug einen Abendanzug, und Arabella stellte zu ihrer Verwirrung fest, daß es ziemlich lange dauerte, bis sie ihm in die Augen blicken konnte. Das schneeweiße Hemd und die makellose Krawatte unterstrichen seine gesunde Gesichtsfarbe, und Arabella mußte zugeben, daß die neue Mode mit den engen Kniehosen, den Seidenstrümpfen und den Schnallenschuhen diesem – errötend mußte sie sich das selbst gestehen – äußerst attraktiven männlichen Wesen sehr gut stand. Im Vergleich zu ihm wirkte Kit tatsächlich wie der kleine Junge, für den seine Mutter ihn hielt, obwohl er wirklich sehr hübsch war; seine blonden Locken waren allerdings jetzt ganz durcheinander, und er sah ziemlich verärgert aus.

»Also, gegen was war ich nun, Mama?« wiederholte Giles seine Frage; er sah Arabella, die rot geworden war, nachdenklich an.

»Oh, Giles, ich habe dich gar nicht kommen hören«, erwiderte Lady Rothwell verwirrt. »Grimes wird allmählich wirklich etwas nachlässig; ich verstehe überhaupt nicht, warum er dich nicht angemeldet hat. Ich habe gerade Sylvana erklärt, daß du nicht wolltest, daß ich auch Arabella einlade . . .«

»Als ich Arabella das letzte Mal sah, hatte ich nicht gerade den Eindruck, daß sie und die Gesellschaft einigermaßen friedlich miteinander auskommen würden«, sagte er mit einem kleinen Lächeln. »Ich fürchte, daß ich mit zunehmendem Alter immer weniger Geschmack an solch quirligen Wesen habe. Wenn Arabella einmal die Zügel in die Hand genommen hat, müssen alle anderen sich ihr unterordnen. Findest du nicht auch, Sylvana?«

Er schien sich mehr für seinen Anzug als für eine Antwort von ihr zu interessieren, stellte Arabella erbost fest, als sie ihn zähneknirschend darauf aufmerksam machte, daß er von ihrer Schwester sprach, ihrer Zwillingsschwester!

»Genau«, gab er lächelnd zu. »Glücklicherweise ist die Ähnlichkeit rein äußerlich, wie ich heute abend feststellen konnte.«

Arabella machte sich schon auf neuerliche Beleidigungen gefaßt und fragte drohend: »Ich vermute, daß du auf jenen widerwärtigen Kerl anspielst, der versucht hat, mich zu küssen. Du wirst doch nicht etwa glauben, daß S-Arabella sich anders verhalten hätte als ich.«

»Wahrscheinlich nicht«, stimmte Giles äußerst gelassen zu. »Ich muß aber gestehen, daß ich mir nicht vorstellen kann, daß deine Schwester sich so weit gehenlassen könnte, in meiner Gegenwart zu weinen.«

Arabella stand einen Augenblick lang wie betäubt da; glücklicherweise verkündete in diesem Augenblick der Butler, daß angerichtet sei, denn sonst wäre wahrscheinlich ihr Temperament mit ihr durchgegangen. Wie konnte er nur so taktlos sein, diesen Augenblick der Schwäche vor anderen Leuten zu erwähnen? All ihre Dankbarkeit ihm gegenüber war wie weggeblasen, und während des Abendessens antwortete sie auf seine höflichen Fragen genauso höflich und einsilbig. Ein einziges Mal nur wagte sie es, ihm offen in die Augen zu blicken; er sah sie dermaßen belustigt an, daß sie sich zwang, sich ganz auf ihr Essen zu konzentrieren; auch als er sie fragte, ob sie noch etwas Wein wolle, vermied sie es, ihn anzusehen.

»Giles, du solltest dich nicht über Sylvana lustig machen«, wies Lady Rothwell ihren Sohn zurecht und wandte sich freundlich an ihren Gast. »Am besten, du nimmst ihn einfach nicht zur Kenntnis, Kind.«

Kit war während des Essens sehr schweigsam gewesen, und Arabella war sich nicht im klaren, ob sie nun darüber froh sein sollte oder nicht. Eigentlich hätte er ja merken müssen, wer sie in Wirklichkeit war; er brütete aber nur vor sich hin und richtete kaum ein

Wort an sie. Armer Kit, dachte sie. Es war wirklich ein Jammer, daß Lady Rothwell ihre mütterlichen Ängste nicht überwinden und ihm erlauben konnte, die Offizierslaufbahn einzuschlagen. Giles freut sich wahrscheinlich auch noch über Kits Kummer, dachte Arabella zornig. An derlei hatte er ja schon immer seinen Spaß gehabt. Was für abscheuliche Dinge er über sie gesagt hatte! Quirliges Wesen, also wirklich! Ihre Augen glänzten verräterisch; Giles mußte es bemerkt haben, denn als Lady Rothwell die Tafel aufhob und ihn aufforderte, Arabella den Arm zu reichen, hob er mit seinen schlanken Fingern ihr Kinn in die Höhe und sah nachdenklich in ihre grünen Augen, die ihn entrüstet anblickten.

»Sie wird ganz bestimmt gut ankommen«, sagte er zu seiner Mutter gewandt, als sei Arabella nichts weiter als eine herausgeputzte Puppe. »Natürlich nur in entsprechender Aufmachung . . .«

»Das habe ich alles geregelt«, versicherte Lady Rothwell ihm; sie zögerte ein wenig, ehe sie ihre Hand beschwichtigend auf seinen Arm legte. »Giles, halte mich jetzt bitte nicht für unverschämt, aber es würde von großem Nutzen für Sylvana sein, wenn du ein wenig Zeit erübrigen könntest, um mit uns auszureiten, wenn die Leute unterwegs sind, auf die es ankommt.«

»Das nennst du ausreiten, diese tödlich langweilige Zurschaustellung im Park, wenn all die alten Klatschbasen einen von ihrer Kutsche aus begutachten?« fiel Kit ihr ins Wort. »Das hat doch nichts mit ausreiten zu tun!«

Arabella wollte ihm beipflichten; sie vergaß ganz die Rolle, die sie ja schließlich freiwillig übernommen hatte, und erklärte eifrig: »Sag, Kit, könnten wir nicht ein paar Pferde mieten und vormittags ausreiten, so wie wir es als Kinder immer gemacht haben?«

Giles unterbrach sie und verzog dabei keine Miene: »Ich dachte, deine Schwester sei die wilde Reiterin. Soweit ich mich erinnere, hattest du nicht das geringste Interesse an Pferden, als wir das letzte Mal bei euch waren.«

Das entsprach der Wahrheit. Sylvana machte sich tatsächlich nichts aus reiten. Arabella biß sich auf die Lippen und suchte krampfhaft nach irgendeiner Ausrede.

»O ja, das stimmt. Aber das ist schon fast vier Jahre her, und in der Zwischenzeit hat sich das geändert. Jetzt gibt es nichts Schöneres für mich, als einen flotten Galopp noch vor dem Frühstück.«

»Sieh einmal an. Dann wird es wohl besser sein, wenn du mit Kit ausreitest. Vorausgesetzt, daß du ihn überreden kannst, vor dem Mittagessen aufzustehen.«

Giles blieb nicht mehr lange. Er verabschiedete sich und bejahte, als seine Mutter ihn ängstlich fragte, ob er auch wirklich bei Almacks erscheinen würde. Dann ging er, während Kit noch blieb.

»Gott sei Dank ist er endlich weg!« rief Kit verbittert aus und ließ sich in einen Klubsessel fallen. »Der Teufel hol's, Mama! Warum behandelt er mich denn immer wie ein kleines Kind? Du kannst dir gar nicht vorstellen, wie dumm ich mir heute abend vorgekommen bin, als er kam, um mich zu holen. Warum kann ich mir denn meine Freunde nicht selber aussuchen?«

»Ich bin überzeugt, Giles weiß, was er tut, mein Liebling«, war alles, was Lady Rothwell sagte.

Arabella warf Kit ein verständnisvolles Lächeln zu, und sein finsteres Gesicht hellte sich etwas auf.

»Giles hat gedroht, mir die Apanage zu streichen und mich nach Rothwell House zurückzuschicken, wenn ich ihm nicht gehorche, aber er wird schon noch merken, daß ich kein kleines Kind mehr bin, das alles tut, was er will. Gute Nacht, Mama.«

Er stand auf.

»Vergißt du auch bestimmt unseren Spazierritt nicht?« erinnerte ihn Arabella.

»Nein, ganz sicher nicht«, versprach er. »Ich werde mich darum kümmern, keine Angst.«

Als er gegangen war, fragte Lady Rothwell Arabella, ob sie sich nicht lieber zurückziehen wolle. Obwohl sie kein Wort darüber verloren hatte, konnte Arabella sich des Gefühls nicht erwehren, daß Lady Rothwell über ihr altmodisches Kleid entsetzt war. Sie selbst trug eine rosafarbene Abendrobe, die so elegant und *soignée* wirkte, daß sich Arabella fast wie eine Stallmagd vorkam.

In ihrem Zimmer stand frisches heißes Wasser bereit sowie eine Seife, die nach Rosenblüten duftete. Sie war kaum unter die Bettdecke geschlüpft, als ihr auch schon die Augen zufielen, und sie schlief, bis am nächsten Morgen das Zimmermädchen ihr die Frühstücksschokolade brachte.

Beim Frühstück erklärte Lady Rothwell Arabella, daß ihr Friseur kommen und Arabellas Haar nach der neuesten Mode frisieren werde; außerdem hatte sie einen Tanzlehrer engagiert, der Arabella das Walzertanzen beibringen sollte.

»Walzertanzen ist ein absolutes Muß«, versicherte Lady Rothwell. »Alle sind ganz begeistert davon. Wenn du nicht Walzer tanzen kannst, wirst du ein unbeachtetes Mauerblümchen bleiben. Allerdings darfst du erst dann einen Walzer tanzen, wenn die ehrwürdigen Damen bei Almacks einen geeigneten Partner für dich gefunden haben.«

»Aber das ist doch Unsinn!« protestierte Arabella und vergaß ganz, das gelehrige Verhalten ihrer Schwester nachzuahmen. »Warum soll ich denn nicht tanzen, mit wem es mir paßt?«

»Weil sonst diese ehrwürdigen Damen dich nicht akzeptieren werden, meine Liebe, und wenn das der Fall ist, dann hätte selbst die reichste Erbin Schwierigkeiten, auch nur eine Einladung für die wirklich wichtigen Bälle zu bekommen. Sie würde höchstens von ein paar unbedeutenden Leuten empfangen werden. Ich habe aber andere Pläne, und diese kleine Einschränkung wird dir wohl nicht allzu schwer fallen. Ich bin mit Sally Jersey befreundet, und die wird schon dafür sorgen, daß du dich nicht zu langweilen brauchst. Erst in der letzten Saison hat ein junges Mädchen debütiert, das wirklich eine Schönheit und auch nicht unvermögend war, aber ihre Mama hatte das Pech, sich Mrs. Drummond-Burrell zur Feindin zu machen, und als Folge davon wurde das arme Kind kein einziges Mal mehr zum Tanzen aufgefordert. Schließlich bekam sie nicht einmal mehr Einladungskarten für die Bälle. Sie hat dann einen völlig unbedeutenden Mann geheiratet; du siehst also ...«

Ich sehe nur, wie dumm die Gesellschaft sein kann, dachte Arabella trotzig, aber sie konnte nicht abstreiten, daß es sehr unangenehm sein würde, neben einer Anstandsdame sitzen zu müssen, während all die anderen Mädchen an ihr vorbeitanzten.

Lady Rothwell gegenüber, die so freundlich und großzügig war, hatte Arabella ständig Schuldgefühle, weil sie sie an der Nase herumführte. Aber sie beruhigte sich selber, schließlich meinte sie es ja nicht böse. Ihre Gastgeberin zerbrach sich derweil den Kopf darüber, ob sie einen Pelzmantel anziehen sollte oder ob ihr wollener Mantel warm genug sei.

Endlich konnten sie aufbrechen. In der Bond Street starrte Arabella mit runden Augen all die eleganten Leute an, die dort auf und ab flanierten. Die Damen trugen trotz des kalten Windes leichte Kleider, und die Herren machten ihnen mit ihren auf Hochglanz polierten Schaftstiefeln und den tadellos sitzenden Pantalons Konkurrenz.

»Das sind nur die Beaux von der Bond Street, die sind nicht weiter wichtig«, erklärte Lady Rothwell. »Die wirklich eleganten Leute, das heißt, die Gentlemen, die zu dem erlesenen Kreis der Modepäpste gehören, wirst du nie in der Bond Street mit hübschen Mädchen flirten sehen.«

Sie lenkte Arabellas Aufmerksamkeit auf einen hochgewachsenen, schlanken Mann, der die Straße entlangspazierte. »Das ist Lord Alvanley – ein enger Freund des Prinzregenten und auch ein guter Freund von Giles.«

»Gehört denn Giles auch zu diesen wichtigen Leuten?« rief Arabella einigermaßen erstaunt aus.

Lady Rothwell gestattete sich ein stolzes Lächeln.

»Nach Ansicht vieler Leute ist Giles, seit Brummell in Ungnade gefallen ist, sogar tonangebend in der Gesellschaft. Natürlich kann ich seine Vorliebe für den Boxsport nicht billigen, und ich muß gestehen, daß ich nie im Traum daran gedacht hätte, daß je mein eigener Sohn selbst den Wagen kutschieren würde, aber es heißt, daß das jetzt der letzte Schrei ist.«

Arabella sah Giles allmählich in einem ganz anderen Licht. Tonangebend in der Mode! Wenn sie ehrlich sich selber gegenüber war, mußte sie zugeben, daß der Mantel, den er ihr gestern um die Schultern gelegt hatte, ein gewisses Etwas gehabt hatte. (Sie konnte natürlich nicht ahnen, daß dieses Kleidungsstück von dem berühmten Schneider Weston selbst angefertigt worden war, der seinen bevorzugten Kunden so ganz im Vertrauen gesagt hatte, daß sie, wenn sie alle solche Schultern hätten wie der Herzog, bald nichts mehr zu sagen haben würden.)

Lady Rothwell mußte lachen, als Arabella ihr ihre Überlegungen in der Hinsicht mitteilte und gleichzeitig Giles' elegante Krawatte bewunderte.

»Genau das ist es ja, mein liebes Kind. Wie schon Brummell seinerzeit sagte, kommt es nicht darauf an, daß ein Gentleman nur mehr daran denkt, wie er sich kleiden soll. Ich wage zu behaupten, daß Giles eben nicht zu jenen Männern gehört, die jeden Morgen stundenlang vor dem Spiegel stehen, um sich herauszuputzen; aber verwechsle bitte nicht Schlichtheit mit Schlampigkeit, meine Liebe.«

Arabella hatte das Gefühl, einen Charakterzug an Giles zu entdecken, von dem sie sich nie etwas hätte träumen lassen. Sie sah sich erneut um. Es stimmte: Den meisten Gentlemen sah man zwar an, daß sie viel Geld für ihre Kleidung ausgegeben hatten, aber kaum einer konnte mit der schlichten Eleganz von Giles mithalten.

Bei Celestine wartete schon eine Anzahl eleganter Damen, die alle sehr hübsch gekleidet waren, aber wie durch ein Wunder kam Celestine selber sofort auf Lady Rothwell zu; sie kniff die Augen zusammen, als sie Arabella erblickte.

»Aber, *ma foi*! Sie haben mir erzählt, daß sie ein kleines unscheinbares Aschenputtel sei«, sprudelte sie hervor. »Aber sie hat doch Esprit, das sieht man an ihren Augen!«

Diese Bemerkung brachte Lady Rothwell etwas aus der Fassung; sie wandte sich Arabella zu und betrachtete sie aufmerksam. Arabella spürte, wie ihr Herz klopfte, und rechnete schon damit, daß im nächsten Augenblick jemand ihr Spiel durchschauen und man sie auf der Stelle nach Darleigh Abbey zurückschicken würde. Sie schlug ihre Augen nieder und verwünschte den Scharfblick von Celestine.

Sehr zur Erleichterung Arabellas meinte Lady Rothwell beschwichtigend: »Vielleicht sieht Sylvana nur dann so brav aus, wenn ihre Zwillingsschwester danebensteht.«

»Zwillinge? Das wäre etwas!« rief Celestine. »Stellen Sie sich nur einmal vor, man würde jeder von beiden jeweils die Kleider anziehen, die zu ihrem Charakter passen, so daß die eine nicht mehr das Ebenbild der anderen wäre. Ihre Patentochter hat ein hübsches Gesichtchen, und sie ist außerdem schlank genug, um die Kleider tragen zu können, die jetzt gerade modern sind«, sagte sie über Arabellas Kopf hinweg. »Es wird am besten sein, wenn wir gleich in mein Atelier gehen; wir werden dann ja sehen, was für die junge Dame geeignet ist.«

Was in der darauffolgenden Stunde geschah, brachte Arabella vollends durcheinander. Sie hatte den Eindruck, daß sie von Kopf bis Fuß neu eingekleidet werden sollte, und sie saß mucksmäuschenstill dabei, als Lady Rothwell und die Schneiderin bestimmten, was sie in Zukunft tragen solle.

Sie war mit der Auswahl, die die beiden trafen, durchaus einverstanden. Die Großzügigkeit von Lady Rothwell rief in Arabella wieder ihr schlechtes Gewissen wach, und sie konnte die Selbstvorwürfe nur unterdrücken, indem sie sich sagte, daß Sylvana ja einen Teil dieser Kleider bekommen würde, wenn die Saison zu Ende war.

Die Schneiderin war der Ansicht, daß es äußerst ungeschickt wäre, die seltene Kombination bei Arabella – dunkles Haar und grüne Augen – nicht auszunützen. Als junges Mädchen durfte sie natürlich nur pastellfarbene Kleider tragen; das Rosa und Hellblau, das die weniger attraktiven Mädchen meist aussuchten, solle man jedoch vergessen und statt dessen pfirsichfarbene, lavendelblaue und dunkelrosa Stoffe auswählen.

Sogleich ließ Celestine einige Ballen Stoff bringen; Arabellas Augen glänzten, als sie die feinen Tuche in die Hand nehmen durfte.

Der geblümte Musselin – zarte Rosenblüten auf weißem Grund – sei gerade richtig für ein Vormittagskleid, schlug die Schneiderin vor. Der rosa Samt würde sich vorzüglich für ein Ausgehkleid eignen; dann vielleicht der lila Baumwollflanell für nachmittags und natürlich jede Menge von Seide und Satin für die Abendkleider.

»Mein Sohn hat uns Rothwell House für den Debütball von Sylvana zur Verfügung gestellt«, warf Lady Rothwell ein.

»In dem Fall habe ich genau das Richtige für Ihr Patenkind«, versicherte Celestine und zauberte einen Ballen meergrüner Seide hervor, der mit kleinen Perlen bestickt war, die wie Tränen aussahen.

»Der Stoff kommt aus Frankreich. Ich werde ihr ein Kleid nach der neuesten Mode entwerfen; darunter trägt sie dann lediglich ein hauchdünnes Unterkleid, und zwar in den verschiedensten Schattierungen von Grün. Ihr Schützling wird darin aussehen wie Aphrodite selbst, als sie aus dem Meer aufstieg.«

Dieser etwas übertriebene Vergleich entlockte Arabella ein kleines Lächeln. Da sie die klassische Literatur ziemlich gut kannte, wußte sie natürlich – was den beiden Damen offensichtlich unbekannt zu sein schien –, daß die Göttin Aphrodite völlig unbekleidet aus dem Meeresschaum aufgetaucht war. Sie behielt dies jedoch vernünftigerweise für sich; auf jeden Fall würde die grüne Seide sich phantastisch für ihr erstes großes Abendkleid eignen.

Aber auch noch andere Dinge mußten besorgt werden. An die zwanzig Kleider von verschiedenstem Schnitt und in allen möglichen Farben wurden in Auftrag gegeben; dazu ein hellgrüner Abendmantel aus Samt, geschmückt mit Schwanenfedern; anschließend gingen sie noch in eine Reihe von Geschäften, um Schuhe, Handschuhe, seidene Strümpfe, einen Fächer, Abendtäschchen, eine Stola, Häubchen und sogar Parfum zu erstehen.

Arabella war anschließend völlig erschöpft und begrüßte den Vorschlag ihrer Patentante, in die Brook Street zurückzufahren und sich bei einer Tasse Tee und einem kleinen Imbiß etwas zu erholen.

»Unsere Karten für Almacks sind für Montag; wir haben also noch genügend Zeit, alles vorzubereiten«, erklärte Lady Rothwell, als sie wieder in die Kutsche gestiegen waren. »Heute nachmittag kommt mein Friseur, um dir deine Haare zu richten, und für den Abend erwarte ich Monsieur Anton, der dir den Walzer beibringen soll.« Lady Rothwell runzelte die Stirn. »Ich hatte gehofft, daß Kit dich zumindest zu den Kontertänzen auffordern würde. Nichts bringt ein junges Mädchen, das in die Gesellschaft eingeführt wird, so durcheinander, als wenn es von einem Fremden zum Tanzen aufgefordert wird; aber zur Zeit kann ich mich überhaupt nicht mehr auf Kit verlassen, und es wäre durchaus möglich, daß er zusagt und dann entweder fürchterlich spät oder überhaupt nicht auftaucht. Natürlich ist auch Giles da, aber wir können nicht von ihm erwarten, daß er dich zu jedem Tanz auffordert.«

»Kann Giles denn nicht gut tanzen?« fragte Arabella unschuldig.

Die Antwort war ein entrüstetes Schnaufen von Lady Rothwell.

»Mein liebes Kind, natürlich kann er gut tanzen, aber du darfst nicht vergessen, daß junge Männer in seiner gesellschaftlichen Position sich normalerweise nicht mit so jungen Mädchen abgeben. Er würde sonst nur Hoffnungen wecken, die dann doch nicht zu erfüllen sind; du verstehst doch, was ich meine, oder? Giles widmet seine Aufmerksamkeit eher den Damen, bei denen es keine solchen Mißverständnisse geben kann...«

»Verheirateten Damen?« fragte Arabella grimmig; ihre Augen funkelten vor Wut.

»Nun, hm, ja . . .«, gab Lady Rothwell zu. »Aber so ist das eben, meine Liebe. Giles ist nicht auf der Suche nach einer Frau, und obwohl ich davon überzeugt bin, daß du viel zu klug bist, um seine rein brüderlich gemeinten Gesten dir gegenüber mißzuverstehen, könnten wir uns ein Gerücht, du seist seine neueste Angebetete, nicht leisten. Denn dann wären deine Chancen, eine gute Partie zu machen, gleich Null. Ich wollte es eigentlich vermeiden, jetzt schon mit dir über dieses Thema zu sprechen«, fügte sie freundlich hinzu, »aber schließlich hast du Verstand und weißt, daß dein Vater dir nicht sehr viel vererben wird. Das soll jetzt nicht heißen, daß du dir auf Biegen und Brechen einen reichen Mann suchen mußt – so etwas wäre unvorstellbar! Aber wenn dir einer gefällt, dann wäre es gar nicht unpraktisch, wenn er auch einigermaßen vermögend wäre.«

Arabella schluckte diese Belehrung ohne Kommentar. Natürlich war ihr das alles von Anfang an klargewesen, aber es machte sie doch ein wenig niedergeschlagen, als sie es nun so direkt hörte. Was ist denn eigentlich mit mir los? tadelte sie sich selber. Sie träumte doch ganz bestimmt nicht, wie ein kleines romantisch veranlagtes Mädchen, von einem galanten Ritter, in den sie sich Hals über Kopf verlieben würde!

Ehe sie weiter darüber nachdenken konnte, waren sie glücklicherweise zu Hause angelangt.

Sie nahmen einen kleinen Imbiß zu sich; anschließend wollte Lady Rothwell sich ein wenig hinlegen, und auch Arabella wollte sich ausruhen; allerdings hatte sie nicht vor zu schlafen; sie schrieb einen Brief an ihre Zwillingsschwester, in dem sie fürchterlich viel wieder durchstrich.

Erst als sie den Brief noch einmal las, bemerkte sie, daß sie Sylvana gar nichts davon geschrieben hatte, wie ihr damals in der Kutsche plötzlich die Tränen gekommen waren. Sie hielt es aber dann doch nicht für so wichtig, versiegelte den Brief und trug dem Dienstmädchen auf, ihn zur Post zu bringen.

Nach dem Tee kam der Friseur. Er war ein junger Mann mit einem offenen Gesicht, so ganz anders, als Arabella ihn sich vorgestellt hatte; anfangs war sie sogar der Überzeugung, daß er genauso Maskerade spiele wie sie selbst.

Diese Befürchtungen wuchsen, als er mit unglaublicher Geschwindigkeit an ihren Locken herumzuschnipseln begann; außerdem verbot er ihr strikt, in den Spiegel zu sehen, so daß sie allmählich Angst bekam, daß er sie völlig kahlscheren würde und sie dann eine Perücke aufsetzen müßte, wie die Damen von anno dazumal.

»Jetzt dürfen Sie sich anschauen«, verkündete er schließlich stolz.

Ängstlich blinzelte Arabella in den Spiegel und erkannte kaum das Mädchen wieder, das ihr da entgegenblickte.

Das war nicht mehr sie – das war eine junge Dame, die ein feingeschnittenes, ovales Gesichtchen mit großen, fast etwas scheuen Augen hatte, das von seidigen Locken umrahmt war, die bis auf die Schultern fielen; fast sah es so aus, als sei ihr Hals viel zu zart, um diese Lockenfülle tragen zu können.

»Phantastisch!« rief Lady Rothwell.»Sylvana, du siehst so zart aus, als könnte der kleinste Windhauch dich umwehen.«

War sie tatsächlich dieses zerbrechliche, fremde Wesen? Arabella erinnerte sich daran, daß Delila Samson seiner Kraft beraubt hatte, indem sie ihm die Haare abschnitt. Aber es schien ihr unfaßbar, daß das Abschneiden von ein paar Löckchen eine solche Veränderung bewirkt hatte: Aus einem zwar recht hübschen, aber doch ziemlich unbeholfenen Mädchen war eine zauberhafte junge Dame geworden, fein und zerbrechlich wie Zuckerwatte.

Diese Verwandlung wurde noch auffälliger, als das aufgeregte Dienstmädchen Arabella abends beim Anziehen eines Kleides half, das Celestine in Windeseile für dieses zarte Figürchen geschneidert hatte.

Der pfirsichfarbene Baumwollstoff unterstrich Arabellas hellen Teint und ihr dunkles Haar; unter ihrem Busen war das Kleid mittels einer Schleife gerafft, um ihre schlanke Figur zu betonen, und der Spitzenbesatz am Saum des Kleides schlang sich graziös um ihre Beine, als sie zu Lady Rothwell lief, um sich zu bedanken.

»Das Vergnügen ist ganz auf meiner Seite«, erklärte diese sanft und bat Arabella, sich einmal um sich selbst zu drehen.

»Das Kleid paßt wie angegossen, aber du brauchst noch etwas Schmuck.«

»Ich habe doch die Perlen von Mama ...«

»Die Perlenkette?« fragte Lady Rothwell etwas verwundert. »Ich dachte, die gehört Arabella?«

Arabella war ziemlich wütend, daß ihr dieser Fehler unterlaufen war, und wurde rot. »Ja, natürlich, aber sie hat mir die Kette geliehen.«

Nun, gelogen war das ja eigentlich nicht, denn sie selbst hätte die Juwelen tatsächlich ihrer Schwester ausgeborgt, wenn diese selbst nach London gefahren wäre.

»Das war aber lieb von ihr«, gab Lady Rothwell zu. »Wir werden übrigens heute abend keine Gäste haben; ich habe deswegen der Köchin gesagt, daß sie nur einen kleinen Imbiß vorbereiten soll; anschließend wird dir dann Monsieur Anton Tanzunterricht geben. Er ist ein sehr gefragter Tanzlehrer, und wir können von Glück reden, daß er überhaupt kommt. Er hat auch nur heute abend Zeit. Seit der Walzer die ganze Stadt wie im Sturm erobert hat, will jedermann diesen Tanz lernen.«

Arabella hatte schon immer sehr gerne getanzt, obwohl die Bälle, zu denen sie bis jetzt eingeladen worden war, eher eine Art Volksfest gewesen waren, wo sie nur die bekanntesten Tänze gelernt hatte.

Sie war ein wenig verwirrt, als sie feststellen mußte, daß sie sich ihrem Tanzlehrer einfach nicht anpassen konnte; sie mußte die einzelnen Schritte mitzählen und sich darauf konzentrieren, ihren Kopf gerade zu halten.

Nach drei vergeblichen Versuchen, die richtige Drehung herauszubekommen, wollte Arabella schon aufgeben. Sie war ganz rot im Gesicht und hatte das Gefühl, daß sie es nie lernen würde, Walzer zu tanzen. Den Tränen nahe malte sie sich aus, wie alle über sie lachen würden. Das Mädchen, das keinen Walzer tanzen konnte! Die Schwierigkeit bei dem Ganzen war, daß Monsieur zwar ohne jeden Zweifel ein hervorragender Tanzlehrer, aber doch irgendwie unsympathisch war; zudem war er ziemlich korpulent und hatte offensichtlich eine Vorliebe für Knoblauch. Arabella war jedenfalls fürchterlich steif, als er sie im Walzertakt über die Tanzfläche drehte.

»Du mußt aber Walzer tanzen können!« rief Lady Rothwell schließlich verzweifelt aus. »Das ist unbedingt notwendig! Bitte, meine Liebe, versuch es noch einmal. Kannst du denn nicht... nicht ein bißchen weniger steif sein?«

»Sie hat eine Haltung wie ein Soldat bei der Parade«, erklärte

Monsieur Anton grimmig. »So etwas ist mir in meinem Leben noch nie untergekommen. Ich kann sie einfach nicht unterrichten.«

»Es hat keinen Sinn, Tante«, entschuldigte Arabella sich. »Ich schaffe das einfach nicht.«

Lady Rothwell rang die Hände.

»Das ist ja entsetzlich! Was sollen wir jetzt tun?«

»Was ist entsetzlich, Mama?« ließ sich Giles' leicht belustigte Stimme vernehmen; er war gerade ins Zimmer gekommen und hatte schmunzelnd die ›Katastrophe‹ mit angesehen.

Er musterte nachdenklich Arabellas rote Wangen und ihre glänzenden Augen.

»O Giles! Etwas Schlimmeres hätte uns gar nicht passieren können! Ich habe Monsieur Anton gebeten, Sylvana den Walzer beizubringen, aber sie kann es einfach nicht...«

»Eine junge Dame, die keinen Walzer tanzen kann?« fragte Giles äußerst ernsthaft; doch ein verschmitztes Lächeln spielte in seinen Augenwinkeln.

Wie kann er es nur wagen, sich über mich lustig zu machen?! dachte Arabella wütend. Sie errötete noch mehr und war den Tränen nahe. Wäre sie doch nur zu Hause geblieben! Da hätte sich keiner darum gekümmert, ob sie diesen blöden Tanz konnte oder nicht.

»Vielleicht liegt es weniger an der Schülerin, als an dem Lehrer«, meinte Giles nachdenklich. »Spielen Sie weiter!« befahl er dem Pianisten und ging auf Arabella zu.

Sie stand abweisend da und sagte kein Wort; als er ihren Arm berührte, spürte er, wie sie zitterte.

»Du kannst es«, erklärte er ihr gelassen. »Dir fehlt nur die Übung. Komm, leg deine Hand auf meine Schulter. Gut so. Jetzt lege ich meinen Arm um dich und...«

Es war wie ein Wunder. Das Ganze kam Arabella plötzlich schrecklich einfach vor, als sie wieder und wieder über das Parkett wirbelte, ohne einen einzigen falschen Schritt zu machen. Die Drehungen, vor denen sie solche Angst gehabt hatte, machte sie plötzlich ganz von selbst, und sie spürte regelrecht die Musik im Blut, als Giles sich mit ihr drehte, ohne sie ständig zu korrigieren, wie Monsieur Anton dies getan hatte.

»Ausgezeichnet«, sagte Giles schließlich lächelnd. »Nur darfst du nicht so auffällig mitzählen. Du mußt dich auf deinen Partner konzentrieren, nicht auf deine Füße.«

Etwas betreten wich Arabella seinem Blick aus, aber Giles hielt sie unerbittlich fest; allmählich wurde ihr klar, was es eigentlich bedeutete, tanzen zu ›dürfen‹, und plötzlich war sie froh, daß sie eines von ihren neuen Kleidern angezogen hatte, obwohl sie nicht hätte sagen können, warum.

Sie drehten noch ein paar Runden, bis Giles mit Arabella zufrieden war, und einmal mehr war sie erstaunt über die distanzierte Freundlichkeit, die er ihr gegenüber an den Tag legte; aber dann dachte sie daran, daß sie für ihn ja Sylvana war. Das Gefühl, ihn hereingelegt zu haben, war jedoch bei weitem nicht so erhebend, wie sie es sich vorgestellt hatte. Als er endlich mit ihren Tanzkünsten zufrieden war, ließ er sie stehen und ging auf seine Mutter zu.

»Ich suche Kit«, erklärte er ihr. »Er wollte schon längst einmal zu White's, aber ich habe ihn nie mitgenommen, weil dort sehr hart gespielt wird und er es sich nicht leisten kann, größere Summen zu verlieren. Inzwischen habe ich es mir aber anders überlegt; ich gebe wohl besser nach. Eigentlich wollte ich heute abend mit ihm hingehen. Bei sich zu Hause ist er auch nicht, und sein Butler war ausgesprochen reserviert mir gegenüber. Ich kann daraus nur den Schluß ziehen«, fügte er grimmig hinzu, »daß Kit wieder einmal nicht auf mich gehört hat und mit diesem Addison zusammen ausgegangen ist.«

»O nein, bestimmt nicht«, widersprach Lady Rothwell kleinlaut. »O Giles, du mußt einfach etwas unternehmen. Addison ist das Gesprächsthema Nummer eins und ständig in irgendwelche Skandale verwickelt. Es ist gar nicht gut für Kit, wenn sein Name ständig im gleichen Atemzug mit dem von Addison genannt wird.«

»Du und ich wissen das, Mama«, erklärte Giles schroff. »Aber Kit davon zu überzeugen, das ist eine ganz andere Sache. Was mir am meisten Sorgen macht, ist die Tatsache, daß Addison soviel Wert auf diese Freundschaft legt. Die beiden haben eigentlich überhaupt nichts miteinander gemeinsam. Kit ist noch ein Kind, während Addison...«

»Ich weiß ja, daß du recht hast, Giles«, stimmte Lady Rothwell zerstreut zu. »Aber bitte, mach ihn doch nicht weiterhin so lächerlich vor den anderen Leuten. Ich bin überzeugt, daß er schon noch zur Vernunft kommen wird. – Findest du nicht auch, daß Sylvana bezaubernd aussieht?« fragte sie dann unvermittelt. »Celestine war ganz hingerissen. Sie hat dich mit Aphrodite verglichen, nicht wahr, Sylvana?«

Arabella hätte schwören können, daß in den grauen Augen Giles', die jetzt kritisch ihre neue Frisur und ihr elegantes Kleid musterten, ein belustigtes und verständnisinniges Lächeln lag, aber er war die Höflichkeit selbst, als er ihr ein Kompliment machte, wie ungeheuer elegant sie aussehe.

»Arabella wird dich gar nicht wiedererkennen, wenn du nach Darleigh Abbey kommst«, plapperte Lady Rothwell weiter. »Es ist wirklich jammerschade, daß Giles mir nicht erlaubt hat, euch alle beide einzuladen. Das wäre eine Sensation gewesen. Zwillinge! Etwas so Ausgefallenes!«

»Ich bin überzeugt, daß *Arabella* nicht eben entzückt wäre von Giles' Einstellung ihr gegenüber«, erklärte Arabella abweisend; sie blickte Giles herausfordernd an.

Er lächelte. »Weißt du, daß ihr beiden euch doch ähnlicher seid, als ich geglaubt hatte?« erklärte er gelassen. »Was du da gerade gesagt hast, hätte fast von Arabella kommen können. Allerdings hätte sie es nie zugelassen, daß ich ihr das Walzertanzen beibringe. Der Mann, den deine Schwester einmal heiraten wird, muß gute Nerven haben, davon bin ich überzeugt.« Er wandte sich zu seiner Mutter. »Ich habe vorhin, als ich kam, einige Einladungskarten auf dem Kaminsims gesehen, Mama.«

»O ja«, erklärte Lady Rothwell stolz. »Wir werden schon bald keinen einzigen freien Abend mehr haben. Man hat uns zu allen möglichen Bällen eingeladen. Du hast doch nicht vergessen, daß du Sylvana zu einer Ausfahrt im Park mitnehmen wolltest?«

»Ich werde mich darum kümmern, obwohl ich glaube, daß es jede Menge eleganter junger Kavaliere gibt, die das nur zu gern an meiner Stelle übernehmen würden, sobald die Gesellschaft erst einmal gemerkt hat, daß wir eine neue ›Schönheit‹ haben.«

Noch ehe Arabella etwas erwidern konnte, war Giles schon wieder verschwunden. Ganz zweifellos hatte er sie nur necken wollen, aber als Lady Rothwell versicherte, daß Arabella auf jeden Fall Erfolg haben würde, wenn sogar Giles sie als ›Schönheit‹ bezeichnete, wurde sie doch rot.

»Er legt nämlich äußerst strenge Maßstäbe an«, erklärte Lady Rothwell. »Manchmal habe ich das Gefühl, daß er sogar etwas zu streng ist. Aber er hat recht. Nach deinem Debüt werden die jungen Kavaliere dich regelrecht belagern, und das ist auch gut so, denn das ist ja das Komische an den Männern, daß sie sich nur für die Frauen interessieren, die auch von allen anderen angehimmelt werden.«

Arabella hörte sich diese Belehrung ohne jeglichen Kommentar an.


## 4


»Da ist Sally Jersey; sie unterhält sich gerade mit Lady Cowper; das ist auch eine jener ehrenwerten Damen, auf die es hier ankommt«, flüsterte Lady Rothwell der etwas verängstigten Arabella zu und musterte kritisch das pfirsichfarbene Abendkleid ihres Schützlings, das mit zarten Baumwollspitzen verziert war. Die Puffärmel und das hübsche Dekolleté betonten Arabellas makellose Haut, und die Perlenkette, die sie von ihrer Mutter geerbt hatte, vervollkommnete dieses Idealbild einer *jeune fille*. »Ich möchte dich ihr vorstellen«, fügte Lady Rothwell hinzu, als sie festgestellt hatte, daß alles zu ihrer Zufriedenheit war. »Sie hat mir die Karten für heute abend besorgt; wir sind schon lange miteinander befreundet.«

Sie waren erst seit fünf Minuten bei Almacks – dieser Weihestätte der Förmlichkeit –, und obwohl Arabella dies niemandem gegenüber zu äußern gewagt hätte, fand sie doch die Räume etwas enttäuschend; sie sahen auch nicht viel anders aus als die Ballsäle zu Hause in Gloucestershire. Irgendwie hatte sie sich das alles etwas größer vorgestellt; sie hatte nämlich ein paar Abbildungen in dem letzten Prinny's, einem Brightoner Magazin, gesehen.

Der ›Heiratsmarkt‹, wie Almacks oft von Leuten, die es sich leisten konnten, etwas aus der Reihe zu tanzen, abschätzig bezeichnet wurde, konnte auf äußeren Glanz und üppige Bankette verzichten, um seine Beliebtheit zu sichern; den Ton gaben ein paar vornehme Damen an. Wenn sie ein junges Mädchen akzeptierten, dann war sein Erfolg in der besseren Gesellschaft gesichert. Hierher strömten die Mamas, die für ihre Töchter einen Ehemann suchten; die Gentlemen belächelten zwar die schier endlose Parade schüchterner junger Damen, aber auch sie erschienen zahlreich und in einen korrekten Abendanzug gekleidet; sie tranken einen ziemlich langweilig schmeckenden Wein oder vergnügten sich in den Nebenräumen mit Kartenspielen, wenn so viel Schönheit auf einmal schließlich doch ihren Reiz verlor.

Die Räumlichkeiten waren also nicht sonderlich beeindruckend; genau das Gegenteil galt jedoch für die Anwesenden, und Arabellas Augen wurden ganz groß, als sie die Eleganz und den erlesenen Geschmack der Leute um sie herum bestaunte.

Wie aufregend das alles war! Lady Rothwell freute sich über Arabellas spontane Begeisterung und zeigte ihr einige berühmte Persönlichkeiten; so auch Lord Byron, von dessen Gedichten – vor allem ›Marmion‹ – alle Welt sprach.

»Es ist wirklich schade um Lady Caroline Lamb«, klagte Lady Rothwell. »Sie war ein so zartes, geistvolles Mädchen, aber jetzt sieht sie nicht mehr besonders aus. Sie ist unsterblich in Lord Byron verliebt; dieser aber scheint das gar nicht zur Kenntnis zu nehmen.«

Das war zwar bedauerlich, aber im Grunde genommen fand Arabella den dunkelhaarigen, vor sich hin brütenden Dichter nicht übermäßig interessant, abgesehen davon, daß sie in einem ihrer nächsten Briefe Sylvana von ihm erzählen könnte.

London ist tatsächlich aufregend, dachte sie bei sich, als sie jetzt ganz überwältigt um sich blickte. Sie war etwas verwirrt gewesen, als sie die vielen Einladungen gesehen hatte, die Lady Rothwell schon erhalten hatte; aber ihre Gastgeberin hatte ihr erklärt, daß dies noch gar nichts sei im Vergleich dazu, was nach ihrem Debüt heute abend noch auf sie zukommen würde.

Lady Rothwell zog Arabella mit sich auf die andere Seite des Ballsaals, um sie Lady Jersey vorzustellen.

Arabella war ganz geblendet von den funkelnden Diamanten, die Lady Jersey trug, und regelrecht überwältigt von deren Herzlichkeit, als sie sich erkundigte, wie es Arabella in London gefalle.

Lady Jersey war die großzügigste von jenen Damen, die hier den Ton angaben, und sie war allgemein beliebt. Arabellas Herz klopfte, als Lady Jersey freundlich zu Lady Rothwell sagte, daß Arabella mit ihrem Aussehen mit Sicherheit ein Erfolg werden würde.

Auf Lady Jerseys Anregung hin wurde Arabella nun auch den anderen Matronen vorgestellt. Mrs. Drummond-Burrell hob ziemlich unhöflich ihr Lorgnon und bemerkte in fast drohendem Ton, daß Arabella ziemlich temperamentvoll zu sein scheine. Allerdings flüsterte Lady Rothwell Arabella tröstend zu, daß Lady Drummond-Burrell nie jemanden uneingeschränkt lobte.

Zum Glück für Arabellas Seelenfrieden geruhten Lady Sefton und Lady Cowper, sie ebenfalls sehr wohlwollend zu behandeln.

»Wir werden für Ihr Patenkind jede Menge geeigneter Tanzpartner finden, besonders für den Walzer«, versprach Lady Jersey. »Es ist richtig erfrischend zu sehen, wie ein junges Mädchen so ganz offen ihre Freude an derlei hat. Ich verabscheue diese Kinder, die eben erst die Schule hinter sich haben und dann gleich versuchen, den blasierten Gesichtsausdruck von Damen, die zweimal so alt sind wie sie, nachzuahmen. Das wirkt so gekünstelt. Die Jugend ist schließlich die Zeit der Lebensfreude und Aufgeschlossenheit. Ich nehme an, daß Sylvanas Mitgift einigermaßen ... bescheiden ausfallen wird?« fragte Lady Jersey dann vorsichtig.

»So ist es«, stimmte Lady Rothwell zu, die heute ausnahmsweise einmal nicht so zerstreut war wie sonst. »Aber Sylvana erlebt zum ersten Mal die Londoner Saison. Ihre Familie hat nicht vor, sie aus rein materiellen Erwägungen zu einer Ehe zu zwingen.«

»Das ist sehr vernünftig«, lächelte Lady Jersey zustimmend. »Die Ehe ist eine ernst zu nehmende Angelegenheit«, sagte sie, zu Arabella gewandt. »Man sollte die Entscheidung daher den etwas reiferen Leuten überlassen; allerdings muß ich zugeben, daß ich manche Methoden der etwas habgierigen Mamas, die nach einem Ehemann für ihre Tochter suchen, nicht billigen kann«, setzte sie hinzu und blickte zu einer hochgewachsenen, stattlichen Matrone hinüber, die eine rote Satinrobe trug und vorwurfsvoll auf das kleine blonde Mädchen neben sich einredete.

»Das ist Lady Waintree«, stimmte Lady Rothwell zu. »Sie hat auf dem Land ein Gut ganz in der Nähe von uns. Giles kann sie nicht ausstehen, aber Cecily mag er ganz gern. Er hat mir selber den Vorschlag gemacht, Karten für die Waintrees zu besorgen, und ich war damit einverstanden, weil ich weiß, daß das arme kleine

Ding sonst keine ruhige Minute mehr gehabt hätte.«

»Aber das Kind kann doch kaum älter als sechzehn Jahre sein«, wandte Lady Jersey ein. »Sie sieht ja aus wie ein Schulmädchen und macht einen völlig verschüchterten Eindruck.«

»Es stimmt, sie ist eigentlich noch viel zu jung«, pflichtete Lady Rothwell bei.

Arabella hatte gewußt, daß sie Lady Waintree und deren Tochter treffen würden, und neugierig musterte sie die beiden. Cecily hatte ein recht hübsches Gesichtchen und eine Fülle schöner blonder Locken; aber ihre Augen blickten ganz verloren in die Welt, und Arabella hatte den Eindruck, daß das Mädchen fürchterlichen Respekt vor seiner Mama hatte.

Lady Rothwell entschuldigte sich bei ihren Gesprächspartnerinnen und ging zusammen mit Arabella auf die andere Seite des Saales, wo Lady Waintree sie bereits erwartete.

»Ich habe keine Ahnung, wo Kit wieder bleibt«, beklagte Lady Rothwell sich bei Arabella. »Ich habe ihn so dringlich darum gebeten, heute abend hierherzukommen, aber es ist genauso, wie ich es befürchtet habe, es ist einfach kein Verlaß auf ihn. Gott sei Dank wird Giles anwesend sein; dann kennst du zumindest schon einen Tanzpartner. Nicht, daß ich glaube, daß er der einzige bleiben wird, der dich zum Tanzen auffordert«, beruhigte sie eifrig Arabella. »Ganz im Gegenteil. Du hast sogar schon einiges Aufsehen erregt. Ganz bestimmt«, versicherte sie, als Arabella errötete. »Ich habe einige Herren beobachtet, die dich sehr interessiert gemustert haben.«

»Das ist also Ihre Patentochter«, erklärte Lady Waintree ein paar Minuten später herablassend. »Sie hat es wirklich gut getroffen, daß sie eine so großzügige Patentante hat. Vielleicht interessiert es Sie, Miß, daß es mich mehr als fünfhundert Guineen gekostet hat, meine Tochter neu einzukleiden, und ich bin überzeugt davon, daß Ihre Patentante auch nicht gerade kleinlich war. Die jungen Mädchen heutzutage sind so undankbare Geschöpfe«, fügte sie zu Lady Rothwell gewandt hinzu und beachtete gar nicht den gequälten Blick ihrer Tochter. »Ich könnte schwören, daß Cecily am liebsten auf der Stelle wieder nach Hause fahren würde, wenn ich es zuließe. Natürlich wissen wir alle, an wen sie ihr Herz verloren hat«, fügte sie mit einem scheinheiligen, süßlichen Lächeln hinzu. »Ich habe ihr aber schon gesagt, daß sie sich keinerlei Hoffnungen zu machen braucht, daß Giles hier in London ihr genausoviel Aufmerksamkeit widmen wird wie sonst zu Hause. O nein, bestimmt nicht! Wenn man all dem Gerede hier glaubt, wird sie nur eine unter vielen sein. Ich habe fast den Eindruck, daß Ihr Sohn so etwas wie ein Schürzenjäger ist!«

»Mama, bitte«, flehte Cecily ängstlich; Lady Waintree streifte sie jedoch lediglich mit einem kalten Blick. Sie hatte es ganz offensichtlich darauf angelegt, ihren Zuhörern deutlich zu verstehen zu geben, welche Art von Beziehung zwischen ihrer Tochter und Lady Rothwells Sohn sie sich wünschte.

»Natürlich müssen sich die Herren der Schöpfung alle erst einmal die Hörner abstoßen«, fuhr sie fort. »Aber mit seinen einunddreißig Jahren muß Giles doch endlich einmal daran denken, eine Familie zu gründen. Er kann doch nicht ewig nach der Richtigen Ausschau halten. Ganz im Gegenteil, was er braucht, ist eine pflichtbewußte und anpassungsfähige Frau. Ihr Patenkind scheint ja eher etwas temperamentvoll zu sein«, fügte sie tadelnd hinzu, als sie bemerkte, wie Arabellas Augen zornig funkelten. »Aber die jungen Mädchen heutzutage sind auch nicht mehr das, was sie einmal waren. Meine Cecily allerdings ist auf genau die Weise erzogen worden, wie es für ein junges Mädchen angemessen ist...«

»Ja, ja, sicherlich«, murmelte Lady Rothwell zerstreut. »Allerdings finde ich nicht, daß Giles sich bereits dem Greisenalter nähert, Amelia. Er ist nämlich erst neunundzwanzig«, erinnerte sie Lady Waintree nachsichtig, »also nur ein Jahr älter als sein Vater damals, als dieser um meine Hand anhielt.«

»Genau das will ich ja damit sagen«, fuhr Lady Waintree unbeirrt fort und überhörte geflissentlich den diskreten Hinweis ihrer Gesprächspartnerin. »Giles ist mehr als alt genug, um endlich eine Familie zu gründen; allerdings ist das auch ein sehr schwieriges Alter. Sie müssen aufpassen, Henrietta, daß er sich nicht in ein völlig ungeeignetes junges Ding verliebt. Mein eigener Bruder, der es aufgrund seiner Erziehung eigentlich besser hätte wissen sollen, ist auf ein geradezu unmögliches weibliches Wesen hereingefallen. Ihr Vater war Geschäftsmann! Nicht wahr, da schauen Sie. Ich kann Ihnen versichern, daß meiner armen Mutter fast das Herz gebrochen wäre; schließlich war er ja der Haupterbe. Wenn ich nur daran denke, wie diese Frau Alceston tyrannisiert, kann ich mich gar nicht mehr beruhigen. Und erst ihre Kinder! Derart ungezogene und unfolgsame Gören! Und dann auch noch die seltsamen Vorstellungen, die diese Frau hat. Alle ihre Töchter sollen den Mann heiraten, den sie lieben, können Sie sich das vorstellen? Ich habe Cecily verboten, mit ihnen zu verkehren. Sie würde sonst weiß Gott welche verrückten Ideen aufschnappen.«

Während dieser Tirade hatte Cecily schweigend und mit gesenktem Kopf dagesessen, und Arabella sah sie jetzt aufmunternd an; sie freute sich, als Cecily sie ein wenig scheu anlächelte.

»Mama meint es nicht so ... so schlimm«, flüsterte sie Arabella verstohlen zu.

»Aber sie möchte doch, daß du Giles heiratest«, widersprach Arabella etwas vorlaut und verwünschte gleich darauf ihre Taktlosigkeit, als Cecily errötete und sie ganz verwirrt ansah.

»Oh, das tut mir wirklich leid«, entschuldigte sich Arabella. »Aber ich bin es einfach gewohnt, mit meiner Schwester ganz offen zu reden; und du erinnerst mich irgendwie an sie.«

»Ausgerechnet ich?« fragte Cecily ungläubig. »Aber ich kann mich doch erinnern, daß Kit mir erzählt hat, deine Schwester sei sehr temperamentvoll und habe vor nichts Angst. Ich bin da ganz anders!«

Meine lose Zunge, fluchte Arabella innerlich und schwächte ihre Feststellung etwas ab; sie war froh, daß Cecily das ohne weiteres akzeptierte und keine weiteren Fragen stellte.

»Es stimmt schon, Mama will, daß ich Giles heirate«, räumte Cecily ein. »Aber dazu wird es auf keinen Fall kommen. Giles ist zwar furchtbar nett zu mir, aber das ist auch alles. Ich glaube, daß er ein wenig Mitleid mit mir hat und mich deswegen zum Tanzen auffordert; denn er weiß, daß Mama mit mir schimpfen wird, wenn er das nicht tut. Sie glaubt immer, daß ich mich zuwenig darum bemühe, seine Aufmerksamkeit auf mich zu lenken; aber schließlich sind auch all die anderen Mädchen in ihn verliebt ... Und nicht nur die Mädchen! Auch viele verheiratete Ladies himmeln ihn an, und es heißt auch, daß er keinesfalls heiraten will, solange er auch so seinen Spaß haben kann. Ich finde es auch irgendwie ungerecht, daß wir Mädchen uns ausgerechnet zu solchen dunkelhaarigen, attraktiven Männern hingezogen fühlen, meinst du nicht auch? Und bei Giles gilt das in zweifacher Hinsicht, denn selbst wenn er nicht so gut aussähe, seine Persönlichkeit ist einfach beeindruckend.«

»Mich beeindruckt das absolut nicht«, verkündete Arabella heftig, woraufhin Cecily sie verwundert anblickte. »Ich finde weder sein Aussehen noch sein Wesen sonderlich anziehend. Im Gegenteil, ich habe jetzt schon Mitleid mit der Frau, die er einmal heiraten wird, denn sie wird sich ihm ihr Leben lang unterordnen müssen und darf nichts tun, was nicht seine Zustimmung findet. Kit mag ich da schon lieber.«

Arabella war ziemlich überrascht gewesen, als sie von Cecily gehört hatte, daß alle Mädchen in Giles verliebt waren. Irgendwie war es ihr nie in den Sinn gekommen, Giles und Verliebtsein in irgendeinen Zusammenhang miteinander zu bringen. Schließlich war er viel zu zurückhaltend und ironisch; er hatte sich viel zu sehr unter Kontrolle, um eines Gefühls fähig zu sein, von dem Arabella in Büchern gelesen hatte, daß es überwältigend war. Ein Giles, der völlig in einem Gefühl aufging! Das konnte sie sich einfach nicht vorstellen.

»Kit ist auf seine Weise ja ganz nett«, meinte Cecily. »Aber Giles ist viel verständnisvoller. Ich möchte übrigens noch lange nicht heiraten, sondern erst in ein paar Jahren, frühestens mit neunzehn, ganz egal, was Mama dazu sagt. Aber wenn ich einmal heirate, dann wünsche ich mir einen Mann, der genauso umgänglich ist wie Giles.«

Arabella starrte sie ungläubig an. Giles und umgänglich! Cecily kannte ihn offensichtlich von einer ganz anderen Seite als sie selbst. Oder vielleicht lag es nur daran, daß Giles von vornherein zurückhaltende und fügsame Mädchen vorzog, gestand Arabella sich ein, als sie daran dachte, wie anders er sich im Vergleich zu früher ihr gegenüber verhielt, seit sie in London war.

Lady Jersey hatte ihr Versprechen gehalten, und in kürzester Zeit war Arabellas Ballkarte nahezu voll; nur für die Walzer war sie noch frei.

»Wir brauchen einen ganz besonders guten Tänzer als Ihren Partner beim Walzer«, erklärte Lady Jersey wohlwollend. »Der erste Walzer ist für ein junges Mädchen ein ungeheuer aufregendes und wichtiges Ereignis.«

»Ich habe schon einmal Walzer getanzt«, gestand Arabella etwas schüchtern. »Aber nur in Lady Rothwells Salon, mit Giles. Er hat es mir beigebracht.«

»Oh, Giles«, scherzte Lady Jersey mit einem kleinen Zwinkern. »Dann wird es nicht gerade einfach für mich sein, jemanden zu finden, der genauso gut tanzt wie er.«

Die Paare stellten sich jetzt zu einem Kontertanz auf, und als Arabellas Partner auf sie zukam, um sie auf die Tanzfläche zu führen, konnte sie sich nicht länger mit Lady Jersey unterhalten.

Zwei Stunden vergingen wie im Flug, da ein junger Mann nach dem anderen Arabella zum Tanz aufforderte – es bemühten sich so viele um sie, daß sie sich kaum ihre Namen merken konnte. Als es Zeit zum Diner war, konnte Lady Rothwell stolz lächelnd auf die Schar von Bewunderern blicken, die ihr Patenkind umschwärmten. Mindestens sechs von ihnen baten Arabella, sie zum Büfett begleiten zu dürfen.

Arabella lehnte lächelnd ab und ging wieder zu Lady Rothwell; ihre Augen glänzten vor Aufregung, bis sie bemerkte, daß Lady Waintree sie mißbilligend anblickte.

»Ich hoffe doch, daß Sie es mit dem Flirten nicht übertreiben, Miß. Nichts beeinträchtigt die Chancen eines jungen Mädchens mehr, als wenn man sie für flatterhaft halten muß.«

Verunsichert blickte Arabella Lady Rothwell an. Hatte sie denn tatsächlich geflirtet? Nun, wenn sie das wirklich getan hatte, dann völlig unbewußt.

»Sylvana würde nie etwas so Unangebrachtes tun, davon bin ich überzeugt«, murmelte Lady Rothwell beschwichtigend. »Mir gefällt es, wenn die jungen Leute ihren Spaß haben.«

Lady Waintree betrachtete immer noch Arabella mit einem abschätzigen Stirnrunzeln, als Giles langsam auf die kleine Gruppe zukam.

Arabella hatte sein Näherkommen nicht bemerkt und war nun sehr überrascht, als sie aufblickte und feststellen mußte, daß er sie neugierig musterte.

»Offensichtlich habe ich recht behalten, Mama«, sagte er. »Sie wird bestimmt ein Erfolg. Darf ich um einen Tanz bitten?« fragte er erst Arabella und dann auch Cecily.

»Oh, wie schmeichelhaft!« rief Lady Waintree entzückt und nahm hastig Cecilys Karte, um sie Giles zu reichen.

»Wie Sie sehen, hat das Kind noch einige Tänze frei. Vielleicht erweist Giles dir die Ehre, einen Walzer mit dir zu tanzen, mein Kleines«, sagte sie zu Cecily und drehte sich dann wieder zu Lady Rothwell um, die dieses Taktieren von Lady Waintree etwas unangenehm berührt zur Kenntnis nahm. »Ich weiß auch nicht, woran das liegt, aber Cecily kann den Walzer viel besser, wenn sie mit Giles tanzt.«

»Wahrscheinlich liegt es daran, daß er ihn selbst so gut beherrscht«, warf Arabella unbedacht ein, als sie sich daran erinnerte, wie es ihr selber ergangen war, als Giles sie geführt hatte. Lady Waintree mißverstand jedoch diese Äußerung und sagte gehässig zu Lady Rothwell: »Henrietta, Sie haben mir doch gesagt, daß Ihre Patentochter ein sehr zurückhaltendes Mädchen sei.« Sie musterte Arabella abschätzig. »Und dabei hat sie auch noch dunkles Haar. Das ist wirklich schade, wo doch blondes Haar, wie bei meiner Cecily, der letzte Schrei ist. Finden Sie nicht auch, Giles?«

»Über Mode kann man nicht streiten«, erwiderte Giles gelassen und sah aus wie jemand, der das alles nicht so recht ernst nahm. »Sylvana ist ein hübsches Ding und hat, wie ich eben feststellen konnte, anscheinend schon etliche Bewunderer gefunden.«

Lady Waintree starrte Arabella erbost an; sie ärgerte sich ganz offensichtlich über Giles Äußerung und machte Arabella dafür verantwortlich.

»Bewunderer!« zischte sie empört. »Was ein junges Mädchen braucht, sind Kavaliere, die es ernst meinen. Mit ihren neunzehn Jahren würde Miß Sylvana gut daran tun, sich so schnell wie möglich nach einem Ehemann umzusehen, bevor nächstes Jahr wieder eine ganze Reihe jüngerer Mädchen debütieren wird. Habe ich Ihnen schon erzählt, daß sogar Lord Arlington meine Cecily bewundernd angesehen hat? Das ist doch äußerst schmeichelhaft, finden Sie nicht auch?«

»Arme Cecily«, kommentierte Giles dies in einem Ton, daß Lady Waintree ihn enttäuscht anstarrte. »Schließlich hat er schon zwei Ehen hinter sich, soweit ich mich erinnere. Außerdem bin ich überzeugt davon, daß Sie eine solche Verbindung nie billigen würden«, fügte er geheimnisvoll hinzu, und zwar in einem Ton, daß Arabella sofort klar war, daß er über Lady Waintrees Pläne Bescheid wußte.

Er entschuldigte sich, nachdem er seinen Namen in die Ballkarten der beiden Mädchen eingeschrieben hatte – und zwar nicht für einen Walzer, wie Arabella belustigt, gleichzeitig aber auch etwas verärgert feststellte. Wie der gute Onkel, der ganz gerecht Bonbons an die braven Kinder verteilt. Ja, das war der springende Punkt bei der ganzen Angelegenheit, mußte sie sich etwas nervös eingestehen. Der Giles, den sie in Erinnerung hatte, und dieser freundliche Gentleman, den sie jetzt in London kennenlernte, waren zwei grundverschiedene Personen. Oder zeigte er sich nur ihr gegenüber von seiner anderen, strengeren Seite? Nein, nicht nur ihr gegenüber, das mußte sie zugeben, als sie sich an die Auseinandersetzung zwischen Kit und ihm erinnerte; auch Kit hatte unter der unbeugsamen Haltung seines Bruders zu leiden. Aber das war ja nur zum Besten Kits, dachte Arabella, während es in ihrem Fall Giles nur darum gegangen war, sie zu beschämen und zu demütigen.

»Da ist ja endlich Kit!« rief Lady Rothwell einigermaßen erleichtert aus. Ihr Lächeln verwandelte sich jedoch in ein Stirnrunzeln, als sie sah, daß ihr Sohn nicht allein war. »O nein! Er hat diesen entsetzlichen Addison mitgebracht«, sagte sie verärgert zu Arabella. »Wie kann er nur Giles in aller Öffentlichkeit so brüskieren und ihn ganz absichtlich reizen?«

»Vielleicht will er auf diese Weise Giles dazu bringen, daß er ihn doch zur Armee gehen läßt?« vermutete Arabella scharfsinnig und sah sich Kits Begleiter genauer an.

Als sie ihn zum erstenmal gesehen hatte, war sie selber so durcheinander gewesen, daß sie gar keine Zeit gefunden hatte, ihn näher zu betrachten; das holte sie allerdings jetzt nach und wunderte sich, warum dieser Mann wohl so viel Spaß daran fand, überall Ärger zu stiften. Er sah an sich ganz akzeptabel aus; allerdings war er nicht übermäßig attraktiv: Seine Augen standen viel zu nahe beieinander und hatten eine wäßrigblaue Farbe; Arabella konnte sich aber einfach nicht vorstellen, daß Lady Rothwells Beschuldigungen tatsächlich der Wahrheit entsprachen.

»Ich werde Kit auf keinen Fall erlauben, daß er diesen Mann Cecily vorstellt«, erklärte Lady Waintree drohend und nahm ihre Tochter bei der Hand. »Komm, Cecily, wir werden später wiederkommen, wenn der Kerl da verschwunden ist.«

»O du meine Güte! Wenn Amelia doch nur etwas diplomatischer wäre!« rief Lady Rothwell aus, als die beiden gegangen waren. »Conrad muß gemerkt haben, wie auffällig sie sich abgewandt hat; er wird sich ganz bestimmt dafür rächen und sie auf irgendeine Weise lächerlich machen. Dabei wäre das gar nicht nötig, denn jedermann weiß, daß er eine reiche Frau heiraten muß. Versteh mich richtig, ich traue ihm durchaus zu, daß er sich nun in verstärktem Maße um Cecily bemüht, und zwar aus reiner Bosheit. Es ist ihm völlig gleichgültig, wen er benutzt, wenn er nur seinen Willen durchsetzen kann.«

»Du meinst, er könnte tatsächlich Cecily den Hof machen, nur um Lady Waintree zu ärgern?« fragte Arabella; sie war bestürzt über den Gedanken, daß jemand so weit gehen könnte, nur um sich für eine Kränkung zu rächen.

»Ihr den Hof machen? Wenn es nur das wäre! Er wird sie jetzt wahrscheinlich mit Einladungen überhäufen und ihr seine ganze Aufmerksamkeit zuwenden, um damit den Eindruck zu erwecken, daß er fürchterlich verliebt in sie ist. Dann wird er sie fallenlassen und in aller Öffentlichkeit verkünden, daß mit ihr irgend etwas nicht in Ordnung ist. Er kennt kein Erbarmen.«

Das klang ja so, als sei er fürchterlich grausam; Arabella zuckte zusammen, als der Mann, über den sie eben gesprochen hatten, plötzlich neben ihr stand.

Zu ihrer Überraschung war er sehr höflich und zurückhaltend, und Arabella fragte sich, ob Lady Rothwell nicht doch ein wenig übertrieben hatte.

»In der Tat, Kit«, sagte Addison gedehnt und lächelte dabei Arabella an, »du hast wirklich nicht übertrieben. Kit hat mir nämlich vorgeschwärmt, daß Sie das hübscheste Mädchen in ganz London seien; ich habe aber bis jetzt geglaubt, daß er damit ein bißchen übertrieben hat.«

Mit keinem Wort deutete er an, daß sie sich ja schon einmal begegnet waren, er verhielt sich ganz im Gegenteil äußerst korrekt, genau so, wie es sich einer sehr jungen Dame gegenüber gehört; und dennoch hatte Arabella irgendwie das Gefühl, daß er sich sehr wohl an ihren Auftritt in jener Spielhölle erinnerte.

»Was ist denn mit Cecily los?« fragte Kit nichtsahnend. »Ich wollte sie eigentlich um einen Tanz bitten.«

»Ich vermute, daß ich der Grund für ihr plötzliches Verschwinden bin«, bemerkte Conrad Addison gelassen, als Lady Rothwell ihn etwas verwirrt ansah. »Eine törichte Frau, diese Lady Waintree; man sollte sie eigentlich gar nicht beachten. Aber auch ohne mein Nachhelfen wird sie mit ihren Plänen kein Glück haben. Alle Welt weiß, daß sie hinter deinem Bruder als Ehemann für ihre Cecily her ist.«

»Hinter Giles?« Kit starrte Addison verwundert an. »Großer Gott, der ist doch zweimal so alt wie sie. Da kommt sie vom Regen in die Traufe – sie würde lediglich den einen Hausdrachen gegen einen anderen eintauschen!«

»Kit!« seufzte Lady Rothwell. »Bitte! Du sprichst von deinem Bruder!«

Arabella spürte, daß Lady Rothwell wirklich betroffen war über Kits unbedachte Äußerung, und versuchte, dem Gespräch eine andere Wendung zu geben; sie erkundigte sich bei Kit, ob er auch zu einem bestimmten ›Venezianischen Frühstück‹ gehen werde, zu dem sie selber eingeladen war.

»Meinst du das bei Lady Mainwaring?« fragte Kit. »An sich hatte ich nicht vor, hinzugehen. Hast du eine Einladung?«

Arabella nickte zustimmend und gestand, daß sie sich schon sehr darauf freute, in der wunderbar gelegenen Strawberry-Villa von Lady Mainwaring *al fresco* zu speisen.

»Natürlich wirst du hingehen, Kit«, bestimmte Lady Rothwell. »Du mußt Sylvana begleiten; alleine kann sie dort nicht erscheinen, und die Einladung ist ja nun wirklich etwas für junge Leute. Ich muß gestehen, daß solche Veranstaltungen mir heute bei weitem nicht mehr soviel Spaß machen wie früher einmal.«

»Nun gut«, willigte Kit ein. »Und, ehe ich es vergesse, ich habe alles für einen Ausritt übermorgen vormittag arrangiert. Ich komme dich um neun Uhr abholen, ist dir das recht?«

»Sie sind tatsächlich eine erstaunliche junge Dame, daß es Ihnen gelungen ist, Kit dazu zu bringen, schon zu einer so entsetzlich frühen Stunde aufzustehen...«, brachte Conrad scherzhaft seine Verwunderung zum Ausdruck; Arabella entging es nicht, wie Kit errötete und verlegen zu Boden blickte.

Es entging Arabella nicht, wie sehr Kit unter dem Einfluß Conrads stand, und sie bemerkte auch, daß Lady Rothwell sich ziemlich unbehaglich fühlte.

»Sylvana und ich sind alte Freunde, Conrad«, murmelte Kit entschuldigend. »Ich kann doch nicht einer alten Freundin eine Bitte abschlagen.«

»Aber natürlich nicht«, stimmte Conrad beruhigend zu. »Vor allem nicht Miß Sylvana.«

In diesem Augenblick grüßte ein Bekannter zu Kit herüber, und er und Conrad entschuldigten sich. Aber Lady Rothwell und Arabella blieben nicht lange allein.

Viele junge Kavaliere baten unter den fadenscheinigsten Vorwänden darum, Lady Rothwells Patentochter vorgestellt zu werden. Arabella, die sich nie eingebildet hatte, daß gerade sie besonders attraktiv sei, war darüber ganz aufgeregt und fühlte sich geschmeichelt, wieviel Beachtung man ihr schenkte, aber sie ließ sich das nicht zu Kopf steigen.

»Ich glaube, sie würden auf jedes andere neue Gesicht hier genauso reagieren«, sagte sie zu Lady Rothwell, nachdem der dritte junge Mann in scharlachroter Offiziersuniform um die Erlaubnis gebeten hatte, ihr am nächsten Vormittag in der Brook Street einen Besuch abstatten zu dürfen.

Lady Rothwell war sehr erfreut über diese bescheidene und äußerst vernünftige Bemerkung Arabellas, obwohl sie der Meinung war, daß Sylvana etwas ganz Außergewöhnliches war und weit besser aussah, als die meisten anderen jungen Mädchen.

Gegen Ende des Balls stellte Lady Jersey Arabella einen reichlich nervösen jungen Gentleman vor, Viscount Cotteringham, und erlaubte Arabella, einen Walzer mit ihm zu tanzen.

Arabella mochte ihn auf den ersten Blick, und schon nach kurzer Zeit plauderten sie angeregt miteinander. Als er sie nach dem Tanz zu Lady Rothwell zurückbrachte, erfuhr Arabella zu ihrer Überraschung, daß er nach dem Tod seines Vaters ein großes Vermögen und den Grafentitel erben werde.

»Cotteringham wird keinesfalls ernsthafte Absichten Sylvana gegenüber haben«, erklärte Lady Waintree, die diesem Gespräch gefolgt war, im Brustton der Überzeugung. »Es gilt als sicher, daß er Harkendens Tochter heiraten wird. Die beiden Familien haben schon alles miteinander geregelt, als die beiden noch in der Wiege lagen.«

»Solche vereinbarten Heiraten finde ich unmöglich«, platzte Arabella heraus, was ihr einen vernichtenden Blick eintrug. »Jeder sollte die Möglichkeit haben, sich seinen Ehepartner selbst auszusuchen.«

»Allen Respekt, Sylvana«, sagte Giles gedehnt und brachte sie damit restlos aus der Fassung. »Ich glaube, daß das jetzt unser Tanz ist.«

Das stimmte. Widerwillig ließ Arabella sich von ihm zur Tanzfläche führen; aber sie wollte sich nicht länger mit Lady Waintree streiten.

»Du scheinst dich ja erstaunlich verändert zu haben, seit du in London bist«, meinte Giles, als die Musik einsetzte. »Ich hätte mir nie träumen lassen, daß du den Mut hast, dich mit Lady Waintree anzulegen. Das würde eher zu Arabella passen.«

»Wir verabscheuen beide von ganzem Herzen tyrannische Wesen«, erklärte Arabella eisig und wunderte sich selbst, daß sie irgendwie das sichere Gefühl hatte, daß ein Lächeln in seinen Augenwinkeln spielte, als er sie jetzt kritisch musterte.

Plötzlich wechselte er das Thema. »Ich habe gesehen, wie du dich vorhin mit Kit und Addison unterhalten hast. Mach dir, um Himmels willen, keine Hoffnungen auf Addison. Er ist Weltmann genug, um dich mit seinem oberflächlichen Charme einzuwickeln, aber nimm dich in acht, denn er wird dir mit Sicherheit keinen Heiratsantrag machen. Er ist gezwungen, sich eine reiche Erbin zu suchen.«

»Wie kannst du es dir nur anmaßen, über mein Leben entscheiden zu wollen«, zischte Arabella ihm zu und vergaß völlig, daß Sylvana nie etwas Derartiges zu sagen gewagt hätte.

»Es ist mir leider nicht klar, warum du einen brüderlichen Ratschlag als ›Entscheidung über dein Leben‹ interpretierst«, erwiderte Giles gelassen. »Meine Mutter leidet schon genügend darunter, daß dieser Addison einen solchen Einfluß auf Kit ausübt; es wäre mir ganz und gar nicht recht, wenn du ihr ähnlichen Kummer bereiten würdest. Und jetzt lächle mich an«, forderte er sie mit sanfter Stimme auf. »Eigentlich ist es nämlich nicht meine Art, junge Debütantinnen auf die Weise zu verletzen, daß ich ihre schönsten Hoffnungen zerstöre, aber nachdem ich das nun einmal getan habe, könntest du zumindest ein wenig dankbar sein.«

»Nein! Ich weiß schon, daß du Damen bevorzugst, die etwas raffinierter sind.« Arabella hätte sich vor Wut fast verschluckt.

Giles zog seine Augenbrauen etwas hoch, allerdings eher belustigt als verärgert. »Aha, da hat also wieder einmal jemand den Mund nicht halten können. Laß dir eines gesagt sein, mein liebes Kind: Der Ruf, den ich habe, ist einzig und allein meine Sache; aber es steht außer Zweifel, daß ich für deinen guten Ruf verantwortlich bin, solange du dich im Haus meiner Mutter aufhältst. Ich muß zugeben, daß ich nie damit gerechnet habe, auf solche Weise mit dir sprechen zu müssen, aber es sieht tatsächlich so aus, als seist du innerhalb der letzten vier Jahre ziemlich aufsässig geworden. Ich kann dir nur den einen Rat geben: Wage dich nicht auf ein Gebiet, für das du zu unerfahren bist. Conrad Addison ist gefährlich...«

»Ein hübsches Ding; wer zum Teufel ist das denn?« fragte Lord Alvanley Giles ein paar Minuten später, als Arabella zusammen mit Kit vorbeitanzte; die beiden waren in ein Gespräch vertieft.

»Das ist die Patentochter meiner Mutter.«

»Soso. Ich habe bemerkt, daß Addison sich ziemlich auffällig benimmt. Du hast doch nicht irgendwas gemacht, um den Burschen zu verärgern, oder?«

Giles sah ihn belustigt an. »Und was würde es schon ausmachen, wenn das der Fall wäre?«

»Nun, du kennst ihn ja«, erwiderte der andere etwas unbehaglich. »Stille Wasser gründen tief. Hast du Lust auf eine Partie Whist? Ich weiß gar nicht, warum ich eigentlich hierhergekommen bin. Man kann sich nicht einmal richtig unterhalten. Es ist unbeschreiblich langweilig. Ich gehe nachher zu White's. Kommst du mit?«

»Im Augenblick nicht. Ich muß erst noch mit meinem Bruder reden; aber vielleicht komme ich später nach. Ich glaube nämlich, daß es wirklich an der Zeit ist, meine Niederlage gegen dich in der letzten Woche auszubügeln.«

Lord Alvanley lachte. »Die fünftausend! Ich habe letzte Nacht fünfzigtausend verloren. Du bist immer viel zu vorsichtig, Giles. Du trinkst nie sehr viel, du spielst nicht mit hohen Einsätzen...«

»Es gibt schlimmere Fallen, in die ein Mann tappen kann«, antwortete Giles geheimnisvoll und entschuldigte sich, als er sah, wie

Kit Arabella auf ihren Platz zurückbrachte und auf Conrad zuging.

»Auf ein Wort nur, Kit«, sagte er mit einer solchen Entschlossenheit in seiner Stimme, daß Kit ihn verärgert anstarrte. »Ich habe doch diesen Tanz Cecily versprochen«, wandte er ein.

»Ich bin sicher, daß Cecily dich entschuldigen wird. Ich habe das Gefühl, daß wir einiges miteinander zu bereden haben – in einer ganz bestimmten Angelegenheit. Beispielsweise, wann du hier alles erledigt haben wirst, um anschließend mit mir nach Rothwell House zu kommen.«

Kit lief rot an und blickte entsetzt auf seinen Bruder.

»Nein, Giles, schick ihn nicht nach Hause«, bat Lady Rothwell verstört. »Gib ihm noch einmal eine Chance. Kit, versprich Giles, daß du die törichte Absicht aufgibst, zur Armee zu gehen, und ich bin sicher –«

»Das ist keine törichte Absicht«, sagte Kit, seiner Stimme kaum mehr mächtig; seine Augen funkelten vor Zorn. »Ich bin kein Kind mehr, obwohl ihr beiden mich immer noch als solches behandelt!«

»Und das werden wir auch weiterhin tun, solange du dich wie ein Kind aufführst«, erklärte Giles schroff. »Hör doch endlich auf, einen Narren aus dir zu machen. Du weißt genau, daß Addison nicht der richtige Umgang für dich ist.«

»Jetzt reicht's!« rief Kit drohend. »Ich lasse mir nicht wie ein kleiner Schuljunge vorschreiben, was ich tun soll und was nicht.« Er rannte an Giles vorbei, dessen Gesicht zu einer eiskalten Maske gefror, und blieb nur einen Augenblick lang stehen, um zu Arabella zu sagen: »Bis zu unserem Ausritt, Sylvana, wie abgemacht. Und entschuldige mich bitte bei Cecily.«

»Oh, Giles, was haben wir jetzt wieder angerichtet!« jammerte Lady Rothwell voller Mitleid.

»Er wird schon wieder Vernunft annehmen«, erklärte Giles ruhig. »Trotzdem bin ich immer noch der Ansicht, daß wir ihn zur Armee gehen lassen sollten, Mama. Das wäre eine echte Chance für ihn. Denn auch wenn er es abstreitet, er ist eben immer noch ein verwöhntes, eigensinniges Kind. Einfach so davonzurennen... und noch dazu, ohne sich bei Cecily zu entschuldigen.« Er drehte sich um und ging auf Lady Waintree und ihre Tochter zu; einen Augenblick später drehte er sich mit Cecily auf der Tanzfläche.

Arabella fragte sich, ob die Pläne von Lady Waintree vielleicht

66

doch nicht jeder Grundlage entbehrten, als sie sah, wie freundlich Giles auf das schüchterne Erröten seiner Tanzpartnerin reagierte.

»Ein äußerst erfolgreicher Abend«, resümierte Lady Rothwell auf dem Nachhauseweg. »Es ist wirklich ein Jammer, daß Kit sich so kindisch benommen hat, aber Giles wird das schon wieder in Ordnung bringen.«

Arabella war sich darüber im klaren, daß ihre Patentante das Ganze viel zu leicht nahm, und sagte gar nichts. Der Abend war für sie wirklich wunderschön gewesen, aber obwohl sie mit so vielen Kavalieren getanzt hatte, hatte doch kein einziger ihr Herz höher schlagen lassen. Ganz im Gegenteil – Giles war der einzige gewesen, der überhaupt eine Gefühlsregung in ihr geweckt hatte. Aber das war Wut gewesen und nicht Liebe!

5

Arabella fühlte sich ausgesprochen wohl. Das ›Venezianische Frühstück‹ (das, um ehrlich zu sein, nachmittags um drei Uhr stattfand) hatte ihr Spaß gemacht; Arabella hatte ein paar weitere junge Damen kennengelernt und auch eine ganze Reihe von Kavalieren.

Obwohl Kit so getan hatte, als sei ihm das alles viel zu kindisch, hatte Arabella doch beobachtet, wie er in ein ernstes Gespräch mit einem jungen Mann vertieft war, der der jüngere Sohn des Hauses war, wie sie später erfuhr; er war gerade dabei, seinen ersten militärischen Auftrag zu übernehmen.

Als sie in die Brook Street zurückkehrte, erfuhr Arabella, daß während ihrer Abwesenheit einige Besucher für sie dagewesen waren; außerdem mußte ein riesiger Stapel von Einladungen beantwortet werden.

Arabella hatte das Gefühl, daß sie eben erst nach Hause gekommen sei, als es auch schon wieder an der Zeit war, sich für den Abend umzuziehen; sie waren zu dem Debütball für die älteste Tochter des Grafen von Torrington eingeladen.

»Ich habe, ehrlich gesagt, nicht damit gerechnet, daß wir auch eine Einladung bekommen würden«, gestand Lady Rothwell, als Arabella die Treppe herunterkam. »Die Gräfin muß von deinem durchschlagenden Erfolg bei Almacks gehört haben; sie ist eng mit Lady Sefton befreundet.«

»Wird Giles auch kommen?« fragte Arabella unbedacht und wunderte sich selbst, daß sie es gefragt hatte. Was sollte ihr denn daran liegen, ob er da sein würde oder nicht? Sie wußte es selber nicht; sie wußte nur, daß sie sich in einer fremden Umgebung etwas sicherer fühlte, wenn er dabei war.

Lady Rothwell schüttelte verneinend den Kopf und erklärte Arabella, daß Giles mit einigen Freunden verabredet sei.

Dennoch genoß Arabella diesen Abend sehr, und die Gräfin sah sich veranlaßt, Lady Rothwell gegenüber zu bemerken, daß ihr Patenkind sehr temperamentvoll und regelrecht erfrischend sei, was sie äußerst charmant mache.

Als sie in den frühen Morgenstunden nach Hause fuhren, gestand Arabella Lady Rothwell, daß sie die Sohlen ihrer Schuhe fast durchgetanzt hatte.

Obwohl es letzte Nacht so spät geworden war, stand Arabella am nächsten Morgen schon sehr früh auf, um mit Kit zusammen auszureiten. Ungeduldig bat sie ihre Zofe, mit dem Zuknöpfen des Reitkleides doch etwas schneller zu machen. Das Reitkleid war eines der wenigen Dinge, die Arabella von zu Hause mitgebracht hatte. Wie Giles ganz richtig bemerkt hatte, interessierte Sylvana sich nicht sonderlich fürs Reiten; der Schneider in Darleigh Abbey hatte ein Reitkleid, das der Mutter der Zwillinge gehört hatte, für Arabella umgeändert.

Zum Glück war der weiche grüne Samt schier unverwüstlich, und der Schneider hatte tatsächlich ein gewisses Gespür für Mode bewiesen und das Kleid mit einigen Schnürverschlüssen in militärischem Stil verziert, wie es jetzt gerade modern war. Arabella hatte zwar keinen passenden Hut zu dem Kleid, weil sie es gewohnt war, ihr Haar im Wind wehen zu lassen; da sie jedoch das Gefühl hatte, daß dies in London nicht angebracht war, versteckte sie ihre Haare unter einer kleinen Seidenkappe.

Lady Rothwell hatte es vorgezogen, etwas länger liegenzubleiben. Da es noch ungewöhnlich früh am Tag war, lag die Straße vor dem Haus ganz verlassen da, als Arabella in das Frühstückszimmer ging, um ein wenig Toast mit Butter zu essen und eine Tasse Kaffee zu trinken. Sie war sehr enttäuscht gewesen, als sie bei ihrer Ankunft in der Brook Street hatte feststellen müssen, daß Lady Rothwell nur Modejournale abonniert hatte; sie vermißte die unterhaltsamen und oft bissigen Kommentare in den ›Neuesten Nachrichten‹ sehr.

Kit kam zehn Minuten zu spät. Schuld daran war das Pferd, das Arabella reiten sollte und das auf der Straße immer wieder gescheut hatte.

»Ich bin mir gar nicht so sicher, ob das das geeignete Pferd für eine junge Dame ist«, erklärte Kit, als er Arabella in den Sattel half. »Einigen Leuten ist es völlig egal, wie sie zu den Pferden kommen. Ein Bekannter von mir ist neulich bei Regenwetter ausgeritten. Als er aufbrach, ritt er einen Schecken, aber als er zurückkam, hatte das Pferd ein kastanienbraunes Fell. Ganz schlicht und einfach gestohlen«, erklärte er, als Arabella ihn verständnislos anblickte. »Es heißt, daß die Zigeuner einen gutgehenden Handel damit betreiben; sie klauen die Pferde irgendwo auf dem Land und bringen sie dann nach London, wo sich meist schnell ein Käufer dafür findet.«

Die Stute war etwas nervös, das sah Arabella gleich. Kit hatte keinen Reitknecht mitgebracht, und als sie zum Park ritten, stellte Arabella sich vor, daß sie beide einfach wieder zwei Kinder waren, die endlich aus dem engen, muffigen Schulzimmer hatten entfliehen können.

Sie ritten durch das Stanhope-Tor in den Park und trabten, ganz wie es sich gehörte, den zu der Zeit menschenleeren Weg entlang; Arabellas Stute scheute vor jedem Blättchen.

»Eigentlich wäre es besser, wenn wir die Pferde tauschten«, meinte Kit, der besorgt die zögernde Gangart von Arabellas Pferd betrachtete. »Aber mein Pferd ist viel zu groß für dich.«

»Mach dir wegen mir keine Sorgen – ich finde es wunderbar«, antwortete Arabella aufgekratzt und merkte gar nicht, daß Kit sie etwas seltsam ansah.

Der Rasen war noch naß vom Tau, und als sie ihn überquerten, sah Arabella die Milchmädchen mit ihren großen Kannen durch den Park kommen. Sie hatte schon gehört, daß man frische Milch von Kühen, die eher verzogene Schoßtiere waren, als richtige Landkühe, kaufen konnte, und sie beugte sich über die Kruppe ihres Pferdes, um es zu tätscheln, als sie merkte, daß die Stute beim Anblick der Kühe die Ohren anlegte.

»Ich glaube, es wird ihr ganz guttun, wenn ich sie einmal ein bißchen fordere«, schlug Arabella Kit vor, der sich bemühte, den Schritt seines Pferdes dem nervösen Getänzel von Arabellas Stute anzugleichen.

»Aber nur, wenn du dir sicher bist, daß du auch wirklich mit ihr zurechtkommst. Außer uns ist jetzt niemand im Park, und wir stören ganz bestimmt keinen.«

»Gut, dann reiten wir um die Wette, da rüber, ans andere Ende«, forderte Arabella ihn heraus und vergaß völlig, daß sie ja eigentlich Sylvana war. Es war ein Vergnügen, die Stute zu reiten; Arabella kam es vor, als würde sie fliegen, und natürlich erreichte sie – was ihr im übrigen von vornherein klar gewesen war – das Ziel ein paar Minuten früher als Kit.

Als er sie eingeholt hatte, griff er nach ihrem Zügel und sah sie beleidigt an. »Sylvana hätte das nie geschafft«, warf er ihr vor, »nicht um alles in der Welt. Ich kenne nur ein einziges Mädchen, das so temperamentvoll reiten kann, und dieses Mädchen heißt *Arabella* Markham!«

Sie sahen einander an und sagten beide kein Wort; dann setzte Kit als erster zum Sprechen an.

»Du kannst dich doch unmöglich so sehr verändert haben – du warst doch immer ein Mädchen, daß fürchterliche Angst davor hatte, ein feuriges Pferd zu reiten.«

Arabella wußte genau, was er dachte, und zwar noch ehe er es aussprach.

»Du bist gar nicht Sylvana!« rief er verblüfft. »Du bist Arabella!«

Arabella wußte, daß es gar keinen Sinn haben würde, die Komödie weiterzuspielen, und blickte etwas betreten zu Boden.

»Sylvana hatte keine Lust, nach London zu fahren – ich aber schon; wir haben also ausgemacht, daß wir ganz einfach die Rollen tauschen. Es hat mir von Anfang an leid getan, daß ich deiner Mutter dieses Theater vorspielen mußte«, sagte sie zerknirscht; plötzlich aber funkelten ihre Augen, und sie fügte triumphierend hinzu: »Aber Giles hat überhaupt nichts gemerkt!«

Kit mußte über ihren schadenfrohen Gesichtsausdruck lachen.

»Das nenne ich Gerechtigkeit! Guter Gott, ich würde alles darum geben, um sein Gesicht zu sehen, wenn er das herauskriegen sollte.«

Arabella war erleichtert, daß Kit sich so freute und stimmte in sein Lachen ein.

»Findest du nicht auch, daß ich ganz schön raffiniert bin?« fragte sie etwas spöttisch und stolz zugleich. »Ich habe zuerst geglaubt, daß ich Giles nie und nimmermehr täuschen könnte und daß er gleich dahinterkommen würde, aber er hat überhaupt nichts gespannt. Und das ist vielleicht gar nicht so schlecht«, fügte sie hinzu; ihre Augen glänzten auf, als sie sich an die bissigen Kommentare erinnerte, die Giles von sich gegeben hatte, als Lady Rothwell erzählt hatte, daß sie eigentlich gerne beide Schwestern nach London eingeladen hätte. »Denn wenn er es wüßte, würde er mich kurzerhand nach Hause zurückschicken.«

»Ich kann es gar nicht erwarten, Conrad davon zu erzählen«, feixte Kit. »Das ist etwas, was ihm sicher Vergnügen bereiten wird. Er kann nämlich Giles nicht ausstehen.«

»Oh, bitte nicht! Du darfst niemandem etwas davon erzählen!« warf Arabella hastig ein; »vor allem Addison nicht.« Sie hatte das Gefühl, daß man ihm nicht über den Weg trauen konnte.

Giles an der Nase herumzuführen und mit Kit darüber zu lachen, war eine Sache; es war jedoch etwas ganz anderes, einem Mann, von dem sie instinktiv wußte, daß er Giles' Feind war, zu vertrauen; allerdings wußte sie selber nicht, warum sie dieses Gefühl hatte.

»Nun gut«, gab Kit nach. »Ich werde dein Geheimnis für mich behalten. Es ist wirklich Zeit, daß jemand Giles von seinem hohen Roß herunterholt, aber ich hätte mir nie träumen lassen, daß ausgerechnet dir das gelingen würde. Er ist immer so stolz auf seinen Scharfsinn, und er wird ganz schön schwer daran zu schlucken haben, daß er dich für Sylvana gehalten hat.«

»Giles und du, ihr kommt nicht besonders gut miteinander aus, oder?« fragte Arabella.

Kit zuckte die Schultern. »Daran ist er schuld – nicht ich. Du weißt vielleicht, daß ich ihn gebeten habe, mir ein Offizierspatent zu kaufen. Er hat es rundweg abgelehnt, und zwar, obwohl ich Mama ausdrücklich darum gebeten hatte, ein gutes Wort für mich einzulegen.«

Und damit hast du, ohne es zu wissen, dir selbst jede Aussicht auf die Erfüllung deiner Hoffnungen zerstört, dachte Arabella mitleidig.

»Und jetzt will er mir befehlen, mit wem ich befreundet sein darf und mit wem nicht, und droht mir, mich nach Rothwell House zurückzuschicken, noch ehe die Saison vorbei ist, wenn ich ihm nicht gehorche.«

»Ist dir eigentlich schon einmal der Gedanke gekommen, daß Conrad Addison doch nicht ein so guter Freund sein könnte, wie du glaubst?« fragte Arabella vorsichtig.

»Wie kannst du nur so etwas sagen!« erklärte Kit empört. »Conrad ist ein Prachtkerl. Giles' Abneigung ihm gegenüber hat anscheinend auf dich abgefärbt. Gerade du, die du doch selber nur allzugut weißt, wie Giles sein kann.«

Arabella sah Giles inzwischen in einem etwas anderen Licht, aber sie hatte das unangenehme Gefühl, daß er nicht mehr so freundlich ihr gegenüber sein würde, wenn er erst einmal herausgefunden hatte, daß sie gar nicht Sylvana war.

»Es gefällt mir wirklich ausgezeichnet in London«, sagte sie, um das Gespräch in andere Bahnen zu lenken. »Die Bälle und die vielen Einladungen, die ich schon bekommen habe! Deine Mama hat mir versprochen, mich in das Theater in der Drury Lane mitzunehmen, um ein Stück anzuschauen. Das würde mir riesigen Spaß machen.«

Auch Kits Augen glänzten jetzt vor Begeisterung.

»Wenn ich es mir leisten könnte, würde ich für immer in London bleiben. Noch lieber würde ich natürlich zur Armee; da ich das aber nicht darf, sehe ich einfach nicht ein, warum ich mich in Rothwell House verkriechen soll, nur weil Giles das so will. Conrad findet dich übrigens sehr attraktiv«, fügte er unvermittelt hinzu und sah sie dabei an. »Wir werden in Kürze auf einen Maskenball gehen. Hast du nicht Lust, mitzukommen?«

Arabella zögerte ein wenig, da sie sich nicht sicher war, ob es ihr Spaß machen würde, zusammen mit Conrad irgendwohin zu gehen; aber Kit sah so mißmutig und enttäuscht drein, daß sie sich eines anderen besann.

Allerdings wandte sie ein, daß sie nicht ohne Anstandsdame auf ein solches Fest gehen könne, aber Kit wischte ihre Bedenken beiseite; als er sah, wie ihr Widerstand nachließ, wurde er wieder ganz fröhlich.

»Großer Gott, du brauchst doch keine Anstandsdame; nicht, wenn ich bei dir bin«, sagte er voller Überzeugung. »Ach, komm doch mit, das wird das Ereignis deines Lebens werden. Ich schwöre, daß es dir ganz bestimmt Spaß machen wird. Du hast dich ja schon immer gerne verkleidet...«, neckte er sie.

Angesichts seiner Begeisterung gab Arabella schließlich nach, und Kit versprach, ihr Bescheid zu geben, sobald er Karten für den Ball habe.

»Und jetzt reiten wir noch einmal um die Wette«, rief er ihr spitzbübisch über die Schulter zu und stob davon.

Sie nahm die Herausforderung an und gab dem Pferd die Sporen; ihre Haare lösten sich, als sie so durch den Park jagte.

Ihre Stute, die schneller war als Kits Pferd, hatte dieses bald eingeholt; Arabella genoß es, wie der Wind ihre Haare zerzauste, und freute sich über das Trommeln der Hufe auf dem Boden.

Allmählich kam das andere Ende des Parks in Sicht, und Arabella wollte gerade ihr Pferd zügeln, als plötzlich hinter einem Baum ein kleiner Hund auftauchte, der aufgeregt bellte. Fast wären Arabella die Zügel entglitten, als das Pferd sich aufbäumte, und nur ihrer exzellenten Reitkunst war es zu verdanken, daß sie nicht abgeworfen wurde. Es schien fast, als würden die wilden Sprünge, die die Stute vollführte, den Hund anspornen, noch lauter zu kläffen; inzwischen hatte Kit Arabella eingeholt und rief ihr aufgeregt zu, sie solle versuchen, im Sattel zu bleiben.

Die Stute legte die Ohren an, ihre Augen rollten wild, und plötzlich ging sie durch. Arabella umklammerte verzweifelt die Zügel; ihre Arme schmerzten vor Anstrengung, als sie versuchte, das Pferd zurückzuhalten. Ein paar Reiter in der Nähe zügelten ihre Pferde, als Arabella auf sie zuraste. Einer von ihnen rief ihr eine Warnung zu, die sie aber nicht verstehen konnte.

Plötzlich tauchte vor ihr die Hecke auf, die den Park von der angrenzenden Weide trennte, auf der Kühe grasten, und einen Augenblick lang verspürte sie nur noch schreckliche Furcht. Ihr Mut und ihre Geschicklichkeit gewannen aber schnell wieder die Oberhand. Als sie merkte, daß sie das Pferd nicht mehr zurückhalten konnte, umklammerte sie mit aller Kraft die Zügel; sie spürte, wie das Pferd zum Sprung ansetzte und das Hindernis nahm.

Sie sah jetzt die Hecke direkt unter sich. Arabella stieß einen Seufzer der Erleichterung aus, aber gleich darauf schnappte sie vor Entsetzen nach Luft, als sie den tiefen Graben sah, der hinter der Hecke lag. Das Pferd wollte stehenbleiben, aber es war schon zu spät. Es stürzte, und Arabella gelang es gerade noch, ihre Beine aus den Steigbügeln zu befreien und sich in einem letzten verzweifelten Versuch auf die Seite zu werfen, als sie zu Boden stürzte.

Jemand beugte sich über sie, und sie spürte, wie zwei kühle Hände sachkundig ihr Schlüsselbein abtasteten. Ihr war kalt, und es kam ihr zu Bewußtsein, daß ihr Reitkleid zerrissen war.

Sie war schon oft abgeworfen worden und spürte, daß sie nicht ernstlich verletzt war; krampfhaft bemühte sie sich, aufzustehen; als sie aber sah, wer neben ihr kauerte, riß sie vor Schreck ihre Augen weit auf.

»Giles«, stammelte sie und konnte sich nicht erklären, warum sie plötzlich so aufgeregt war. »Wieso . . .«

»Ich habe dich zufällig *ventre à terre* durch den Park galoppieren sehen, und da ich weiß, daß du, um es einmal so auszudrücken, nicht gerade eine begeisterte Reiterin bist, bin ich dir nachgeritten, um dir zu helfen.«

Er hielt es für überflüssig, ihr zu sagen, daß er, als er ihr ›geholfen‹ hatte, das verräterische Muttermal an ihrem Schlüsselbein entdeckt hatte und daß ihn das eigentlich gar nicht überrascht oder schockiert, sondern ihn lediglich mit einer gewissen grimmigen Genugtuung erfüllt hatte, daß seine fünf Sinne noch genauso gut funktionierten wie eh und je. Aus nur ihm bekannten Gründen zog er es jedoch vor, seine Entdeckung für sich zu behalten. Arabella, die ja nicht ahnen konnte, daß er ihre Maskerade durchschaut hatte, sah ihn wütend und verärgert an.

»Niemand hätte das Pferd bändigen können, und schließlich konnte ich ja nicht wissen, daß da noch dieser Graben ist.«

»Natürlich nicht«, antwortete Giles kühl, sah sie dabei aber so sonderbar an.

»Du hättest dir den Hals brechen können! Ich hoffe, daß du dir dessen bewußt bist.«

Sie zuckte zusammen. Natürlich war ihr das irgendwie klargeworden, aber zu diesem Zeitpunkt war es schon zu spät gewesen, um etwas dagegen zu unternehmen, außer, darum zu beten, nicht aus dem Sattel zu fallen.

»Es ist nämlich ein sehr zarter Hals«, fügte Giles ironisch hinzu. »Ein Hals, auf dem offensichtlich ein etwas hohler Kopf sitzt. Ich hatte gedacht, derlei Eskapaden seien eher Sache deiner Schwester.«

Er musterte sie eindringlich, aber Arabella war viel zu verärgert, um dies zu merken. Eskapaden! Sie wollte schon wütend protestieren, als ihr Blick auf Giles' Pferd fiel. Die Stute! Und Kit, wo war der denn eigentlich geblieben?

»Ich habe Kit zu meinen Stallungen geschickt, damit er meinen Reitknecht holt«, sagte Giles; wieder einmal war sie erstaunt, wie gut er ihre Gedanken lesen konnte.

»Und die Stute?« fragte sie besorgt.

»Ehe mein Reitknecht kommt, kann ich nicht sagen, ob sie sich die Fesseln gebrochen oder nur verstaucht hat.«

Gebrochen! Arabella unterdrückte ein Schluchzen. Eigenartigerweise mochte sie das Pferd irgendwie, obwohl es so störrisch gewesen war, und sie konnte den Gedanken nicht ertragen, daß man es unter Umständen erschießen mußte.

»Tränen? Wegen einem Pferd, das dich abgeworfen hat? Du hast dich wirklich sehr verändert«, sagte Giles überlegen. »Ich kann mich an eine Zeit erinnern, als man dich nur mit Mühe dazu bringen konnte, überhaupt auf ein Pferd zu steigen. Ganz im Gegensatz zu deiner Schwester übrigens, die man nicht lange bitten mußte, ihren Hals zu riskieren.«

»Offensichtlich hast du keine besonders gute Meinung von Arabella«, erwiderte Arabella scharf. »Ich habe tatsächlich das Gefühl, daß du sie einfach nicht magst.«

»Mögen ist allerdings wirklich nicht das Wort, mit dem ich meine Gefühle ihr gegenüber beschreiben würde«, gab Giles liebenswürdig zu und half ihr beim Aufstehen. Seelenruhig knöpfte er ihr das Reitkleid zu, noch ehe sie etwas dagegen sagen konnte.

»Keine Angst, ich tue dir schon nichts«, erklärte er ironisch. »Ich kann dir guten Gewissens versichern, daß der Anblick deiner bloßen Schultern – obwohl sie wirklich sehr reizvoll sind – nicht meine männliche Leidenschaft erweckt hat.«

Arabella war außer sich über diesen demütigenden Ton. Nie hätte sie auch nur im Traum daran gedacht, daß er ihr irgendwie zu nahe treten könnte. Für was für ein Dummerchen hielt er sie denn eigentlich?

»Du beliebst zu scherzen«, antwortete sie kurz angebunden. »Schließlich kenne ich dich ja schon von klein auf, und ich hätte keinen Augenblick auch nur zu denken gewagt, daß du etwas anderes im Sinn hattest, als mir zu helfen.«

Hatte sie sich den eigenartigen Ausdruck in seinen Augen nur eingebildet? Hoffentlich. Denn es würde ihm guttun, wenn er endlich einmal merken würde, daß er mit ihr nicht umspringen konnte, wie er wollte.

»Hat Kit mit dir über Conrad Addison gesprochen?« fragte er unvermittelt.

»Wenn ja, dann würde ich dir das bestimmt nicht auf die Nase binden. Erwarte bitte nicht von mir, daß ich für dich deinem Bruder nachspioniere, Giles, damit du ihn dann zur Bestrafung nach Rothwell House zurückschickst.« Sie bemühte sich, ihn ihre Verachtung spüren zu lassen, indem sie sich ärgerlich zur Seite wandte, aber ihr Fuß verfing sich in dem zerrissenen Saum ihres Kleides, und im nächsten Augenblick hielt Giles sie in seinen Armen.

Er trug elegante Reithosen und auf Hochglanz polierte Schaftstiefel. Der Kragen seines Musselinhemdes stand offen, und sie konnte seine breite Brust sehen; seinen Umhang hatte er achtlos auf den Boden geworfen, als er niedergekniet war, um ihr zu helfen.

Zum erstenmal in ihrem Leben begriff Arabella, daß es, um männlich zu wirken, nicht notwendig war, auf einem feurigen Rappen zu reiten, wie der Held in einem Ritterroman. Es schnürte ihr fast die Kehle zu, als sie Giles' Herzschlag an ihrer Wange spürte.

»Ah – Sylvana, alles in Ordnung?« fragte Kit, der jetzt auf sie zulief und die Stirn runzelte, als er sah, daß sein Bruder Arabella im Arm hielt.

»Mir ist nichts weiter passiert«, versicherte sie ihm und löste sich aus den Armen von Giles, der jetzt leise auf seinen Reitknecht einredete.

Die Stute lag auf dem Rasen und zitterte, als würde sie im nächsten Augenblick verenden; sie machte überhaupt keinen Versuch aufzustehen.

Der Reitknecht streichelte sie beruhigend; er machte einen sehr besorgten Eindruck.

»Ich glaube nicht, daß sie ernsthaft verletzt ist«, sagte er zu Giles. »Es sieht eher so aus, als hätte sie einen Schock. Ein Jammer – aber es ist immer das gleiche mit diesen überzüchteten Tieren, die man an Reitschulen vermietet. Ein erstklassiges Pferd, wenn Sie mich fragen.«

»Wird es durchkommen?« fragte Arabella ängstlich und wischte sich verstohlen ein paar Tränen ab.

»Kann sein. Wenn wir es soweit bringen, daß es wieder aufsteht.«

Als eine Weile später das Pferd immer noch zitternd am Boden lag, mußte Arabella sich eingestehen, daß ihre Erleichterung etwas voreilig gewesen war.

»Lassen Sie mich mit ihr reden«, bat sie den Reitknecht, der ihr auf einen Wink von Giles hin Platz machte; sie kniete neben dem Pferd nieder.

Beruhigend tätschelte sie die Kruppe der verletzten Stute und redete auf sie ein, daß sie aufstehen solle.

»Zu Hause wirst du es gut haben«, versprach sie und war selbst erstaunt, als die Stute die Ohren anlegte und mühsam versuchte, aufzustehen.

»So ist's richtig, Miß«, ermutigte der Reitknecht Arabella. »Reden Sie weiter so mit ihr, ganz leise und beruhigend, dann wird sie aufstehen.«

Er hatte recht. Arabella war vor Freude überwältigt, als das Pferd endlich wieder auf den Beinen stand.

Spontan drehte sie sich zu Giles um, als der Reitknecht das Pferd wegführte.

»Bitte, könnte man das Pferd nicht nach Hause bringen lassen – nach Darleigh Abbey? Ich habe es versprochen . . .«

»Pferde verstehen keine Versprechungen«, schnaubte Kit verächtlich. Giles aber ging auf den Reitknecht zu und flüsterte ihm etwas ins Ohr. Dann wandte er sich zu Arabella.

»Fürs erste bleibt es in meinen Stallungen. Du kannst es besuchen, so oft du willst, und wenn es sich endgültig erholt hat, werde ich das Nötige veranlassen, um es nach Darleigh Abbey bringen zu lassen.«

»Es ist wahrscheinlich das beste, wenn ich mein Pferd zu seinem Besitzer zurückbringe«, meinte Kit. »Die glauben sonst noch, ich sei damit abgehauen.«

»Und wären wahrscheinlich auch noch dankbar dafür«, kommentierte Giles verächtlich und sah auf das verletzte Pferd. »Wenn du schon Pferde wolltest, warum, zum Teufel, hast du dich nicht an mich gewandt?«

»O ja«, erwiderte Kit bitter. »Dann hättest du uns wahrscheinlich sogar dein Gespann geliehen, nehme ich an.«

»Ich bin kein Unmensch, Kit«, sagte Giles ruhig. »Und du weißt ganz genau, daß ich dir noch nie etwas abgeschlagen habe, wenn ich nicht meine guten Gründe dafür hatte.«

Als Kit gegangen war, wandte Giles sich an Arabella.

»Ich bringe dich jetzt zurück zu meiner Mutter. Ich vermute zwar, daß du nicht gerade gern zusammen mit mir auf einem Pferd reitest, aber das verschafft mir die Möglichkeit, etwas mit dir zu besprechen, worüber ich schon lange mit dir reden wollte.«

Arabella fühlte sich schrecklich. War er womöglich dahintergekommen, daß sie in Wirklichkeit gar nicht Sylvana war? Irgendwie hatte sich heute sein Verhalten ihr gegenüber – wenn auch auf kaum spürbare Weise – verändert. Er gab sich immer noch reichlich distanziert und genauso höflich wie vorher, aber gelegentlich trat ein Glänzen in seine Augen, so daß ihr ein eigenartiger Schauer über den Rücken lief, ohne daß sie sich erklären konnte, was der Grund dafür war.

Er konnte doch unmöglich wissen, wer sie war, versuchte sie sich selbst zu beruhigen; er hätte sonst mit Sicherheit eine Bemerkung darüber gemacht.

Unter Aufbietung ihres ganzen Mutes fand Arabella sich damit ab, sich vor Giles auf dessen Pferd zu setzen. Als er sich in den Sattel schwang und sich niederbeugte, um sie zu sich heraufzuheben, fragte sie mit so zittriger Stimme, daß sie selber darüber entsetzt war: »Was wolltest du mit mir besprechen?«

»Es geht um deinen Ball«, erwiderte er zu ihrer Überraschung. »Du weißt wahrscheinlich, daß meine Mutter mich überredet hat, ihr den Ballsaal in Rothwell House zur Verfügung zu stellen; nun, ich habe mir gedacht, daß du ihn dir vielleicht gerne einmal ansehen würdest. Soviel ich weiß, warst du noch nie in der Villa, und es wäre gar nicht schlecht, wenn du dir vorher Gedanken darüber machen würdest, wie man den Saal herrichten könnte.«

»Ja, deine Mutter hat davon gesprochen«, räumte Arabella ein; verrückterweise fing plötzlich ihr Herz an, wie wild zu klopfen, als sie seinen Atem in ihrem Nacken spürte. »Ich würde mir den Ballsaal wirklich sehr, sehr gerne ansehen.«

»Gut«, meinte Giles. »Morgen nach dem Mittagessen hole ich dich ab, und wir fahren zusammen hin.«

Lady Rothwell war natürlich außer sich, als ihr Schützling so zerzaust und mit zerrissenem Reitkleid zurückkam. Als Arabella hinter Giles in den Salon trat, verließ sie aller Mut.

Lady Waintree und Cecily saßen auf einer Chaiselongue und tranken Tee. Lady Waintree sah Arabella verächtlich an, während Cecily ihr einen besorgten Blick zuwarf.

»Wir können wirklich von Glück reden«, berichtete Lady Rothwell aufgeregt ihren Gästen; Giles hatte ihr die ganze Geschichte schon erzählt. »Beinahe wäre ein Unglück passiert. Das bösartige Tier, das Kit für Arabella gemietet hatte, ist mit ihr durchgegangen. Wenn nicht zufällig Giles in der Nähe gewesen wäre, hätte weiß Gott was passieren können.«

Aus Lady Waintrees Augen war ganz deutlich abzulesen, wie leid es ihr tat, daß es dazu nicht gekommen war. Indigniert und fast höhnisch wandte sie sich an Arabella: »Das nenne ich wirklich Glück! Wir können Ihnen auf jeden Fall zu Ihrem ausgeklügelten Zeitplan gratulieren. Woher haben Sie denn gewußt, daß Giles ausgerechnet zu diesem Zeitpunkt im Park sein würde?«

»Mama«, wandte Cecily schüchtern ein, während Giles – sehr zu Arabellas Verärgerung – nur gelassen lächelte; seine Augen glänzten, als er seinen Blick von ihrem zornigen Gesicht zu dem vorwurfsvollen von Lady Waintree wandern ließ.

»Oh, Sie belieben zu schmeicheln, fürchte ich«, sagte er schließlich gedehnt. »Es war nämlich tatsächlich reiner Zufall. Sylvana konnte gar nicht wissen, daß ich in der Gegend sein würde, und die Umstände, unter denen ich sie schließlich gefunden habe, waren nicht gerade dazu angetan, daß sich eine romantisch veranlagte junge Dame sonderlich darüber freuen würde. Ihre Haare waren ganz zerzaust, ihr Gesicht schmutzig – kurz und gut, sie bot einen ganz anderen Anblick als den einer jugendlichen Heldin.«

Triumphierend blickte Lady Waintree um sich. »Nun, ich wage zu behaupten, daß Cecily, wenn ihr dergleichen zugestoßen wäre, sich ganz anders verhalten hätte. Aber temperamentvolle junge Damen sind ja immer ziemlich robust«, wandte sie sich an Giles, gerade so, als wolle sie den Eindruck erwecken, daß Arabella im Vergleich zu ihrer zarten Cecily eine Art Karrengaul sei.

Zu ihrem Kummer mußte Arabella feststellen, daß Giles belustigt lächelte.

»O ja, in der Tat sehr robust«, stimmte er zu und lächelte dabei Arabella an, als wolle er auf diese Weise eine Anspielung machen, die nur sie verstand. Dann erhob er sich und verließ den Raum.

Giles hatte zwar für den Nachmittag eine Verabredung getroffen, aber ohne lange zu überlegen, sagte er sie wieder ab, um in Ruhe darüber nachdenken zu können, was nun zu tun sei.

Arabella und Sylvana hatten also die Rollen getauscht. Eigentlich hatte er das schon die ganze Zeit irgendwie vermutet! Ein Lächeln kräuselte seine Lippen, und seine Augen glänzten wieder genauso belustigt wie vorhin, als Arabella ihn beobachtet hatte. Nun, er würde sie noch eine Weile so weitermachen lassen. Er war ein Mensch, der seinen eigenen Schwächen gegenüber nicht nachsichtiger war, als gegenüber denjenigen anderer, und nachdenklich erinnerte er sich an den Augenblick, als er unter Arabellas zerzaustem Haar das verräterische Muttermal am Schlüsselbein entdeckt hatte, so daß die ganze Geschichte, die seinen Bruder so erstaunt hatte, ihm selber mit einem Schlag klargeworden war. Im Gegensatz zu Kit war er jedoch nicht sonderlich überrascht gewesen, sondern hatte nur ein wenig grimmig gelächelt, als Arabella unfreiwillig ihr Geheimnis preisgab.

Natürlich hatte es auch andere Hinweise gegeben, aber trotzdem war er bis zu jenem Augenblick, als die ganze Geschichte eindeutig war, nicht darauf gekommen.

Ob Kit auch die Wahrheit kannte? Giles runzelte die Stirn. Kit durfte auf keinen Fall Arabella in seine verrückten Geschichten hineinzuziehen, um ihn, Giles, dazu zu zwingen, ihm ein Offizierspatent zu kaufen; wenn er aber Kit die Wahrheit sagte, ging er das

Risiko ein, daß Arabella dahinterkam, daß er ihr Spiel durchschaut hatte; und das wiederum paßte nicht in seine Pläne.

In äußerst nachdenklicher Stimmung zog er sich für den Abend um. Er wollte mit einigen Freunden im Klub zu Abend essen und anschließend ein wenig Karten spielen.

Als er bei White's eintraf, kam ihm Lord Alvanley entgegen, der, nachdem sie einige belanglose Höflichkeiten ausgetauscht hatten, plötzlich seine Augenbrauen hochzog und neugierig fragte: »Ist irgend etwas nicht in Ordnung, Giles? Du läßt dir doch nicht etwa die Mätzchen dieses Bengels Kit allzusehr zu Herzen gehen, oder? Du mußt nur diesen Addison dazu bringen, daß er sich aus der Sache raushält, wenn dir wirklich soviel daran liegt. Es würde mich nicht wundern, wenn die meisten Leute ihm nicht im geringsten nachtrauern würden.«

»Bestechung meinst du?« rief Giles belustigt aus. »Ach du meine Güte, Peter, darum geht es nun wirklich nicht. Für Conrad wäre es ein gefundenes Fressen, wenn ich versuchen würde, ihn mit Geld auszuschalten. Damit wäre lediglich sein Lebensunterhalt für eine gute Weile gesichert. Und Kit würde mich nur noch mehr verachten, als er es sowieso schon tut.«

»Hast du den Verdacht, daß er dich irgendwie hereinlegen will?« fragte Lord Alvanley. Er merkte, daß es ihm gelungen war, seinen Freund etwas aus dem Konzept zu bringen – was bei einem Gentleman, der normalerweise die Ruhe selbst war, schon etwas heißen wollte –, und sah Giles mit unverhohlener Neugierde an.

»Wie kommst du denn darauf?« fragte Giles gelassen.

»Nun, es geht das Gerücht, daß die Kleine von Lady Waintree die neue Herzogin werden könnte.«

»Tatsächlich?« erwiderte Giles gedankenvoll; ein kleines Lächeln spielte um seine Mundwinkel.

»Mhm.« Lord Alvanley bemerkte Giles' leisen Spott gar nicht. »Und außerdem heißt es, daß das kleine Ding, für das deine Mutter das Debüt organisiert, ein voller Erfolg werden wird. Ein reizendes Wesen. Vor allem so ungekünstelt!«

Giles verschluckte sich beinahe an seinem Wein; Lord Alvanley beäugte mißtrauisch die Flasche und bemerkte dann verächtlich: »Der Wein schmeckt tatsächlich nach Korken. Das ist allerhand. Ich werde mit dem Ober sprechen müssen.«

»Der Wein ist völlig in Ordnung, Peter«, versicherte Giles. »Ich war nur etwas verdutzt über deine Bemerkung bezüglich des Wesens unserer Miß Markham.«

»Miß Markham ... Es hieß doch, die andere sei die temperamentvollere«, murmelte Lord Alvanley.

»Das ist richtig«, stimmte Giles zu. »Zwillinge verwechselt man eben verdammt leicht. Noch ein Glas Wein, ehe wir ein Spielchen wagen?«

Nach dem Mißgeschick, das Arabella zugestoßen war, bestand Lady Rothwell darauf, daß sie einen ruhigen Abend verbrachten; Arabella konnte das nur recht sein. Bis jetzt hatte sie sich in London so gut unterhalten, daß sie beinahe schon vergessen hatte, daß sie ja Sylvanas Stelle einnahm, die es in ihrer ruhigen Art sicher vorgezogen hätte, den Rest dieses aufregenden Tages in aller Ruhe zu Hause zu verbringen.

Nach Arabellas Debüt bei Almacks hatte Viscount Cotteringham ihr einen zauberhaften Bund Veilchen, eingebettet in weiche grüne Blätter, geschickt, und dazu ein reichlich unbeholfenes Gedicht, über das Arabella doch ein wenig lächeln mußte, als sie es las.

»Ich weiß ja, daß ich jetzt nicht lachen sollte«, sagte sie zu Lady Rothwell. »Aber es ist einfach zum Lachen. Erst vergleicht er mich mit einer ›aufblühenden Schlüsselblume‹, und im nächsten Augenblick bin ich die ›Vollendung in Person‹.«

»Er wäre aber eine ausgezeichnete Partie«, wandte Lady Rothwell – wenn auch nicht gerade überzeugend – ein und lächelte über Arabellas Vergnügtheit; dann aber stieß sie einen kleinen Seufzer aus.

»Ich mache mir solche Sorgen wegen Kit«, gestand sie niedergeschlagen. »Ich wollte doch nichts anderes, als ihn vor einer Dummheit bewahren; und was habe ich damit erreicht? Ich habe nichts als Unfrieden zwischen ihm und Giles gestiftet. Ob ich ihn vielleicht doch lieber zur Armee gehen lassen soll?«

Es paßte gar nicht zu Lady Rothwell, daß sie plötzlich so ernsthaft sprach, und Arabella fühlte sich tatsächlich etwas geschmeichelt, daß ihre Patentante ein solches Vertrauen zu ihr hatte.

»Ich habe den Eindruck, daß Kit einfach nicht von seinem Bruder abhängig sein will«, erklärte sie und wählte bedächtig ihre

Worte. »Und er muß sich doch irgendwie beschäftigen. Ich kann mir nicht vorstellen, daß er sich irgendwo auf einen Gutshof zurückzieht... Genausowenig würde es zu ihm passen, Geistlicher zu werden, wie das ja die jüngeren Söhne einer Familie oft machen. Und zum Diplomaten eignet er sich, glaube ich, auch nicht; für eine Politikerlaufbahn hat er auch kein Interesse.«

»Du hast ja vollkommen recht«, gestand Lady Rothwell ein. »Ich muß einfach versuchen, über meinen eigenen Schatten zu springen und ihm seinen Willen zu lassen.«

Sie hörten, wie gerade jemand in die Halle trat. Lady Rothwell unterbrach sich und zog die Augenbrauen leicht hoch. »Wer in aller Welt kann denn das sein? Es hat sich niemand angesagt.«

Der Butler klopfte, öffnete die Tür und verkündete steif: »Lord Addison möchte Ihnen seine Aufwartung machen, Euer Gnaden.«

»Conrad, ach du meine Güte...« Lady Rothwell war ganz durcheinander und erhob sich. Zu Arabella sagte sie: »Was, um alles in der Welt, will *der* denn?«

Ehe sie sich dem ungebetenen Besucher gegenüber verleugnen lassen konnte, trat Conrad Addison selbst schon in den Salon; er schien die Situation völlig im Griff zu haben. Lady Rothwell sah sich gezwungen, den Butler hinauszuschicken und Conrad aufzufordern, Platz zu nehmen.

»Darf ich Ihnen ein Glas Wein anbieten?« fragte sie hastig und läutete nach dem Diener. Ihr selber servierte man um diese Tageszeit – wenn sie um diese Zeit tatsächlich einmal zu Hause war – Tee und Süßigkeiten; aber irgendwie konnte sie es sich einfach nicht vorstellen, daß ein Mann wie Conrad Addison mit einer derart harmlosen Erfrischung vorliebnehmen würde.

Als der Diener eine Karaffe mit Wein gebracht und sich diskret zurückgezogen hatte, musterte Lady Rothwell ihren Gast unbehaglich.

»Verzeihen Sie mir bitte diesen unangemeldeten Besuch«, entschuldigte sich Conrad mit einem liebenswürdigen Lächeln. »Schuld daran ist eigentlich Ihre Patentochter.«

»Sylvana?« Lady Rothwell starrte ihn verwundert an.

»Ihre Schönheit hat mich angezogen, wie das Licht eine Motte«, erklärte er liebenswürdig. »In der Tat habe ich es einfach nicht übers Herz gebracht, nicht hierherzukommen, nachdem ich von

Kit erfahren hatte, was Ihnen heute vormittag zugestoßen ist; ich mußte mich mit meinen eigenen Augen davon überzeugen, daß Ihnen auch wirklich nichts passiert ist.«

Lady Rothwells Gesichtsausdruck wurde immer gequälter, und Arabella spürte an der Art, wie ihre Patentante sie ansah, daß diese befürchtete, sie, Arabella, könnte auf Conrads übertriebene Schmeicheleien hereinfallen. Er wurde ihr immer unsympathischer, und sie konnte es kaum erwarten, daß er sich endlich wieder verabschieden würde.

Gut, er war sehr unterhaltsam, aber sie konnte sich in der Gegenwart eines Mannes einfach nicht wohl fühlen, der sich seinen Freunden gegenüber so unfair verhielt. Ihre Abneigung wurde immer größer. Was konnte nur Kit an ihm finden? Lady Rothwell hatte völlig recht, daß sie sich Sorgen wegen dieser merkwürdigen Freundschaft machte, und Arabella ertappte sich bei der Überlegung, was sie wohl dazu beitragen könnte, um Kit diese Beziehung auszureden – vielleicht wollte sie sich unbewußt auf diese Weise für die Großzügigkeit von Lady Rothwell ihr gegenüber revanchieren.

»Werden Sie lange in der Stadt bleiben?« fragte Conrad Arabella.

»Nur solange die Saison dauert. Dann muß ich wieder nach Hause zu meinem Vater und meiner Schwester.«

»Sie haben eine Schwester? Kann es denn sein, daß auf dieser Welt zwei so göttliche Geschöpfe existieren?«

»Durchaus!« erklärte Lady Rothwell mit ungewohnter Schärfe. »Sylvana und Arabella sind Zwillinge, die einander aufs Haar gleichen!«

»Tatsächlich! Zwillinge! Von so etwas habe ich immer geträumt. Stellen Sie sich nur einmal die schier unbegrenzten Möglichkeiten vor, wenn immer alles ein bißchen im ungewissen bleibt – so etwas habe ich mir immer gewünscht.«

»Ja, ich habe davon gehört«, erklärte Arabella kurz angebunden.

Gott sei Dank hatte Kit ihr versprochen, daß er ihr Geheimnis keiner Menschenseele verraten würde! Es wäre ihr gar nicht recht gewesen, wenn Conrad geahnt hätte, was sie getan hatte.

»Giles wird Sie also in ganz großem Stil herausbringen und in Rothwell House einen Ball für Sie geben«, nahm Conrad das Gespräch wieder auf und tat so, als würde er überhaupt nicht bemerken, daß keiner der beiden Damen daran gelegen war, die Unterhaltung noch weiter in die Länge zu ziehen. »Ich habe gehört, daß Sie schon jetzt ein durchschlagender Erfolg sind und alle anderen Schönheiten mit Ihrem phantastischen Aussehen und Ihrem Temperament in den Schatten stellen.«

Arabella errötete ein wenig und blickte verstohlen zu Lady Rothwell hinüber. Ihrer Patentante schien jedoch an dieser Bemerkung nichts weiter aufgefallen zu sein. Arabella bekam es allmählich mit der Angst zu tun, wenn die Leute sie als ›temperamentvoll‹ bezeichneten; sie befürchtete, daß das den ganzen Schwindel aufdecken könnte. Aber vielleicht hat Lady Rothwell einfach vergessen, wie ruhig Sylvana ist, überlegte sich Arabella, oder aber sie schiebt ihr verändertes Verhalten auf die Aufregung darüber, in London zu sein. Ja, das ist wohl die Erklärung, sagte Arabella sich erleichtert, aber in Zukunft wollte sie wirklich etwas zurückhaltender und verständiger sein!

Conrad Addison blieb noch eine Weile, und als Arabella seinen witzigen Anekdoten, von denen er offensichtlich unzählige auf Lager hatte, zuhörte, begriff sie allmählich, warum die Gesellschaft ihn tolerierte. Trotzdem war das eine Art Drahtseilakt; und solange auch nur die geringste Wahrscheinlichkeit bestand, daß er sich dabei zu Tode stürzen würde, mußte er sich notgedrungen etwas zurückhalten. Er taktierte wirklich sehr geschickt, das mußte Arabella zugeben, aber das machte ihn ihr durchaus nicht sympathischer, und sie hatte den Verdacht, daß seine Freundschaft mit Kit alles andere als uneigennützig war. Ihr war nicht entgangen, daß Addisons Stimme einen schneidenden Klang angenommen hatte, als er Giles erwähnte; sie zog daraus den Schluß, daß die beiden so etwas wie natürliche Feinde waren. Giles konnte für einen Menschen wie Conrad nichts anderes als Verachtung empfinden, und dieser war intelligent genug, um das genau zu wissen, und war darüber zutiefst gekränkt.

»Ein unangenehmer Mensch«, erklärte Lady Rothwell, als ihr Besucher sich wieder verabschiedet hatte. »Ich darf gar nicht daran denken, in welche Skandale er Kit verwickeln könnte, wenn er es darauf anlegt.«

»Dann mußt du Kit erlauben, zur Armee zu gehen«, erklärte

Arabella wie nebenbei. »Oder aber Giles darum bitten, daß er ihn aufs Land zurückschickt, denn ich bezweifle, daß er sonst diese Freundschaft aufgeben wird. Er kann manchmal ganz schön dickköpfig sein, und Lord Addison ist anscheinend entschlossen, seinen Vorteil daraus zu ziehen.«

»Weil ihm das die Möglichkeit gibt, etwas gegen Giles zu unternehmen«, bemerkte Lady Rothwell scharfsinnig. »Sie waren nämlich zusammen in Eton, und Conrad hat Giles schon immer beneidet. Ich gebe die Schuld daran Addisons Großvater. Er ist ein schrecklicher Mensch, der alle Augenblicke sein Testament ändert; es würde mich nicht wundern, wenn er Conrad das vorenthält, was diesem eigentlich zusteht. Das zeigt, daß ein großes Vermögen immer an den ersten männlichen Nachkommen übergehen sollte, obwohl auch das Schwierigkeiten mit sich bringen kann. Giles ist im übrigen nicht der einzige, auf den Conrad es abgesehen hat. Jeder, der zur besseren Gesellschaft zählt, muß damit rechnen, zur Zielscheibe von Conrads Intrigen zu werden; ich habe aber den Verdacht, daß, was Giles betrifft, das Ganze schon längst mehr als nur eine spielerische Rivalität ist, denn bis jetzt war Giles für Addison unangreifbar. Ich bin überzeugt davon, daß er jetzt etwas besonders Teuflisches mit Giles vorhat, um ihn in Verruf zu bringen, obwohl Giles mir immer wieder versichert, daß in dieser Hinsicht meine Phantasie mit mir durchgeht. Deswegen ist es mir auch gar nicht recht, daß Kit so engen Umgang mit Conrad pflegt. Ich glaube nämlich ganz sicher, daß Addison bewußt den Zorn Kits auf Giles ausnutzt.«

Arabella hatte ihre Patentante noch nie so sorgenvoll erlebt, obwohl sie persönlich davon überzeugt war, daß Giles durchaus in der Lage sein würde, allem zu trotzen, was Conrad gegen ihn unternehmen könnte. Sie brauchte ja nur an ihren eigenen kindischen Versuch zu denken, Giles hereinzulegen!

Da sie gerade an Giles dachte, fiel ihr ein, daß er sie ja eingeladen hatte, und sie erzählte Lady Rothwell davon.

»Nach Rothwell House? Das ist eine ausgezeichnete Idee«, erklärte diese. »Habt ihr schon einen Termin ausgemacht?«

»Er will mich morgen nach dem Mittagessen abholen. Kommst du auch mit?«

Lady Rothwell schüttelte verneinend den Kopf.

»Wenn du mit Giles zusammen bist, dann brauchst du ja schließlich keine Anstandsdame; und, um die Wahrheit zu sagen, meine Liebe – und ich weiß, du bist ein vernünftiges Mädchen und wirst das jetzt nicht falsch auffassen –, ich habe in letzter Zeit meine Freundinnen sträflich vernachlässigt, und es sind schon längst einige Besuche fällig; wenn es dir also nichts ausmacht...«

»Nein, bestimmt nicht«, versicherte Arabella, obwohl es ihr im Grunde genommen lieber gewesen wäre, wenn Lady Rothwell mitgekommen wäre; in diesem Falle könnte nämlich Giles sie selber nicht so genau beobachten. Denn Arabella konnte nicht garantieren, daß sie nicht doch einen verhängnisvollen Fehler machen würde, wenn sie auch nur für kurze Zeit mit ihm allein war. Lady Rothwell war immer so zerstreut, daß Giles sich mehr auf ihre unzusammenhängenden Bemerkungen konzentrieren mußte. Und das war ihr bei weitem lieber.

## 6

»Du siehst ganz reizend aus, Sylvana. Ich war etwas skeptisch, als Celestine uns den blaßgelben Sarsenett vorlegte, aber ich muß zugeben, daß er dir sehr gut steht«, sagte Lady Rothwell.

Ihr Lob galt einem Kleid, das für Ausfahrten gedacht war. Es war mit einem kurzen Überjäckchen aus dem gleichen Stoff kombiniert und am Saum mit winzigen weißen Blumen bestickt; unter dem Busen wurde es von zartgrünen Bändern zusammengerafft. Das schicke Strohhütchen zeigte die gleiche Stickerei, und die Satinschleife, mit der es unter dem Kinn zusammengehalten wurde, war farblich genau abgestimmt.

Diese Aufmachung wirkte ebenso jugendlich wie anmutig, und Lady Rothwell war mit dem Ergebnis ihrer kritischen Musterung sehr zufrieden. Sie selbst trug ein Ausgehkleid in dem von ihr bevorzugten Rosarot und dazu einen Parasol, um ihren Teint vor der Frühlingssonne zu schützen.

»Giles muß jeden Moment kommen«, sagte sie zu Arabella. »Sicherlich holt er dich mit diesem abscheulichen Karriol ab, und du wirst neben ihm sitzen müssen, ohne jeden Schutz vor dem Wetter.

Kein Wunder, daß sich die jungen Mädchen heutzutage so früh ihren Teint ruinieren. Es kann doch nicht zuträglich sein, wenn sie den Unbilden der Witterung schutzlos ausgesetzt sind.«

»Ich werde schon nicht zerschmelzen, Patentantchen«, sagte Arabella liebevoll. Ach, wenn Lady Rothwell doch wirklich ihre Patentante wäre und sie die freundliche Dame nicht so schändlich hintergehen müßte!

»Oh, da fällt mir etwas ein. Heute morgen kam ein Brief für dich an, vermutlich von deiner Schwester. Grimes hat ihn auf den Tisch im Frühstückszimmer gelegt. – Da ist ja Giles endlich«, rief sie, während Arabella ins Nebenzimmer eilte, um den Brief zu holen. »Steck ihn in dein Retikül, meine Liebe, und lies ihn später«, wies sie Arabella an. »Es gibt nichts, das ein Gentleman mehr verabscheut, als Unpünktlichkeit. Und Giles hat noch weniger Geduld als andere Männer. Er haßt es, wenn man ihn warten läßt.«

Davon konnte Arabella sich selbst überzeugen, als sie ihn durch das Fenster des Empfangssalons beobachtete, wo sie und Lady Rothwell sich aufhielten.

Soeben fuhr eine gefährlich hohe Kutsche vor dem Haus vor. Ein Junge, der die Livree des Hauses Rothwell trug, hielt die vier Pferde, während Giles auf die Eingangstür zuging.

Arabella mußte zugeben, daß er sehr vornehm aussah. Sie war jetzt schon lange genug in London, um zu erkennen, daß sein Anzug von einem Meister seines Fachs angefertigt war und daß seine Reitstiefel die sorgfältige Pflege eines perfekten Kammerdieners verrieten, auch wenn sie vielleicht nicht mit einer Mischung aus schwarzer Schuhwichse und Champagner poliert waren, wie es von einigen eleganten Herren bevorzugt wurde.

Wenn sie auf dem Gebiet nicht so unerfahren gewesen wäre, hätte sie sofort sehen müssen, daß er sein Halstuch in einem Stil gebunden hatte, den man »den Mathematischen« nannte. Den Mantel hatte er lässig über die breiten Schultern geworfen.

Grimes ließ ihn ein, und nachdem er seine Mutter höflich begrüßt hatte, fragte er: »Du willst ausgehen, Mama?«

»Ja, zu Lady Marlingham. Ich schulde ihr seit einer Woche einen Besuch, und da ich Sylvana jetzt bei dir gut aufgehoben weiß, will ich die Gelegenheit nutzen. Hast du etwas von Kit gehört?«

»Nichts«, erwiderte Giles grimmig. »Ich kann nur hoffen, daß er sich meine Warnung zu Herzen genommen hat. Aber Sylvana weiß sicher mehr über seine Aktivitäten. Hat er dir irgend etwas erzählt, als du mit ihm ausgeritten bist?«

Arabella schüttelte den Kopf, wobei sie gegen ihren Willen errötete. Sie fragte sich, ob Kit sich wohl an sein Versprechen erinnern würde, sie auf den Maskenball mitzunehmen. Welch aufregende Aussicht – ganz wie in einem der Romane, die sie so gern las.

»Nun also, wenn du fertig bist, Sylvana . . . Ich möchte die Pferde nicht länger als nötig in dem kalten Wind stehen lassen.«

Arabella verabschiedete sich von Lady Rothwell und folgte Giles auf die Straße hinaus.

Die Kutsche kam ihr geradezu erschreckend hoch vor. Sie hatte natürlich Kutschen dieses Typs, die zur Zeit sehr in Mode waren, schon öfters gesehen, wie sie in fast halsbrecherischem Tempo, von flotten jungen Herren gefahren, durch die Straßen rasten, aber bei ihrer bisher einzigen Fahrt in Giles' Kutsche war sie mit anderen Problemen beschäftigt gewesen und hatte ihrer Umgebung kaum Aufmerksamkeit geschenkt. Trotz ihrer sehr verständlichen Angst beim Anblick dieses sportlichen Gefährts verspürte sie eine angenehme Aufregung, die ihre Wangen erröten und ihre Augen vor Vorfreude blitzen ließen.

»Wir nehmen doch nicht etwa ein *Frauenzimmer* mit, Chef?« fragte Giles' Reitknecht höchst abfällig, als er Arabella erblickte.

»So ist es, Edward«, erwiderte Giles, faßte Arabella leicht um die Taille und schwang sie so schnell auf den Sitz hinauf, daß ihr fast schwindlig wurde. Bevor sie sich gegen eine solche Vertraulichkeit verwahren konnte, saß er schon neben ihr. Edward mußte mit dem Notsitz auf der ›Box‹ vorliebnehmen. Dann ergriff Giles die Zügel, und die Fahrt begann.

Von dieser Höhe hat man ein ganz anderes Bild von der Stadt, dachte Arabella, der die schnelle Fahrt Spaß machte. Das leichtgebaute Fahrzeug schwankte zwar unaufhörlich von einer Seite auf die andere, aber das lag an der Federung, wie Giles erklärte, und die war bei Rennen sehr wichtig.

»Du fährst Rennen? Mit diesem Ding?« fragte Arabella entsetzt, der das Gefährt ziemlich zerbrechlich vorkam.

»Rennen? Das kann man wohl sagen«, klang Edwards Stimme hinter ihr auf. »Erst vorigen Monat haben wir den Streckenrekord

London-Brighton gebrochen! Solche Pferde gibt's nicht noch mal. Die sausen wie der Wind, ja, das tun sie!«

»Schade, daß wir mitten in der Stadt sind«, fügte Giles mit einem verschmitzten Lächeln hinzu, »sonst hätte ich dir eine kleine Kostprobe von ihrer Schnelligkeit geben können.«

»Wirklich schade«, antwortete Arabella tapfer, wobei sie dachte, daß sie sehr viel mehr Mut haben müßte, als sie besaß, um diese Aussicht gelassen hinzunehmen. Trotzdem bewunderte sie die Geschicklichkeit, mit der Giles die temperamentvollen Pferde unter Kontrolle hielt, und bald hatte sie sich soweit beruhigt, daß sie sich nach ihrer Stute erkundigte.

»Der geht es sehr gut, wie Hodges mir berichtete. Du willst sie also mit nach Hause nehmen, wenn die Saison vorbei ist?«

»Ganz bestimmt«, versicherte Arabella, und dann verstummte die Unterhaltung, während sie eine belebte Kreuzung überquerten.

Rothwell House am Cavendish Square war von Giles' Großvater, dem sechsten Herzog, erbaut worden. Es war ein imposantes Gebäude mit einer sandfarbenen Fassade, das seine Umgebung beherrschte.

Nachdem Giles ihr heruntergeholfen hatte, blickte Arabella sich neugierig um.

Die Mitte des Platzes nahm eine Rasenfläche ein, die von einem eisernen Geländer umgeben war; Bäume und Blumen trugen zu dem Eindruck der friedlichen Stille bei.

Vor den Häusern standen Landauer und Kutschen, und eine Gruppe von Damen und Herren wanderte gemächlich durch die Anlagen. Ein Diener begrüßte Arabella mit einer tiefen Verneigung, und als sie das Haus betrat, war ihr erster Gedanke, daß es für einen einzigen Mann viel zu groß war, und ihr zweiter, daß Lady Rothwell recht hatte – das Haus in der Brook Street war viel gemütlicher.

Dieses Haus war gebaut worden, um andere einzuschüchtern, dachte sie intuitiv. Es war streng und feierlich, und in der riesigen Eingangshalle klang das Echo ihrer Schritte, als ob sie sich in einer großen dunklen Höhle befände.

»Bitte sagen Sie Mrs. Jenson, daß ich sie sehen möchte, Ridings«, wies Giles den Diener an, während er Arabella in einen großen Salon führte, dessen Stuckdecke und zartgrüne Wände dem Raum das Aussehen einer Waldlichtung verliehen.

»Mrs. Jenson ist die Haushälterin. Sie wird dir das Haus zeigen. Ich selbst muß ein paar geschäftliche Angelegenheiten erledigen. Ah, Mrs. Jenson«, sagte er, als eine kleine mollige Frau erschien und knickste. »Das ist Miß Sylvana. Bitte führen Sie sie durch das Haus und sorgen Sie für eine kleine Erfrischung, wie sie für junge Damen geeignet ist.«

Er nickte Arabella kühl zu und ging. Arabella blickte sich staunend und sichtlich beeindruckt um.

»Das hier ist der große Salon«, erklärte Mrs. Jenson gelassen. »Er wurde von Robert Adam entworfen.«

»Er ist wunderschön«, sagte Arabella. Ihr Blick wanderte von der Decke bis hinunter zu dem Aubussonteppich, auf dem sich das gleiche Muster wiederholte. Jetzt bemerkte sie auch Einzelheiten, die ihr vorher entgangen waren, wie zum Beispiel die Wandpaneele aus pastellgrüner und weißer Seide und den riesigen Marmorkamin mit dem leeren Feuerrost.

»Es ist ein sehr ruhiger Raum«, sagte sie schließlich. Insgeheim konnte sie es sich kaum vorstellen, daß jemals Besucher auf den zierlichen französischen Stühlchen mit den vergoldeten Beinen und den blaßgrünen Samtsitzen oder auf den mit hellgrün und weiß gemustertem Brokat bezogenen Chaiselonguen saßen. Ihr kam es vor, als fehle diesem Raum jegliches Leben, als sei er nur von den Gestalten auf den Gemälden bewohnt, die mit leeren Blikken von den Wänden herunterstarrten.

»Ja«, stimmte Mrs. Jenson zu, deren Aussprache ihre schottische Herkunft verriet. »Zu ruhig, könnte man sagen. Dieses Haus wurde für eine Familie gebaut, und jetzt wohnt nur Seine Gnaden hier, und er benützt diese Räume nie. Er hält sich am liebsten in der Bibliothek auf, wo er seinen Verwalter und andere Leute empfängt und alle schriftlichen Arbeiten erledigt, wenn er in der Stadt ist. Ich glaube, daß er viel lieber auf Rothwell ist. Das ist ein Haus – einfach wunderschön! Wenn Sie mir jetzt folgen wollen, Miß, zeige ich Ihnen die übrigen Räume im Erdgeschoß. Den Ballsaal will Ihnen Seine Gnaden selbst zeigen. Er ist ein Stockwerk höher und zieht sich über die ganze Länge des Hauses. Der letzte Ball, den wir hier hatten, fand noch in der Zeit statt, als Ihre Gnaden hier wohnte. Das muß schon zwanzig Jahre oder noch länger her sein.«

Arabella folgte der Haushälterin durch die Eingangshalle, deren Fußboden mit rautenförmigen schwarzen und weißen Fliesen ausgelegt war; die Wände waren silbergrau getüncht. Am rückwärtigen Ende schwang sich zu beiden Seiten eine imposante Treppe empor. Die beiden Treppen trafen sich genau gegenüber vom Portal und bildeten eine Galerie. Auf diesem Ehrenplatz hing ein großes Porträt, das Lady Rothwell als junge Frau zeigte.

»Dies ist das große Eßzimmer, Miß«, verkündete die Haushälterin, während ein Diener eine Doppeltür aufstieß und ein enorm langer, glänzend polierter Mahagonitisch sichtbar wurde.

»Hier können wir sechzig Gäste bewirten«, sagte Mrs. Jenson stolz. »Als der alte Herzog noch lebte, waren oft Mitglieder der königlichen Familie zu Gast. Das dort ist ein Meißener Service, das er extra für ein Bankett anfertigen ließ, auf dem der König erschien.«

Im Gegensatz zu Lady Rothwells elegantem Speisezimmer war dieser Raum relativ schlicht. Das in Wedgwood-Blau gehaltene Dekor harmonierte wunderschön mit dem satten Braun der schimmernden Holzfläche.

Arabella besichtigte noch zwei Salons, die etwas kleiner waren als der erste, aber immer noch überwältigend prächtig und ebenfalls bedrückend leblos. Wie konnte Giles es nur aushalten, hier allein zu leben? fragte sie sich. Aber Giles war eine in sich ruhende Persönlichkeit, die wohl auf die Gesellschaft anderer Menschen verzichten konnte.

»Möchten Sie jetzt eine Erfrischung zu sich nehmen, Miß?« fragte die Haushälterin fürsorglich. »Seine Gnaden hat angeordnet, Sie um halb vier in die Bibliothek zu bringen, und jetzt ist es kurz nach drei.«

Hier funktionierte wirklich alles mit der Präzision eines Uhrwerks, dachte Arabella voller Staunen und nahm dankend Mrs. Jensons Einladung zu einem Glas Likör und Gebäck an.

»Der Küchenchef hat die Plätzchen extra für Sie gebacken«, verriet Mrs. Jenson. »Er hat nicht oft Gelegenheit, Süßigkeiten zuzubereiten. Seine Gnaden zieht einfache und herzhafte Gerichte vor.«

Pünktlich um halb vier Uhr führte Mrs. Jenson Arabella zu einer Doppeltür, klopfte leise an, und lächelte ihr ermutigend zu, bevor sie diskret durch eine hinter einem grünen Friesvorhang versteckte

Tür am Ende der Eingangshalle verschwand.

Giles saß in Hemdsärmeln an einem Schreibtisch, auf dem ein paar großformatige Kontobücher lagen, aber als Arabella eintrat, erhob er sich sofort, entließ den Diener mit einer Kopfbewegung und zog sich die Jacke an.

»Nun, hast du alles gesehen?«

»Ja, alle Gesellschaftsräume«, bestätigte Arabella und sah sich um. Auch die Bibliothek war ein pompöser Raum, aber hier deutete doch wenigstens einiges darauf hin, daß er bewohnt wurde. Auf einem Beistelltisch, der neben einem Sessel stand, lagen einige Bücher, einige Papiere waren auf den dunkelroten Teppich heruntergefallen.

»Ich habe gerade ein paar Abrechnungen durchgesehen. Gleichgültig, wie viele Leute man beschäftigt, letzten Endes muß man alles selbst prüfen, sonst wird man betrogen. Aber jetzt bin ich fertig und will dir den Ballsaal zeigen.«

Sie gingen die Treppe zur Galerie hinauf und betraten einen Raum von wahrhaft gigantischen Ausmaßen.

»Es ist eine Nachbildung des Spiegelsaals von Versailles, natürlich in verkleinertem Maßstab«, erklärte Giles sachlich und amüsierte sich im stillen über Arabellas verblüfftes Gesicht.

So etwas hatte sie noch nie gesehen. An der Außenwand reihte sich ein hohes Rundbogenfenster an das andere; an der gegenüberliegenden Wand erstreckte sich eine Reihe von Fenstern in genau der gleichen Anordnung, nur war hier das Glas durch Spiegel ersetzt.

»Sehr wirkungsvoll, nicht wahr?« fragte Giles, während er Arabella weiter in den Saal hineinführte.

Von der Decke hingen in regelmäßigen Abständen zwölf prachtvolle Kronleuchter, dazu passende Wandleuchter zierten die Wände, die zart pfirsichfarben getüncht waren. Entlang den Wänden standen zierliche Stühlchen im Empire-Stil, deren Bezüge eine etwas kräftigere Pfirsichfarbe als die Wände zeigten. Die Mitte des schön gewachsenen Fußbodens war völlig frei. Die Stuckdecke war von einem Muster in Weiß und Gold überzogen, das wie ein hauchzartes Netz wirkte.

»Wie schön!« rief Arabella überwältigt aus. »Und die Farbe...«

»Freut mich, daß sie dir gefällt«, sagte Giles nüchtern, »aber bitte berühre die Wände nicht – wahrscheinlich sind sie noch feucht. Die Maler sind erst gestern fertig geworden.«

»Du hast den Saal für mich renovieren lassen?« fragte Arabella ungläubig. Dann stieg eine zarte Röte in ihre Wangen, und sie lächelte Giles voller Entzücken an.

»Nun, ich habe bestimmt nicht die Absicht, meinen Ballsaal an Krethi und Plethi zu vermieten«, erwiderte er sarkastisch und dämpfte ihre Freude, indem er hinzufügte: »Da hier seit fast zwanzig Jahren nichts erneuert wurde, sah alles ziemlich verwahrlost aus. Wie Mama mir mitteilte, wirst du ein pastellgrünes Kleid tragen. Wie die schaumgeborene Aphrodite, sagte sie – allerdings nicht ganz zutreffend.«

Seine Stimme hatte einen Beiklang, der Arabella bewog, auf der Hut zu sein.

»Es war die Schneiderin, die das über mich gesagt hat, und es wäre mir sehr angenehm, wenn du nicht mehr davon sprechen würdest. Du weißt sicherlich genausogut wie ich, daß Aphrodite der Sage nach nichts . . .«

Sie unterbrach sich, als sie bemerkte, daß er sie belustigt betrachtete.

»O bitte, rede weiter«, forderte er sie mit sanfter Stimme auf. »Ich wußte gar nicht, daß zu deinen vielen Vorzügen auch die Kenntnis der Mythologie gehört. Man darf den jungen Mann beglückwünschen, der einmal deine Hand gewinnt. Willst du mir verraten, ob du auch in den Augen des jungen Cotteringham Aphrodite gleichst?«

»So ungefähr«, fauchte Arabella durch die aufeinandergepreßten Zähne. »Er nannte mich die Vollkommene, die keine Zier braucht.«

Täuschte sie sich, oder hatten sich die kalten grauen Augen kaum merklich verengt?

Ihre Worte waren reichlich impertinent gewesen, aber ihrer Ansicht nach hatte Giles es verdient, daß sie ihm seine Sticheleien heimzahlte. Jetzt hatte sie den Spieß sehr geschickt, wenn auch wenig damenhaft, umgedreht.

»Nein, ihr würdet nicht zusammenpassen«, sagte Giles abrupt. »Der arme Junge wäre dazu verdammt, auf ewig unter der ›Katzenpfote‹ zu leben, obwohl du mir niemals wie Boudicca vorgekommen bist. Ich dachte, diese Rolle paßte eher zu deiner Schwester.«

Eine Boudicca! Arabella erstickte fast vor Wut.

»Du hast dich in beiden Punkten geirrt«, sagte sie hochmütig, »und wenn du ein Gentleman wärst, würdest du diese Bezeichnung niemals in Zusammenhang mit Arabella und mir gebrauchen.«

»Und wenn du eine Dame wärst«, gab er genüßlich zurück, »würdest du dich niemals mit einem solchen Mangel an mädchenhafter Scheu in einen derartigen Disput mit mir einlassen. Cecily Waintree wäre vor Scham vergangen, wenn sie jemals eine Bemerkung gemacht hätte, wie ich sie soeben von dir gehört habe – ich meine damit den unbekleideten Zustand einer gewissen Göttin –, das heißt, falls sie die Allegorie überhaupt verstanden hätte, was ich bezweifeln möchte.«

»Ach, so ist das«, sagte Arabella mit gepreßter Stimme, viel zu empört, als daß sie gemerkt hätte, daß sie nahe daran war, sich eine Blöße zu geben. »Es ist also vollkommen schicklich für dich, mir gegenüber solche Bemerkungen zu machen, aber nicht schicklich für mich, sie zu verstehen.«

Giles' Lippen zuckten. »Das hast du sehr klar ausgedrückt«, sagte er mit ernster Miene. »Ich bin sicher, daß Lady Waintree höchst schockiert gewesen wäre, wenn sie diese Unterhaltung gehört hätte, und sie hätte ihre Tochter zweifellos bei Brot und Wasser in eine Dachkammer verbannt.«

»Sie kann mich sowieso nicht leiden, obwohl ich nicht begreife, warum.«

»Wirklich nicht? Dabei ist die Erklärung so einfach: Du stellst ihre arme Cecily in den Schatten, trotz ihrer lautstarken Versicherung, daß Blondinen in Mode sind. Ich möchte sogar behaupten, daß es nicht viele weibliche Wesen gibt, die du nicht auf die eine oder andere Art in den Schatten stellst.«

Arabella musterte ihn mißtrauisch, aber in seiner Miene deutete nichts darauf hin, daß er es nicht ernst meinte, und sosehr sie sich bemühte, sie konnte nicht entdecken, welch versteckter Sinn in seinem Kompliment lag.

»Schließen wir Frieden«, schlug Giles vor. »Und nun, da du meinen Ballsaal in all seiner wiedererstandenen Pracht gesehen hast, darfst du dich bei mir gebührend für meine Großzügigkeit bedanken, und dann bringe ich dich zu meiner Mutter zurück.«

»Ich soll mich gebührend bedanken?« Arabella runzelte die Stirn. Was erwartete er von ihr? Sollte sie einen gezierten Knicks machen und vor Dankbarkeit überwältigt sein?

»Ich bin dir aufrichtig dankbar«, sagte sie förmlich. »Der Ballsaal ist wunderschön und . . .«

»Sehr schicklich«, unterbrach Giles sie, und seine Augen funkelten amüsiert, »aber so hatte ich es eigentlich nicht gemeint. Angesichts von so viel Großzügigkeit muß der Lohn etwas begeisterter ausfallen. Vielleicht mehr in dieser Form?« Bei diesen Worten zog er sie in seine Arme und küßte sie leicht auf ihre geöffneten Lippen.

Arabellas Körper versteifte sich, und ihre Augen sprühten zornige Blitze. »Wie kannst du es wagen«, zischte sie. »Deine Mutter hat mir gesagt, daß ich in deiner Gesellschaft vollkommen sicher sei und –«

»Hat sie das?« fragte Giles nachdenklich, offensichtlich nicht im mindesten beeindruckt von dieser Entfaltung von mädchenhafter Scheu, deren Fehlen er erst vor wenigen Minuten beklagt hatte. »Nun ja, Mütter pflegen immer Partei zu sein, wenn es um ihre Söhne geht, oder ist dir das noch nicht aufgefallen?«

»Laß mich sofort los!« verlangte Arabella und versuchte vergeblich, sich aus seinen Armen zu winden, die sie so leicht und doch so unentrinnbar umschlossen. »Du legst es doch nur darauf an, mich zu provozieren«, warf sie ihm vor.

»Wirklich?« fragte Giles leicht belustigt. »Ehrlich gesagt, ich habe gar nicht gewußt, daß man *Sylvana* provozieren könnte.«

In der Stille, die auf diese Worte folgte, formulierte Arabella in Gedanken ein halbes Dutzend ätzender Bemerkungen, durch die Giles in die tiefste Zerknirschung getrieben werden sollte. Aber dann zog sie es vor, sich in eisiges Schweigen zu hüllen, denn sie wußte sehr genau, daß Sylvana sich niemals hätte provozieren lassen. Sie hätte sich bei Giles sehr artig bedankt und ihm vielleicht einen schwesterlichen Kuß auf die Wange gedrückt, wie sie es früher als Kinder getan hatten. Ganz bestimmt hätte sie sich niemals in diese Situation hineinmanövriert.

In diesem Augenblick klopfte es leise an der Tür, und noch ehe sie sich geöffnet hatte und die Haushälterin erschienen war, hatte Giles Arabella freigegeben und sich einige Schritte entfernt.

»Bitte entschuldigen Sie die Störung, Euer Gnaden«, sagte Mrs. Jenson, »aber der Küchenchef möchte wissen, ob Sie heute abend zu Hause dinieren.«

»Ich werde selbst mit ihm sprechen«, antwortete Giles. »Miß Sylvana hat jetzt alles besichtigt; sagen Sie dem Reitknecht, er soll das Karriol vorfahren. Wir treffen uns in fünf Minuten in der Halle«, sagte er zu Arabella.

Sobald sie allein war, ließ sie sich auf eines der zierlichen Stühlchen niedersinken. Sie fühlte sich seltsam ausgehöhlt und kraftlos. Um sich auf andere Gedanken zu bringen, zog sie Sylvanas Brief aus dem Retikül hervor.

Sylvana schrieb munter über alles, was sich inzwischen zu Hause ereignet hatte. Papa war immer noch mit seinen Nachforschungen beschäftigt, und Roland hatte ihm anscheinend eine große Freude bereitet, denn er hatte in seinen eigenen Papieren ein paar Urkunden gefunden, die sich auf den ursprünglichen Landbesitz von Rollo bezogen. Jedenfalls hatte Sylvana jetzt die Hoffnung, daß ihre Verlobung bald stattfinden würde, und sie fragte an, wie es Arabella in London erginge. Ein Satz fiel Arabella besonders auf: ›Wie kommst Du mit Giles zurecht?‹ hatte Sylvana geschrieben. ›Und wie schaffst du es, ihn weiterhin im unklaren darüber zu lassen, wer Du in Wirklichkeit bist?‹

Arabella fuhr hoch, als die Tür plötzlich aufging. Der Brief flatterte zu Boden.

»Ich dachte schon, du hättest dich verlaufen«, sagte Giles freundlich und bückte sich, um die verstreuten Briefblätter aufzusammeln, wobei sein Blick kurz auf Sylvanas schön geformter Schrift verweilte.

Die Angst, daß er eine verräterische Bemerkung erspähen könnte, verschlug Arabella den Atem. Sie riß ihm den Brief förmlich aus der Hand und stopfte ihn hastig in ihr Retikül.

»Ein Brief von meiner Schwester«, stammelte sie. »Habe ich dich warten lassen? Das tut mir leid.«

»Kein Grund zur Aufregung«, sagte Giles. »Bei dir ist man nie vor Überraschungen sicher. Im Moment siehst du aus, als ob du bei einer gräßlichen Untat ertappt worden seist. Worum ging es denn? Hast du Pläne für meinen frühen Tod geschmiedet?«

Er war zu scharfsinnig, ein viel zu guter Beobachter, dachte

Arabella, während sie hinter ihm die Treppe hinunterging. Gott sei Dank hatte er den Satz, der die Täuschung aufgedeckt hätte, nicht gelesen. Eine Sekunde lang verhielt sie den Schritt, als sie sich seine Reaktion auf ihr falsches Spiel vorstellte. Merkwürdig, jetzt erschien ihr der Augenblick, in dem er die Wahrheit erfahren würde, gar nicht mehr so verlockend.

Zum Glück für ihren Seelenfrieden sprach Giles während der Fahrt zur Brook Street kein Wort mit ihr. Sie hatte sogar den Eindruck, daß er mit seinen Gedanken ganz woanders war. Sie wagte nicht, sich auszumalen, was geschehen wäre, wenn Mrs. Jenson nicht erschienen wäre. Bestimmt hätte sie noch mehr Demütigungen ertragen müssen. Wie konnte Giles es wagen, sich so zu benehmen! Küßte er etwa jedes Mädchen, wenn sich die Gelegenheit bot? Aber ein solches Benehmen schien in krassem Widerspruch zu seinem üblichen kühlen und reservierten Verhalten zu stehen – oder doch nicht? Als die Kutsche vor Lady Rothwells Haus hielt, hatte sich Arabella so in Zorn gesteigert, daß es sie mit Wonne erfüllt hätte, wenn Giles zu lebenslänglicher Einkerkerung im Tower verurteilt worden wäre.

Die Neuigkeit, daß Rothwell House den Rahmen für Arabellas Einführung in die Gesellschaft bilden sollte, erregte die Gemüter.

Conrad Addison erfuhr es in White's Club, wo er ein Glas Wein trinken und sich über den neuesten Klatsch informieren wollte.

Ein guter Freund von ihm, Jeffery Wilding, erzählte es ihm, als sie zusammen eine Flasche Wein leerten. »Eine höchst merkwürdige Sache«, sagte Wilding. »Es wird sogar behauptet, daß Rothwell um die junge Dame anhalten will.«

»Das hat man auch über die kleine Waintree und ein Dutzend andere Mädchen vor ihr behauptet«, erwiderte Conrad träge, aber sein plötzlich wacher Blick verriet sein Interesse. Es paßte nicht zu Giles Rothwell, sich wegen irgendeines anderen Menschen zu strapazieren, und schon gar nicht wegen eines Mädchens, das gerade dem Schulalter entwachsen war. Da Conrad sein eigenes Verhalten nur danach ausrichtete, wie er andere Leute ausnützen konnte, kam er überhaupt nicht auf die Idee, daß Giles nur aus reiner Menschenfreundlichkeit so handeln könnte.

»Wann findet der Ball statt?« fragte er seinen Freund.

»Ende der Woche. Du erwartest doch nicht etwa, daß du eingeladen wirst? Das weiß doch jeder, daß zwischen dir und Rothwell ein gespanntes Verhältnis herrscht.«

»Ja, ja, das ist wirklich allgemein bekannt«, gab Conrad ohne Umschweife zu und trank sein Glas aus. »Trotzdem werde ich dort sein. Ich habe so eine Ahnung, daß es ein unterhaltsamer Abend werden könnte.«

»Unterhaltsam! Nur Witwen und Debütantinnen – was ist nur mit dir los?« gab der andere ärgerlich zurück, denn er hatte gehofft, Conrad zu einer Partie Karten zu überreden und so vielleicht seinen Verlust vom vergangenen Abend wieder hereinzuholen.

Conrad verabschiedete sich und machte sich auf den Weg zu Kits Wohnung in der Half Moon Street. Wie es der Zufall wollte, kam Kit ihm entgegen. Conrad begrüßte ihn munter: »Du kommst wie gerufen. Ich wollte dich gerade besuchen. Ich brauche deine Hilfe.«

Geschmeichelt, daß ein so weltgewandter Mann wie Conrad ihn um Hilfe bat, fragte Kit, womit er ihm dienlich sein könne.

»Dein Bruder gibt einen Ball für Miß Sylvana. Ich würde rasend gern dabei sein. Aber ich brauche dir wohl nicht zu sagen, daß ich bei Giles in Ungnade stehe.«

Die Erwähnung von Giles' Namen hatte auf Kit genau die aufstachelnde Wirkung, die Conrad sich erhofft hatte.

»Du brauchst Giles' Erlaubnis nicht, um in Rothwell House Eingang zu finden«, erklärte er energisch. »Du kannst dich als mein Gast betrachten und wirst willkommen sein. Niemand wird es wagen, dich abzuweisen. Ach, da fällt mir etwas ein. Ich bin doch neulich mit Sylvana ausgeritten, und da habe ich ihr versprochen, dich zu fragen, ob sie uns auf den Maskenball begleiten dürfe. Sie möchte so gern hingehen.«

»Wirklich? Nun, damit wird Giles kaum einverstanden sein.«

»Giles wird nichts davon erfahren«, vertraute Kit ihm an. »Sylvana mag ihn genausowenig wie ich.«

Er hätte Conrad gar zu gern erzählt, wie unerschrocken Arabella seinen Bruder hinters Licht führte, aber er hatte ihr versprochen zu schweigen. »Würdest du eine Eintrittskarte für sie besorgen?«

»Aber natürlich, gern, mein lieber Junge. Es wird mir eine Ehre sein«, schnurrte Conrad. Er war über diese neue Entwicklung höchst erfreut; alles schien sich sehr günstig zu fügen. In letzter Zeit hatte Kits offen zur Schau getragene Heldenverehrung ihn ziemlich gelangweilt, aber jetzt bestand die Aussicht, daß diese beiden Unschuldslämmer ihm dazu verhelfen würden, einen saftigen Skandal zu entfesseln. Wie das Ganze vor sich gehen sollte, wußte er zwar noch nicht, aber ein glücklicher Zufall hatte ihm das Werkzeug in die Hand gespielt, und er brauchte es nur richtig anzuwenden. Jetzt war es an ihm, einen sorgfältigen Plan auszuarbeiten; vielleicht würde ihm der bevorstehende Ball einen Anhaltspunkt liefern.

Er verabschiedete sich überaus jovial von Kit und schlenderte zu White's zurück, wo er dem verblüfften Wilding in der kürzesten Partie Whist, die dieser je erlebt hatte, die letzten Guineen abnahm und dann verkündete, daß er den Rest des Abends in einsamer Meditation verbringen wolle.


Lady Rothwell wollte natürlich genau wissen, wie Arabellas Besuch in dem Haus am Cavendish Square verlaufen war.

»Es ist schrecklich pompös, nicht wahr?« sagte sie beim Abendessen. »Aber für unseren Zweck sehr geeignet. Schade, daß das Dekor im Ballsaal nicht etwas mehr der Mode entspricht, aber Giles ist leider fest entschlossen, nichts renovieren zu lassen.«

»Wieso – aber er hat mir doch gesagt, daß die Maler gerade fertig geworden sind«, wunderte sich Arabella. »Es sah wirklich wunderhübsch aus. Das neue Dekor ist in den verschiedensten pfirsichfarbenen Schattierungen gehalten.«

»Pfirsich? Bisher war es magnolienfarben, was sehr fad aussah«, sagte Lady Rothwell überrascht. »Da hat er aber eine totale Kehrtwendung gemacht. Und pfirsichfarben! Nichts könnte aparter sein und besser zu dir und deinem Ballkleid passen. Ich habe mit Mrs. Jenson besprochen, daß die Wände mit frischen Blumen und Bändern geschmückt werden. Das ist eine große Ehre für dich, mein Kind, denn normalerweise ist Giles nicht so entgegenkommend. Übrigens sind die Einladungen bereits verschickt worden. Ich habe das meiste schon vor deiner Ankunft arrangiert. Du brauchst nur noch zur letzten Anprobe zu gehen. Ich werde den Friseur kommen lassen, damit er dich frisiert. Ich denke, du solltest Blumen im Haar tragen, die farblich auf das Dekor abgestimmt sind. Das ist für ein junges Mädchen genau das richtige.«

Der Rest des Abends verlief mit weiteren Gesprächen über den Ball. Arabella mußte immer wieder das Schuldgefühl niederkämpfen, das ihre Vorfreude zu ersticken drohte. Lady Rothwell war wirklich sehr lieb zu ihr.

Sie konnte es nicht verhindern, daß ihre Gedanken hin und wieder zu jenem Augenblick zurückwanderten, als Giles von ihr den Lohn für seine Großzügigkeit gefordert hatte. Dann hämmerte ihr Herz jedesmal auf eine ganz ungewohnte Art und Weise. Sie würde dafür sorgen, daß er für seine durch nichts zu rechtfertigende Vertraulichkeit büßte.

## 7

Conrad Addison war nicht der einzige, der unbedingt eine Einladung für den Ball haben wollte. Auch Lady Waintree legte großen Wert darauf, zu den Gästen zu zählen.

»Du mußt dir mehr Mühe geben, um Giles dazu zu bringen, daß er um dich wirbt«, sagte sie zu Cecily, während sie die Post durchsah.

»Aber Mama, ich liebe Giles ebensowenig wie er mich.«

»Liebe!« rief Lady Waintree verächtlich aus. »Meine gute Cecily, Liebe hat damit gar nichts zu tun. Als Mann von vornehmer Herkunft würde Giles niemals erwarten, daß seine Frau sich so vulgären Gefühlen hingibt. Sie würde die Herrin seines Hauses und die Mutter seiner Kinder sein. Liebe ist nur etwas für die unteren Schichten.«

Eingeschüchtert lauschte Cecily den Ermahnungen ihrer Mutter, wie sie Giles' Zuneigung erringen könne, und bei jedem Wort wurde ihr schwerer ums Herz. Wie gern wäre sie jetzt nach Hause gefahren! So gern sie Giles hatte, sie konnte sich nicht als die Herrin des imposanten Hauses am Cavendish Square vorstellen. Sogar Giles selbst jagte ihr manchmal Angst ein.

Lady Rothwell war höchst erfreut über die Antworten, die sie auf die Einladungen erhielt.

»Cotteringham hat zugesagt«, erzählte sie Arabella triumphierend, »und ebenso die Fitzherons. Es wird ein riesiges Gedränge geben. Die ganze vornehme Welt wird kommen. Ich habe sogar daran gedacht, den Prinzregenten einzuladen, aber seit Mrs. Fitzherbert ihn verlassen hat, wird er von Tag zu Tag sentimentaler.«

»Ob die beiden wirklich miteinander verheiratet waren?« fragte Arabella neugierig. Sogar auf dem Land hatte man Gerüchte über eine morganatische Ehe zwischen dem Thronerben und der Dame gehört, die ihm viele Jahre lang nähergestanden hatte als irgendein anderer Mensch.

»Das kann ich nicht sagen«, erwiderte Lady Rothwell aufrichtig. »Ich weiß nur, daß Maria Fitzherbert in jeder Beziehung eine Dame ist. So«, fuhr sie energisch fort, »und jetzt müssen wir zur Anprobe zu Celestine fahren und dann zum Rothwell House, um mit Mrs. Jenson die Blumenarrangements zu besprechen.«

Das Ballkleid paßte vorzüglich, es waren nur ein paar geringfügige Änderungen erforderlich. Arabella blickte mit ungläubigem Staunen auf die junge Dame, die sie aus dem Spiegel anlächelte. Das Unterkleid der Robe war von Pastellgrün bis zu kräftigem Jadegrün abgestuft und umwogte ihre Gestalt wie ein zartes Nebelgespinst. Das Oberkleid war mit Kristallperlen bestickt, die im Licht wie Tautropfen schimmerten. Der Anblick war so bezaubernd, daß Lady Rothwell und die Modistin einen Blick austauschten, in dem sowohl leichte Wehmut als auch lächelnde Erinnerung lagen.

»Es sieht ganz so aus, wie ich es gehofft hatte, Celestine«, lobte Lady Rothwell. »So jung und frisch, kein bißchen fad.«

Arabella hatte eigentlich erwartet, daß Giles sie bei ihrer Ankunft in Rothwell House begrüßen würde, aber als Mrs. Jenson sie nach oben führte, war nichts von ihm zu sehen.

Lady Rothwell ließ ihren Blick schweigend durch den Ballsaal schweifen, dann wandte sie sich an die Haushälterin: »Sylvana hat mir erzählt, daß Giles den Saal neu dekorieren ließ, aber so schön habe ich es mir nicht vorgestellt.«

»Ja, es sieht prachtvoll aus«, stimmte Mrs. Jenson ihr zu, »und alles ist wunderbar auf Miß Sylvanas Farben abgestimmt, wenn ich mir diese Bemerkung erlauben darf. Ich habe einen Gärtner aus Kew herbestellt, um mit ihm die Blumenarrangements zu besprechen. Seine Gnaden hat ihn selbst empfohlen. Ich glaube, er hat die

Pfirsiche und Trauben für die Gewächshäuser in Rothwell geliefert. Bis er eintrifft, haben wir noch Zeit für einen kleinen Imbiß.«

Der Gärtner war ein kleiner verschrumpelter Mann mit O-Bei-
nen und einem runzligen, walnußbraunen Gesicht. Er betrachtete
den Ballsaal kritisch, während Lady Rothwell ihre Wünsche erläu-
terte. Arabella verfolgte alles mit großer Aufmerksamkeit. Da ihre
Mutter so früh gestorben war, hatten die beiden Schwestern schon
frühzeitig die Rolle der Hausherrin übernehmen müssen, aber jetzt
konnte Arabella zum erstenmal beobachten, wie eine große Dame
ihren Haushalt leitete. Sie war intelligent genug, um zu wissen, daß
das Personal nachlässig wurde, wenn die Hausherrin ihre Stellung
lediglich dem Namen nach ausfüllte. Deshalb hörte sie genau zu,
als Lady Rothwell dem Gärtner erklärte, welche Wirkung sie mit
dem Blumenschmuck erzielen wolle, und dachte dabei an den Tag,
an dem Sylvana heiraten würde. Vielleicht könnte sie dann – natürlich in viel schlichterem Rahmen – die kleine normannische Kirche
zu Hause ähnlich ausschmücken.

Lady Rothwell wünschte entlang den Wänden Blumenarrangements in verschiedenen Schattierungen von pfirsich- und cremefar-
ben, die von farblich abgestimmten Bändern zusammengehalten
werden sollten. Zur Befestigung von Bäumchen, die aus künstlichen Blumen gesteckt werden sollten, wurden Gipsputten bestellt.
Die freien Flächen neben den Fenstern sollten mit Wandmalereien
im *Trompe-l'œil*-Stil ausgefüllt werden; als Motive wählte Lady
Rothwell Gärten und einen kleinen See, überquert von einer Holzbrücke. Dadurch sollte die Illusion einer ländlichen Umgebung ge-
schaffen werden, um zu kaschieren, daß der Ballsaal keinen Zu-
gang zu einem Garten oder Park bot.

Arabella fand es wahrhaft erstaunlich, wieviel Mühe Lady Rothwell sich machte. Es dauerte drei Stunden, bis alles zu ihrer Zufriedenheit geplant war. Mrs. Jenson, die sie wieder hinunterbegleite-
te, berichtete, daß das Hauspersonal bereits emsig dabei sei, das
Tafelsilber zu putzen und das benötigte Geschirr zu waschen. Sie
fragte, ob Lady Rothwell noch das Menü zu prüfen wünsche.

»Der Küchenchef hat sich selbst übertroffen«, sagte sie. »Seine
Gnaden hat zwar ab und zu Freunde zu Herrengesellschaften im
kleinen Kreis eingeladen, aber dies ist das erste große Fest, für das
der Küchenchef verantwortlich ist, seit er in die Dienste des

Hauses getreten ist.«

Nachdem Lady Rothwell ihre Zustimmung zu der geplanten Speisenfolge erteilt hatte, machte sie sich mit Arabella auf den Nachhauseweg.

Arabella hatte eigentlich vorgehabt, am Nachmittag ihrer Schwester ausführlich zu schreiben, aber da es nur noch zwei Tage bis zum Ball waren, beschloß sie, ihren Bericht aufzuschieben, bis das Fest vorbei war.

Auf der Fahrt zur Brook Street blieb die Kutsche in einem Verkehrsstau stecken und wurde von Lady Waintree erspäht, die mit Cecily zu Fuß unterwegs war und an den Kutschenschlag herantrat.

»Ich freue mich ja so auf den Ball«, schwärmte sie überschwenglich. »Was für eine großartige Gelegenheit! Ihre Patentochter darf sich glücklich preisen. Meine kleine Cecily wird sich mit einem viel schlichteren Fest begnügen müssen. Aber es kann ja nicht jeder so großzügige Verwandte haben. Ich will hoffen, daß Sie Lady Rothwell gebührend dankbar sind, Miß«, sagte sie kühl zu Arabella.

Lady Rothwell bot den beiden Damen an, sie zu ihrer Wohnung zu fahren, und Lady Waintree und ihre Tochter nahmen die Einladung dankend an und stiegen in die Kutsche.

»Laß dir von Mama nicht die Laune verderben«, flüsterte Cecily Arabella zu, als sie neben ihr saß. »Sie ist verärgert, weil Giles ihr nicht Rothwell House für mein Debüt angeboten hat. Warum sollte er das tun? Er hat uns schon genug Freundlichkeiten erwiesen, und er muß ja gemerkt haben, wie Mama mich aufdrängt, nur ist er viel zu höflich, als daß er etwas sagen würde. Selbst wenn er nach einer Frau Ausschau hielte, würde er wohl kaum an mich denken, und außerdem hat Kit mir erzählt, daß er nicht die Absicht hat, zu heiraten. Er hat nämlich eine bildschöne Mätresse.«

Bei diesen Worten hatte Arabella das Gefühl, als ob sich eine schwere Last auf ihr Herz senkte. Aber was konnte es ihr eigentlich bedeuten, ob Giles eine Mätresse hatte oder nicht?

Bevor sie etwas sagen konnte, hielt die Kutsche vor Lady Waintrees Haus. Aber während des Abendessens und auch auf der musikalischen Soirée, die bei Bekannten von Lady Rothwell stattfand, mußte sie ständig an das denken, was Cecily ihr erzählt hatte.

Unter den Gästen war auch Viscount Cotteringham, der Arabella mit offensichtlichem Entzücken begrüßte.

»Miß Sylvana«, stammelte er schüchtern, »ich hatte gehofft, Sie hier zu treffen. Hätten Sie Lust, mit mir einmal auszureiten? Vielleicht morgen?«

»Leider haben wir morgen schon etwas anderes vor«, schaltete sich Lady Rothwell ein, »aber falls Sie Ihre Einladung auf einen anderen Nachmittag verschieben könnten...«

Es wurde verabredet, daß er Arabella am Nachmittag nach dem Ball zu einer Spazierfahrt abholen sollte. Angesichts seiner unverhüllten Freude fühlte Arabella sich etwas schuldbewußt, denn obwohl sie ihn mochte, war sie keineswegs von jener wonnevollen Vorfreude erfüllt, die sie sicherlich empfunden hätte, wenn sie in ihn verliebt gewesen wäre.

Sie hatte gehofft, daß auch Kit dasein würde. Er hatte ihr bisher noch keine Nachricht wegen des Besuchs des Maskenballs zukommen lassen, und sie hätte gern Bescheid gewußt, um den Termin einplanen zu können.

Sie erzählte Lady Rothwell von diesem Vorhaben, als sie auf der Heimfahrt waren.

»Ein Maskenball?« sagte Lady Rothwell mit etwas gekräuselten Lippen. »Nun, weißt du, das halte ich für unpassend. In einem Privathaus ist es natürlich etwas ganz anderes, dagegen wäre nichts einzuwenden, aber ich nehme an, daß du einen öffentlichen Ball meinst. Vielleicht weißt du noch nicht, daß dort Leute aller Schichten Zutritt haben.«

Es ist wirklich ärgerlich, daß Kit Sylvana gegenüber den Maskenball erwähnt hat, dachte sie. Natürlich war das für eine romantisch veranlagte junge Dame eine unwiderstehliche Verlockung. Sie erinnerte sich sehr genau daran, wie sie selbst als junges Mädchen eine Woche lang geweint hatte, weil ihre Mutter ihr den Besuch eines solchen Balls verboten hatte, und wie sie sich dann mit der Hilfe ihres Bruders aus dem Haus geschlichen hatte, in einen Domino aus karminroter Seide gehüllt, mit strahlenden Augen und erwartungsvollem Herzen... Sie seufzte leicht über die törichten Streiche der Jugend und überlegte, ob sie mit Giles darüber sprechen sollte. Ach nein, besser nicht, er war schon zornig genug auf Kit.

105

»Dreh dich um ... langsam ... jetzt bleib stehen.«

Arabella befolgte mit angehaltenem Atem Lady Rothwells Anweisungen. Seit drei Stunden ging es in ihrem Schlafzimmer zu wie in einem Bienenkorb. Zuerst hatten die Hausmädchen große Wasserkrüge, in denen Rosenblätter schwammen, für ihr Bad herbeigeschleppt, dann brachten sie angewärmte Handtücher, und nun war es endlich soweit, daß sie in ihrem Ballkleid vor Lady Rothwell stand und die letzte kritische Musterung über sich ergehen ließ.

Der Friseur hatte ihr die Haare so gelegt, daß ihre Locken in üppiger Fülle bis über die Schultern herabrieselten, und zartgrüne Blumen mit aufgenähten Kristallperlen in die Locken eingesteckt. In dem dunklen Haar schimmerten die Kristallperlchen bei der leisesten Bewegung wie winzige Leuchtkäfer.

Zu Arabellas Überraschung sagte Lady Rothwell nichts, sondern hauchte nur einen Kuß auf ihre Wange.

»Du siehst bezaubernd aus«, sagte sie dann leise und mit feuchten Augen. »Ich wünschte mir so sehr, daß du meine Tochter wärst.«

Selbst den Tränen nahe, ließ Arabella sich von der Zofe in den Samtumhang mit dem dicken weichen Wollfutter helfen.

Sie hatte ihre Perlenkette tragen wollen, aber Lady Rothwell hatte den Kopf geschüttelt.

Arabella wußte zwar, daß es für eine Debütantin als unpassend betrachtet wurde, viel Schmuck zu tragen, aber während sie die blaßgrünen Abendhandschuhe aus Ziegenleder überstreifte, dachte sie, daß sie um den Hals herum doch ein bißchen nackt aussehe.

Lady Rothwell trug eine Robe aus pfirsichfarbener Seide und dazu Smaragde. Arabella fand, daß sie wie eine Königin aussah.

»Dieser Schmuck war meine Morgengabe«, erzählte sie Arabella auf dem Weg zur Kutsche, »aber mit dem Familienschmuck der Rothwells kann man ihn nicht vergleichen. Und jetzt müssen wir uns beeilen, damit wir nicht zu spät kommen.«

Der Cavendish Square war praktisch menschenleer, als sie vor dem Haus hielten. Mrs. Jenson geleitete sie nach oben in ein Schlafzimmer, das ganz in sanften Grau- und Rosatönen gehalten war.

»Das war mein Zimmer, als mein Mann noch lebte«, sagte Lady Rothwell zu Arabella, während ein Hausmädchen ihnen die Umhänge abnahm. »Und jetzt muß ich nachsehen, ob alles in Ordnung ist, bevor unsere Gäste kommen. Mrs. Jenson wird sich um dich kümmern.«

»Seine Gnaden wünscht, daß Miß Silvana ihn gleich nach ihrer Ankunft aufsucht, Euer Gnaden«, sagte die Haushälterin respektvoll.

»O ja, natürlich, geh nur mit Mrs. Jenson, Kindchen.«

Warum wollte Giles sie sprechen? Hatte er ihr falsches Spiel aufgedeckt? Aber so grausam konnte er doch nicht sein, daß er sie ausgerechnet heute abend bloßstellte?

Verzagt folgte sie Mrs. Jenson ins Erdgeschoß hinunter. Vor der Bibliothek angekommen, klopfte Mrs. Jenson an die Tür und zog sich dann zurück, so daß Arabella allein hineingehen mußte.

Giles stand vor dem Kaminfeuer. Arabella hielt den Atem an. Wie unglaublich gut er aussah! Seltsam, daß ihr das bisher nie aufgefallen war. Scheu blickte sie ihn an.

»Du wolltest mich sprechen?«

»Ja. Komm her.«

Merkwürdig, diesmal machte sein Befehlston sie nicht widerspenstig. Sie wirkte sehr jung und unschuldig, als sie langsam und zögernd auf Giles zuging.

»Mama sagte mir, daß du außer einer Perlenkette keinen Schmuck besitzt«, sagte er nüchtern. »Daher habe ich es für angebracht gehalten, diesem Mangel abzuhelfen. Dreh dich um.«

Wie im Traum befolgte Arabella seine Aufforderung. Sie spürte, wie seine Hände die Löckchen vom Nacken hoben, und dann legte sich etwas Kühles um ihren Hals, und als er sich vorbeugte, um die Schließe zu befestigen, spürte sie, wie sein Atem über ihr Haar strich.

»Es gehört auch noch ein Armband dazu«, sagte Giles, während er sie an den Schultern faßte und zum Spiegel umdrehte, aber Arabella hörte ihn kaum. Ihre Augen glänzten strahlender als die Diamanten um ihren Hals. Sanft errötend starrte sie ihr Spiegelbild an und berührte mit zitternder Hand die Kette.

»Oh, wie schön, Giles! Aber –«

»Mama hat mir klar und deutlich aufgetragen, daß ich es tun soll!« fiel Giles ihr ins Wort. Er betrachtete sie mit undurchdringlicher Miene. »Es ist ja nur eine Kleinigkeit. Passend für ein junges Mädchen.«

»Die Kette ist zauberhaft«, sagte Arabella mit Nachdruck, »und ich werde sie immer in Ehren halten.«

Aber irgendwie hatten Giles' Worte ihre Freude über das Geschenk geschmälert, obwohl sie annehmen mußte, daß Lady Rothwell natürlich über seine Absicht Bescheid gewußt und ihn vielleicht sogar auf diesen Gedanken gebracht hatte.

Was ist denn nur los mit mir? dachte sie, als Giles sie zur Tür begleitete. Sie war in einer ganz ungewohnten Stimmung und fühlte sich so verwundbar und wehrlos, wie noch nie zuvor.

»Ah, Giles hat dir die Diamanten gegeben. Ausgezeichnet!« lobte Lady Rothwell, als die beiden in der Halle erschienen. »Du hast einen sehr guten Geschmack«, sagte sie zu ihrem Sohn. »Das ist genau das Richtige.«

»Ich nehme an, daß er in solchen Dingen reichlich Erfahrung hat«, entfuhr es Arabella zu ihrem eigenen Erstaunen recht ungnädig, als sie die Treppe hinaufgingen.

»Sylvana!« rief Lady Rothwell schockiert und vorwurfsvoll aus. Arabella ließ beschämt den Kopf hängen. Was war nur in sie gefahren, daß sie etwas so Törichtes und Unpassendes gesagt hatte?

»Zufällig irrst du dich«, klang Giles' Stimme hinter ihr auf. »Ich habe nicht die geringste Erfahrung darin, Schmuck für sehr junge und aggressive Damen auszusuchen.«

Sie würde die Kette Sylvana geben müssen, dachte Arabella. Schließlich war sie ja ihrer Schwester zugedacht gewesen. Vielleicht würde Sylvana sie auf ihrer Hochzeit tragen. Bei dem Gedanken, sich von der Kette trennen zu müssen, durchzuckte sie ein scharfer Schmerz, der nichts damit zu tun hatte, daß es der kostbarste Schmuck war, den sie je besessen hatte oder jemals besitzen würde, wenngleich Giles ihn als eine »Kleinigkeit« abgetan hatte.

Eine knappe Stunde später konnte man sich in dem riesigen Ballsaal kaum noch bewegen. Auf dem Cavendish Square standen die Kutschen dicht an dicht, und alle Gäste waren einhellig der Meinung, daß der Ball ein rauschender Erfolg sei. Lady Rothwell, deren Gesicht vor Freude und Stolz glühte, beteuerte immer wieder, es sei geradezu überwältigend, wie viele Gäste der Einladung gefolgt waren, und Arabella wurde von der Flut der Namen und Titel, die an ihren Ohren vorbeirauschte, richtig schwindlig.

In einer Viertelstunde würde die Kapelle den ersten Tanz spielen, einen Walzer, und damit sollten sie und Giles den Ball eröffnen. Ihre erwartungsfrohe Aufregung wurde jäh gestört, als Lady Rothwell plötzlich sagte: »O nein, wie konnte Kit nur Conrad einladen! Giles wird so wütend sein!«

Arabella blickte hinunter in die Halle, wo soeben Kit, gefolgt von Conrad Addison, erschien.

Aber Giles war keineswegs wütend. Er ging auf die beiden zu und begrüßte sie höflich.

»Ah, Rothwell«, schnurrte Conrad sanft, »wie reizend von Ihnen, mich einzuladen.«

Arabella verschlug es den Atem, und sie hätte am liebsten die Augen geschlossen. Giles hingegen lächelte Conrad freundlich zu, dann warf er einen Blick voll kühler Ironie auf seinen Bruder. »Ja, nicht wahr?« sagte er zustimmend, bevor er sich Kit zuwandte. »Du kommst spät. Mama hält schon seit einer Stunde nach dir Ausschau. Wir wollen nämlich den Ball eröffnen. Bist du bereit, Kind?«

Er hatte sich neuerdings diese Anrede für Arabella angewöhnt, aber in seiner leicht neckenden, nachsichtigen Stimme klang ein Ton mit, der Conrad veranlaßte, ihn mit scharfem Blick zu mustern.

Die Maler hatten gute Arbeit geleistet, und im Licht der Kronleuchter konnte man es sich fast vorstellen, daß die an den Schmalseiten des Raumes dargestellten Gärten wirklich existierten, so naturgetreu waren die Wandgemälde geworden.

Das Stimmengewirr verstummte, als Giles Arabella auf die Tanzfläche führte und sich zeremoniell vor ihr verneigte. Die Musiker spielten die ersten Takte, Giles Arm legte sich um Arabellas Taille, und dann begannen sie, rund um die Tanzfläche zu wirbeln.

Nach der Ehrenrunde begannen auch andere Paare zu tanzen, aber Arabella nahm ihre Anwesenheit nicht wahr. Es kam ihr vor, als ob sie losgelöst von der Umwelt schwebte, als ob die Zeit stillstünde – und das ausgerechnet mit Giles, diesem durch und durch prosaischen Menschen!

»Ich brauche wohl nicht zu fragen, ob es dir gefällt«, sagte Giles nüchtern. Ihre Augen strahlten mit den Diamanten um die Wette. »Aber laß dich nicht allzusehr mitreißen, mein Kind«, warnte er sie sanft. »Du hast schon immer dazu geneigt, in der einen Sekunde himmelhoch jauchzend und in der nächsten zu Tode betrübt zu sein.«

Arabella starrte ihn verwirrt an. Sie hatte immer Sylvana für die Ausgeglichenere gehalten. Wann hatte Giles denn Gelegenheit gehabt, ihre Schwester so genau zu beobachten? Und warum? Das Leuchten in ihren Augen erstarb jählings.

Als der Walzer zu Ende war, kam Viscount Cotteringham auf sie zu, der sich für den nächsten Tanz eingetragen hatte. Arabella wurde sich kaum bewußt, daß Giles von ihr fortging, und doch wurde ihr Blick wie magnetisch von ihm angezogen, während er mit Cecily tanzte, die gerade schüchtern zu ihm aufsah. Dieser Anblick tat ihr weh, und plötzlich war für sie die ganze Freude schal geworden. Sie verstand sich selbst nicht. Giles war doch ihr Feind, sie verabscheute ihn doch!

Als etwas später Kit mit ihr tanzte, fand er sie zerstreut und geistesabwesend. »Conrad hat für dich eine Eintrittskarte für den Maskenball bekommen können«, sagte er.

Arabellas Gesicht zog sich in die Länge. »Ach, Kit, ich glaube, ich kann nicht mitkommen. Deine Mutter hat dieser Plan gar nicht gefallen.«

Kit lief vor Empörung rot an. »Wenn Giles dich begleiten würde, wäre es natürlich etwas anderes. Es paßt gar nicht zu der Arabella, wie ich sie kannte, sich einschüchtern zu lassen.«

»Bitte, Kit, sei mir nicht böse«, bat Arabella unglücklich. »Ich möchte ja mitgehen, aber ich will deiner Mutter um nichts in der Welt Kummer bereiten. Sie ist so gütig zu mir, und ich will ihr keine Sorgen machen.«

Arabella konnte Kit nachfühlen, wie enttäuscht er war. Der Gedanke, einen Maskenball zu besuchen, war zu verlockend. Es wäre so wundervoll romantisch gewesen, aber sie glaubte nicht, daß Lady Rothwell ihr Einverständnis geben würde.

Nachdem Kit gegangen war, drängte sich mit schmeichelhafter Geschwindigkeit ein halbes Dutzend junge Männer um sie, und jeder versuchte sie zu überreden, ihm den nächsten Tanz zu gewähren. Der muntere Wortwechsel und das Gelächter erregten Aufmerksamkeit. Ein Glück, daß seine Mutter keine sonderlich gute Beobachterin war, dachte Giles angesichts von Arabellas Schalkhaftigkeit, sonst hätte sie längst erkennen müssen, daß ihr Gast nicht Sylvana, sondern deren Schwester war. In diesem Moment sah Arabella zu ihm hinüber, und ihre Blicke kreuzten sich. Sofort wurde sie von tiefer Niedergeschlagenheit befallen.

Conrad Addison hatte dieses kleine Zwischenspiel beobachtet, und seine Augen wurden stechend und hart, als er seinen Blick von Arabella zu Giles wandern ließ. »Aha, mein Freund«, murmelte er ganz leise, »ich glaube, jetzt habe ich dich endlich!«

Als Kit ein paar Minuten später zu ihm kam, war Conrad immer noch damit beschäftigt, die Paare auf der Tanzfläche zu beobachten.

»Giles hätte dich wirklich etwas freundlicher begrüßen können«, sagte Kit ärgerlich, nachdem er neben Conrad Platz genommen hatte.

»Findest du? Meiner Ansicht nach war er äußerst liebenswürdig. Ich habe ihn noch nie so sanft gestimmt erlebt. Hast du Miß Sylvana gesagt, daß ich für sie eine Karte besorgt habe?«

»Leider wird sie nicht mitkommen können«, erwiderte Kit, »meine Mutter erlaubt es nicht. Vermutlich steckt wieder mal Giles dahinter!«

»Lady Rothwell nimmt eben ihre Aufgabe als Anstandsdame ernst – vielleicht etwas zu ernst«, sagte Conrad. »Aber ich glaube, daß ich Miß Sylvana dazu bewegen kann, ihre Meinung zu ändern. Sie kommt mir nicht wie eine junge Dame vor, die sich widerspruchslos Zügel anlegen läßt.«

»Da hast du recht«, stimmte Kit ihm zu. »Ara ... Sylvana ist immer sehr unternehmungslustig gewesen, aber sie will meiner Mutter keinen Kummer bereiten.«

Beinahe wäre ihm Arabellas richtiger Name herausgerutscht. Seine mürrische Miene hellte sich ein wenig auf, als er sich vorstellte, wie sehr sein Bruder sich ärgern würde, wenn Arabella ihr Täuschungsmanöver aufdeckte.

Zu Arabellas geheimem Mißmut hatte Conrad sich auf ihrer Tanzkarte für den letzten Walzer des Abends eingetragen. Sie mochte ihn einfach nicht. Der Blick seiner eng zusammenstehenden Augen hatte etwas Reptilhaftes an sich.

Aber er war ein ausgezeichneter Tänzer, und während er mit ihr über die Tanzfläche wirbelte, fragte er leise: »Wie ich höre, werden

Sie uns nicht auf den Maskenball begleiten? Giles tut gut daran, über Ihren Ruf zu wachen. Mir ist aufgefallen, daß Lady Anne heute abend nicht hier ist.«

Arabella hatte von Lady Anne Harding gehört. Sie galt als eine der schönsten Frauen von London. Ihr Mann, ein Berufsdiplomat, war oft monatelang im Ausland, während sie allein zu Hause blieb. Sie war ein Mitglied der flotten, lebenslustigen Clique, die sich um den Prinzregenten scharte, und Arabella, die gern mehr über sie gewußt hätte, fragte neugierig: »Hätte sie denn hier sein sollen?«

Conrad zuckte mit den Schultern; seine Augen waren hart wie Kieselsteine. »Nun, schließlich ist ja die Affäre zwischen ihr und Giles noch sehr lebendig.«

»Giles und Lady Anne haben eine Affäre miteinander?« Warum traf sie das wie ein Schock, der ihr den Atem nahm? Cecily hatte doch erzählt, daß Giles Liebschaften hatte. Aber zwischen vagen Gedanken und Vorstellungen und der Wirklichkeit in der verführerischen Gestalt von Lady Anne war ein großer Unterschied.

»Ich bitte um Verzeihung«, sagte Conrad schnell, »ich hätte nicht darüber sprechen sollen, aber ich dachte, Sie wüßten Bescheid. Seit Wochen redet man ja von nichts anderem.«

Das war übertrieben. Giles übte bei seinen Herzensaffären immer strengste Diskretion, und Lady Annes Gewohnheit, ihre Liebhaber vor aller Welt zur Schau zu stellen, war nicht nach seinem Geschmack. Außerdem ging er lieber selbst auf die Jagd, statt sich einfangen zu lassen. Conrad wußte sehr wohl, daß diese Beziehung schon im Keim erstickt war, was hauptsächlich daran lag, daß Giles es abgelehnt hatte, das Taschentuch aufzuheben, das die Dame mit unmißverständlicher Deutlichkeit vor ihm hatte fallen lassen.

Aber all das konnte Arabella nicht wissen. Ihr Blick flog instinktiv zu Giles herüber, der wieder mit Cecily tanzte, und abermals verspürte sie jenen seltsamen Schmerz in ihrem Herzen.

Aller Groll, der sich in den vergangenen Jahren gegen Giles angesammelt hatte, entbrannte aufs neue, angefacht von einem Gefühl, das sie nicht definieren konnte. Aus irgendeinem Grund war es für sie absolut notwendig geworden, Giles – und allen anderen Menschen – zu beweisen, daß sie sich nicht dazu zwingen ließ, sich dem Gebot anderer zu beugen. Die gleiche Impulsivität, die sie schon als Kind so oft in die Klemme gebracht hatte, trieb sie auch jetzt dazu, bedenkenlos den Entschluß zu fassen, um jeden Preis auf den Maskenball zu gehen, koste es, was es wolle.

Als Kit sich verabschiedete, fand sie eine Gelegenheit, ihm zuzuraunen, daß sie ihre Meinung geändert habe.

»Fein«, sagte er strahlend. »Conrad war sicher, daß er dich umstimmen könnte.«

»Conrad! Mit dem hat das überhaupt nichts zu tun«, erwiderte Arabella abweisend. »Aber ich muß überlegen, wie ich unauffällig aus dem Haus kommen kann, denn ich möchte vermeiden, daß deine Mutter sich meinetwegen Sorgen macht.«

»Nichts leichter als das«, sagte Kit prompt. »Mama hat mir soeben erzählt, daß sie gerade an dem Nachmittag eine alte Tante von mir in Kensington besuchen will. Bis sie zurück ist, bist du schon weg. Du brauchst nur eine Nachricht zu hinterlassen, daß du eine Einladung angenommen hast, und schon ist alles in Ordnung.«

Erleichtert, daß sie ihre gütige Gastgeberin nicht direkt belügen mußte, nahm Arabella die Abschiedsworte der Gäste entgegen.

»Sie haben doch nicht vergessen, daß wir morgen zu einer Spazierfahrt verabredet sind?« fragte Cotteringham besorgt, als er sich von ihr verabschiedete.

»Ich erwarte Sie um vier Uhr«, versicherte Arabella ihm. Es war ihr unerträglich zu wissen, daß Giles dicht hinter ihr stand, und am liebsten hätte sie sich die Diamanten vom Hals gerissen und ihm vor die Füße geworfen.

Er würde bald erkennen müssen, daß es ihr dieses eine Mal gelungen war, ihn hinters Licht zu führen. Wie würde sie über sein Gesicht lachen, wenn er entdeckte, wer sie in Wirklichkeit war! Trotzdem war ihr ganz und gar nicht nach Lachen zumute, als Giles sie und Lady Rothwell zu ihrer Kutsche begleitete. Sie verabschiedete sich mit einem kühlen, unpersönlichen Lächeln von ihm und vermied es, ihm dabei in die Augen zu sehen.

»Vergiß nicht, daß ich dich vor deiner eigenen Begeisterungsfähigkeit gewarnt habe«, sagte Giles, während ein Diener den Kutschenschlag öffnete. »Conrad hat sich zwar sehr um dich bemüht, aber laß dich von ihm nicht täuschen, mein Kind.«

»Weder von ihm noch von irgend jemand anderem«, erwiderte Arabella erbittert. »Seit ich in London bin, habe ich gelernt, daß Gentlemen nicht immer das sind, was sie zu sein scheinen.«

»Eine wahrhaft tiefschürfende Erkenntnis«, spöttelte Giles. »Wir sollten uns bei Gelegenheit eingehender darüber unterhalten.«

»Ein wunderbarer Ball«, sagte Lady Rothwell erschöpft, als sie zur Brook Street fuhren. »Aber wie ungezogen von Kit, diesen gräßlichen Conrad Addison mitzubringen!«

»Ich habe dieses Paar erst vor einer Woche gekauft«, sagte Viscount Cotteringham am folgenden Nachmittag zu Arabella, während er das Karriol durch das Stanhope Gate manövrierte und in den Park einfuhr. Er trug ein dunkelgrünes Jackett und gelbe Pantalons, und Arabella lächelte insgeheim über seine modischen Ambitionen. Der Viscount konnte mit Pferden nicht annähernd so gut umgehen wie Giles, aber sie unterdrückte diesen verräterischen Gedanken und wandte ihre Aufmerksamkeit den Insassen der anderen Kutschen zu, denn ihr Begleiter war voll und ganz davon in Anspruch genommen, seine Pferde unter Kontrolle zu halten.

Ein paar junge Herren, die an der Kutsche vorbeiritten, starrten Arabella dreist an, aber sie hatte inzwischen gelernt, sich durch solche Aufdringlichkeiten nicht aus der Ruhe bringen zu lassen. Plötzlich erspähte sie eine altmodische Kutsche, in der Lady Waintree und Cecily saßen. Sie konnte der Versuchung nicht widerstehen und bat den Viscount, zu den Damen aufzufahren.

Auf Lady Waintrees Gesicht spiegelte sich eine Mischung aus Wut und Kummer, und Arabella bemitleidete wieder einmal Cecily, die sich ihrer herrischen Mutter fügen mußte.

»Zu meiner Zeit«, erklärte Lady Waintree erhaben und mit einem stechenden Seitenblick auf Arabella, »pflegte keine junge Dame aus gutem Hause ohne Anstandsdame mit einem Herrn spazierenzufahren – jedenfalls nicht, wenn sie auf ihren Ruf bedacht war.«

»Puh!« stieß der Viscount hervor, nachdem Lady Waintree weitergefahren war. »So ein Drache!«

Andere Damen hingegen grüßten Arabella mit gnädigem Kopfnicken, und eine oder zwei ließen sogar anhalten, um ihr Komplimente über ihr Aussehen auf dem Ball zu machen.

Sie hatten den Park fast durchquert, als Arabella sah, wie ein ihr wohlvertrautes Karriol in den Weg einbog, auf dem sie sich befanden. Sie erstarrte, als sie die Dame neben Giles sah. Die beiden unterhielten sich angelegentlich miteinander, ohne von ihrer Umgebung Notiz zu nehmen. Das mußte Lady Anne, Giles' Mätresse, sein, dachte sie sofort. Groß, schlank, mit kastanienbraunen Locken und tiefblauen Augen – man konnte nicht leugnen, daß sie schön war und daß sie Giles offensichtlich wärmere Gefühle entgegenbrachte; ihre Hand, die in einem lavendelfarbenen Glacéhandschuh steckte, lag vertraut auf seinem Arm, und als sie ihm das Gesicht zuwandte, streiften die Straußenfedern, die den Rand ihres Hütchens zierten, seine Schulter. Das also war Lady Anne!

»Schnell, drehen Sie um!« verlangte Arabella. Sie wollte weder Giles noch seine Begleiterin zur Kenntnis nehmen.

»Ich kann hier nicht umdrehen, nicht genug Platz«, murmelte der Viscount bekümmert, versuchte aber trotzdem, ihren Wunsch zu erfüllen.

Der Fahrer eines anderen Karriols beschwerte sich laut und erbittert, als die Räder beinahe blockierten. Arabella konnte aus dem Augenwinkel sehen, daß Giles sie beobachtete.

»Ist das da drüben nicht Rothwell?« fragte der Viscount, nachdem er seine Pferde beruhigt hatte. »Soll ich zu ihm hinfahren?«

»Nein, bitte nicht«, sagte Arabella hastig. »Er ist furchtbar streng mit mir, und es würde ihm nicht gefallen, daß ich ohne Begleitung mit Ihnen ausfahre. Am besten bringen Sie mich gleich in die Brook Street zurück, bevor er uns gesehen hat.«

Der Gedanke an eine Konfrontation mit einem erzürnten Giles schreckte den Viscount offensichtlich so ab, daß er widerspruchslos umkehrte und schnell in die Brook Street zurückfuhr.

Arabella bedankte sich für die Ausfahrt und ging rasch ins Haus. Lady Rothwell war nicht da. So ging sie nach oben, um sich zum Abendessen umzuziehen. Ihr Herz hämmerte, und ihre Wangen waren gerötet.

Sie war gerade mit ihrer Toilette fertig, als es an der Tür klopfte und ihre Zofe atemlos und mit vor Ehrfurcht kugelrunden Augen meldete: »O Miß, es ist Seine Gnaden! Der Herzog . . . Er ist unten und möchte Sie sprechen.«

Arabellas Mund war plötzlich ganz trocken, als sie sich an den zürnenden Blick erinnerte, den Giles ihr zugeworfen hatte, bevor Cotteringhams Kutsche davongefahren war.

»Ich komme sofort, Lucy«, sagte sie zu dem aufgeregten Mädchen, musterte betont kühl ihre Erscheinung im Spiegel und drapierte einen Spitzenschal um ihre Schultern.

Als sie den Empfangssalon betrat, stand Giles mit dem Rücken zur Tür vor dem Kaminfeuer. Zuerst glaubte sie, er habe sie nicht bemerkt, doch plötzlich wandte er sich um. Ihre Angst wuchs, denn er sah sie sehr böse an.

»Deine Mutter ist leider nicht da«, begann sie, mühselig um eine ungezwungene Haltung ringend.

»Das weiß ich. Warum hast du mich im Park geschnitten?« fragte er brüsk.

»Ge-geschnitten? Du mußt dich irren«, schwindelte Arabella verzweifelt. »Ich habe dich gar nicht gesehen. Wir –«

»Lüg mich nicht an!« fiel Giles ihr rücksichtslos ins Wort. »Du hast mich sehr wohl gesehen. Also – warum?«

Als Arabella hartnäckig schwieg, sagte er grimmig: »Aha, ausnahmsweise fällt dir keine Ausrede ein. Es dürfte dir klar sein, daß der Zwischenfall von allen beobachtet wurde, die in der Nähe waren. Und daß dein Benehmen der Dame gegenüber, der ich dich vorstellen wollte, gröblich beleidigend war, weißt du wohl auch.«

»*Dame!* Deiner Geliebten gegenüber, wolltest du wohl sagen!« fauchte Arabella. »Wie kannst du es wagen, mich zu kritisieren, wenn dein eigenes Benehmen... Oh! Laß mich sofort los!« schrie sie, als Giles sie bei den Schultern packte.

»Zu deiner Information«, erklärte er eisig, »meine Begleiterin war zufällig die Frau eines Freundes, die gerade von einem Aufenthalt auf dem Land zurückgekehrt ist, wo sie ihre kranke Schwiegermutter gepflegt hat. Es lag mir viel daran, dich ihr vorzustellen, denn trotz des Altersunterschiedes von acht Jahren bist du ihr im Wesen sehr ähnlich, und ich dachte, ihr würdet gute Freundinnen werden. Aber jetzt bin ich mir dessen nicht mehr so sicher. Lydia ist liebenswürdig und großzügig, und diese Eigenschaften fehlen dir anscheinend, du kleine Törin. Du hast doch nicht im Ernst geglaubt, daß ich dir eine unschickliche Bekanntschaft aufzwingen würde?« fragte er.

Arabella errötete beschämt. Wie dumm hatte sie sich benommen, und was mochte Giles' Bekannte von ihr denken? Wenn sie bloß nicht diese voreilige Schlußfolgerung gezogen hätte! Natürlich würde Giles ihr niemals seine Mätresse vorstellen oder mit dieser Dame vor aller Augen im Park spazierenfahren.

»Deine absurde Vermutung ist eine schwere Beleidigung für Lydia«, sagte Giles kalt. »Du hast mich sehr enttäuscht. Ich hätte nicht gedacht, daß du auf müßigen Klatsch hörst.«

Sie wollte ihn um Verzeihung bitten, aber sie brachte kein Wort heraus. Ihre Kehle war wie zugeschnürt. Ihre Augen füllten sich mit Tränen, und da sie sich vor Giles nicht so schwach zeigen wollte, wirbelte sie herum und rannte aus dem Zimmer. Fast wäre sie über ihren Rocksaum gestolpert, als sie die Treppe hinaufhastete und Zuflucht in ihrem Schlafzimmer suchte.

Vom Fenster ihres Zimmers aus konnte sie sehen, wie Giles ein paar Minuten später gemessenen Schritts das Haus verließ, und seine steif aufgerichtete Haltung verriet ihr, daß für ihn die Sache noch nicht erledigt war.

Bevor er auf den Kutschbock stieg, warf er einen kurzen Blick am Haus empor, und obwohl Arabella überzeugt war, daß er sie nicht sehen konnte, wich sie instinktiv vom Fenster zurück.

## 8

Langsam und allmählich begann Arabella ihren impulsiven Entschluß, auf den Maskenball zu gehen, zu bereuen, aber sie konnte jetzt nicht mehr absagen, ohne Kit zu verletzen. Sie tröstete sich mit dem Gedanken, daß die Gelegenheit, Conrad Addison aus nächster Nähe zu beobachten, ihr vielleicht einen Fingerzeig liefern würde, wie man Kit dazu bringen könnte, diese Freundschaft aufzugeben – ein Problem, das ja Lady Rothwell sehr am Herzen lag.

Sie dachte gerade über diese Frage nach, als ihr Kits Besuch gemeldet wurde.

»Giles ist wirklich die Höhe«, brach es aus ihm hervor, sobald sie allein waren. »Gestern abend hat er mich im Club auf die Seite gezogen und mir gedroht, daß er mich Ende des Monats nach Rothwell schickt, wenn ich die Verbindung zu Conrad nicht sofort abbreche. Ich ertrage diese Einmischung in mein Leben nicht mehr. Ach, Arabella, wenn ich doch nur genug Geld hätte, um mir ein Offizierspatent zu kaufen!«

»Du mußt immer daran denken, mich Sylvana zu nennen«, ermahnte ihn Arabella und überlegte, wie sie ihn trösten könnte. Sollte sie ihm verraten, daß es seine Mutter war, die nicht wollte, daß er in die Armee eintrat, und daß es so aussah, als ob Lady Rothwell zum Nachgeben geneigt sei?

In diesem Moment erschien Lady Rothwell selbst und begrüßte Kit zärtlich.

»Ich fahre morgen zu deiner Tante Alice«, teilte sie ihm mit. »Sylvana braucht mich nicht zu begleiten, denn sie würde sich zu Tode langweilen. Ich muß gestehen, daß es mir nicht anders ergeht. Alice hat jedesmal ein neues Leiden, über das sie endlos klagt.«

Beim Abschied flüsterte Kit Arabella zu: »Ich hole dich morgen um acht Uhr ab. Besorge dir einen Domino und eine Maske.«

Arabella hatte bisher noch nicht daran gedacht, wie sie sich verkleiden sollte. Wo konnte man solche Dinge bekommen? Sie hatte noch die paar Guineen, die ihr Vater ihr bei ihrer Abreise zugesteckt hatte, und einem plötzlichen Einfall folgend, läutete sie nach Lucy. »Ich will mit Master Kit auf einen Maskenball gehen, Lucy, aber – es ist ein Geheimnis, und ich brauche einen Domino und eine Maske.«

Lucy versicherte ihr, daß sie genau wisse, wo man solche Sachen kaufen könne, nämlich im Pantheon Bazar. Da sie einen ausgeprägten Hang zur Romantik hatte, drängte sich ihr sofort der Gedanke auf, daß Master Kit und Miß Sylvana ein vom Unheil verfolgtes Liebespaar seien, dessen einzige Chance, glücklich zu werden, ausschließlich in ihrer Hand lag.

Am nächsten Morgen machte sich Arabella in Lucys Begleitung auf den Weg zum Pantheon Bazar. Zuerst war sie von der Fülle des Warenangebots überwältigt, aber das Mädchen lotste sie zu einem Stand, wo Dominos ausgestellt waren.

»Dieser Rosarote hier ist für Sie genau das richtige, Miß«, sagte Lucy und legte Arabella den Umhang um die Schultern.

Es war ein Domino aus einem gedeckt rosaroten Satin, mit gleichfarbiger Marabouseide besetzt und mit weißem Satin gefüttert. Als Arabella die Kapuze über die Locken gezogen hatte, mußte sie sich eingestehen, daß ihr dieser Aufzug etwas prickelnd Geheimnisvolles verlieh. Die Aufregung überwog ihre bisherigen Bedenken, und sie ließ sich überreden, den Domino zu kaufen.

Eine geeignete Maske zu finden, war etwas schwieriger, aber schließlich entdeckte sie eine an einem Stand, wo Spitze und Seidenstrümpfe verkauft wurden. Sie bestand aus schwarzer Seide mit einem Besatz aus hauchzarter Spitze, und als Arabella sie probeweise vors Gesicht hielt, seufzte Lucy vor Bewunderung tief auf.

»O Miß, Sie sehen damit so geheimnisvoll aus!« schwärmte sie. »Ja, wirklich! Master Kit wird Sie natürlich trotzdem erkennen. Es gibt nicht viele junge Damen mit so schönen grünen Augen.«

»Danke, Lucy«, sagte Arabella lächelnd. Sie bezahlte die Maske und erstand noch ein hübsches Gesteck aus roten Bändern, das Lucy begehrlich betrachtet hatte. Sie wollte es dem Mädchen schenken, bevor sie London verließ.

Zum Glück fragte Lady Rothwell nicht, wo sie gewesen war, und nach dem Mittagessen ging Arabella in ihr Zimmer und verfaßte einen langen Brief an ihre Schwester, in dem sie auch über die Schuldgefühle schrieb, die sie wegen ihres falschen Spiels plagten. Erst gestern hatte sie einen Brief von Sylvana erhalten, die ihre Zwillingsschwester sehr vermißte. Sie hatte Arabella mitgeteilt, daß sie mehr denn je in Roland verliebt sei und soeben von seiner Mutter zum Abendessen nach Queen's Mead eingeladen worden war. Wie beneidenswert ihre Schwester doch war, daß sie so genau wußte, wo ihr Glück lag, dachte Arabella, und bedauerte zum erstenmal in ihrem Leben, daß sie selbst so sprunghaft war.

Das Zerwürfnis mit Giles bedrückte sie sehr, und gern hätte sie ihr unüberlegtes Verhalten ungeschehen gemacht. Wahrscheinlich war er jetzt mißtrauisch geworden. Er hatte seitdem keinen Besuch mehr in der Brook Street gemacht, und das war bestimmt ihre Schuld.

Ohne sonderliche Freude kleidete sie sich für den Maskenball an. Unter dem Domino trug sie ein weißes Kleid mit aufgestickten Rosenknospen und einer Schärpe aus rosaroten Bändern. Ihr Haar wurde von farblich abgestimmten Bändern zusammengehalten.

Kit holte sie pünktlich um acht Uhr mit einer Mietkutsche ab, die sie zu den Argyll Rooms brachte, wo der Ball stattfand.

»Conrad erwartet uns dort«, sagte Kit. »Wir werden eine Menge

Spaß haben. Mach dir wegen Mama keine Sorgen. Wenn sie wüßte, daß du in meiner Gesellschaft bist, würde sie ganz beruhigt sein.«

Arabella konnte nur hoffen, daß er recht hatte. Ein paarmal nahm sie Anlauf, um Kit zu bitten, sie in die Brook Street zurückzubringen, aber sie brachte es nicht über sich, ihm sein Vergnügen zu verderben.

Auch er trug einen Domino, der ihm sehr gut stand. Die blaue Seide hob das Blond seiner Haare hervor. Die Maske hatte er achtlos zusammengeknüllt in eine Tasche gesteckt.

Schon als sie aus der Kutsche stiegen, hörten sie fröhliches Stimmengewirr. Conrad erwartete sie in einem kleinen, überfüllten Vorraum. Er verbeugte sich tief vor Arabella und sah sie mit einem Blick an, der sie unwillkürlich Kits tröstliche Nähe suchen ließ. Nein, ich mag ihn nicht, entschied sie, während Kit ihr den Arm reichte und sie in den großen Ballsaal führte.

Die Dekorationen, die auf den ersten Blick einen höchst eleganten Eindruck machten, erwiesen sich bei näherer Betrachtung als ziemlich schäbig. Die seidenen Wandbehänge waren von viel minderer Qualität als diejenigen, die Arabella in den Häusern von Lady Rothwells Bekannten gesehen hatte, und sowohl die Kostüme als auch die Manieren der Anwesenden wirkten auf jemanden, der an den zurückhaltenden Ton ländlicher Gesellschaften gewöhnt war, ein wenig gewagt.

Die Kapelle spielte einen Walzer, und im Gegensatz zu den bei Almack gültigen Regeln, stand es hier den Herren frei, die Dame ihrer Wahl aufzufordern, ohne ihr vorgestellt worden zu sein.

Auf Arabella wirkten die Freiheiten, die einige der Damen ihren Partnern gewährten, befremdlich. Und erst die Kleider! Sie hatte gehört, daß es Mode war, Musselinkleider anzufeuchten, damit sie eng am Körper anlagen, aber hier trugen einige junge Damen unter ihren hauchdünnen Kleidern nichts weiter als ein hautfarbenes Trikot.

»Das ist etwas anderes als das muffige Gehabe bei Almack, nicht wahr?« sagte Conrad, dem die Gefühle, die sich auf Arabellas ausdrucksvollem Gesicht widerspiegelten, nicht entgangen waren.

Alles ging genau nach Plan. Wäre Kit mit dem gesellschaftlichen Leben Londons besser vertraut gewesen, hätte er gewußt, daß nur Leute minderen Standes die Argyll Rooms besuchten. Ihm war wohl bewußt, daß das Benehmen einiger Gäste selbst die toleranteste Anstandsdame schockiert hätte, aber er tröstete sich mit dem Gedanken, daß Conrad als Mann von Welt ja gewußt haben mußte, wie es hier zuging, daß folglich alles in Ordnung war.

Die Tanzfläche war so überfüllt, daß man sich kaum bewegen konnte; Arabella mußte die zudringlichen Blicke von mehr als einem jungen Dandy über sich ergehen lassen. Wenn sie mit Kit allein hiergewesen wäre, hätte sie ihn ohne Umschweife gebeten, sie sofort nach Hause zu bringen.

»Anscheinend gefällt es Ihnen hier nicht sonderlich«, sagte Conrad gespielt fürsorglich zu ihr. »Stimmt etwas nicht?«

»Conrad, ich glaube, wir hätten Sylvana nicht hierherbringen sollen«, antwortete Kit für sie, der mit wachsendem Unbehagen beobachtete, daß die Tänzer sich immer größere Freiheiten herausnahmen. »Das ist wirklich nichts für sie. Natürlich, für mich mag es ja angehen, aber für eine junge Dame...«

»Du übertreibst, mein Freund«, beruhigte Conrad ihn. »Es ist noch keine fünf Minuten her, daß ich Lady Harwich und ihre Schwester gesehen habe.«

Das entsprach der Wahrheit, aber die beiden Damen, die sich unerkannt glaubten, hatten ziemlich freizügig mit zwei Kavalieren geflirtet. Trotz ihres Titels wurde Lady Harwich in den höheren Kreisen nicht akzeptiert, und wäre Kit nicht so unerfahren gewesen, hätte die Tatsache, daß Conrad sie als ein Muster an Respektabilität hinstellte, sein Mißtrauen erregen müssen.

Von den dreien schien Conrad der einzige zu sein, der sich amüsierte. Kit überlegte, wie er Arabella am besten und unauffälligsten in die Brook Street zurückbringen könnte, während Conrad Addison, lässig an eine der Marmorsäulen gelehnt, die die bemalte Decke stützten, seine Begleiter spöttisch musterte. Die armen Tröpfe – sie waren so ahnungslos in seine Falle hineingestolpert, aber sie waren nur der Köder...

Wenn er es geschickt anfing, konnte morgen die ganze Stadt wissen, daß sich der kleine Schützling des Herzogs von Rothwell im verrufensten Ballhaus von London vergnügt hatte. Jedermann wußte ja, daß sich hier reiche junge Männer mit ihren Liebchen trafen, Halbweltdamen ›Beschützer‹ suchten und Mädchen von Arabellas Stand völlig fehl am Platze waren.

Er hatte seine Pläne sorgfältig vorbereitet und Kit erst in letzter Minute gesagt, wo er sie hinführen wollte, um zu verhindern, daß der junge Narr zu einem welterfahreneren Freund oder – was noch fataler gewesen wäre – zu seinem Bruder eine Bemerkung machte. Das Schicksal hatte ihn insofern begünstigt, als es Kit war, der Arabella eingeladen hatte, aber Conrad war durchaus der Meinung, daß man dem Schicksal nicht immer freien Lauf lassen, sondern ab und zu selbst ein wenig nachhelfen sollte.

Er überließ sich ein paar Minuten lang der angenehmen Vorstellung, welche Folgen sein Eingreifen haben würde. Die Kleine würde zumindest in einen Skandal verwickelt werden, dafür wollte er sorgen, und für einen Mann, der so stolz war, wie Giles Rothwell, würde es eine bittere Pille sein, daß sowohl sein Bruder als auch Arabella die Gesellschaft eines anderen Mannes vorzogen, besonders wenn es sich dabei um ihn selber, Conrad, handelte.

Weder sein Vorhaben noch die Auswirkungen auf Arabellas Zukunft, wenn bekannt wurde, daß sie in den Argyll Rooms gewesen war, noch die Tatsache, daß er das Verhältnis zwischen Giles und Kit nachhaltig gestört hatte, erweckten in ihm die leisesten Skrupel.

Der Nachmittag war nicht so verlaufen, wie Lady Rothwell es geplant hatte. Ihre Cousine litt diesmal nicht an einer eingebildeten Krankheit, sondern an einer eitrigen Mandelentzündung, und sie hatte das Personal angewiesen, keine Besucher zu ihr zu lassen.

Also blieb Lady Rothwell nichts anderes übrig, als sofort wieder in die Brook Street zurückzukehren. Unterwegs erinnerte sie sich an eine Einladung zu einer Abendgesellschaft im Freien, die bei den Scalehamptons stattfinden sollte. Es würden viele junge Leute dasein, und Sylvana könnte neue Bekanntschaften schließen. Eine ganze Reihe von jungen Männern hatte bereits Interesse an ihrer Patentochter bekundet, aber bis jetzt hatte Lady Rothwell nicht das leiseste Anzeichen entdecken können, daß Sylvana einen von ihnen bevorzugte. Man mußte ja nicht so aufdringlich und herrisch sein wie Lady Waintree, aber der Zweck ihrer Einladung an Sylvana war ja schließlich, für das Kind einen Ehemann zu finden.

Als sie in der Brook Street angekommen war und nach Sylvana fragte, mußte sie erfahren, daß »Miß Sylvana ausgegangen sei«.

Lady Rothwell sah auf die Uhr. Es war fünfzehn Minuten nach acht. Sie sah alle Einladungen durch, konnte aber keine entdecken, die so verlockend war, daß Sylvana allein hingefahren wäre.

Den Gedanken, daß Lady Waintree gekommen war und Sylvana eingeladen hatte, sie und Cecily zu begleiten, verwarf sie gleich wieder. Lady Waintree würde bestimmt nicht das Risiko eingehen, ihre eigene Tochter von Sylvana ausstechen zu lassen.

Aber wo mochte Sylvana sein? fragte sie sich. Plötzlich kam ihr eine Idee, die sie so erschütterte, daß sie sich hinsetzen mußte. Sie läutete nach dem Butler und trug ihm auf, sofort Miß Sylvanas Zofe zu ihr zu schicken.

Die Tür hatte sich kaum hinter dem Butler geschlossen, als Giles eintrat. Er war schlicht gekleidet, da er nichts weiter vorhatte, als in seinem Club zu Abend zu essen.

»Guten Abend, Mama. Ich habe nicht erwartet, daß du schon wieder zurück bist. Wo ist denn Sylvana?« fragte er lässig. »Ich bin hergekommen, weil ich mit ihr Frieden schließen will.«

»Ihr habt euch gestritten? Worüber denn?«

»Das weiß ich nicht so genau«, erwiderte Giles mit einem etwas spöttischen Lächeln. »Ich glaube, es hatte etwas mit meiner Mätresse zu tun.«

»Mit deiner Mätresse!« Lady Rothwell war schockiert. »Um Himmels willen, Giles, was hast du denn dem Kind erzählt?«

»Es ist eher so, daß die Ursache etwas war, das ihr jemand anders erzählt hat.«

»Laß mich mal nachdenken. Vor ein paar Tagen hat sie mir etwas von einem Maskenball erzählt. Kit wollte sie mitnehmen, aber ich sagte ihr, daß es sich für sie nicht schicken würde. Du weißt ja, wie diese öffentlichen Bälle sind – da kann jeder hingehen.« Sie blickte etwas schuldbewußt drein. »Ich wollte ihr erklären, daß ein solcher Ballbesuch ihrem Ruf sehr schaden könnte, aber dann habe ich es vergessen, und jetzt fürchte ich, daß sie und Kit doch hingegangen sind.«

»Ohne dich um Erlaubnis zu bitten?« fragte Giles mißbilligend.

»So schrecklich ist es nun auch wieder nicht«, sagte Lady Rothwell besänftigend. »Ich habe als junges Mädchen genau dasselbe getan. Aber ich muß gestehen, daß ich etwas überrascht bin. So etwas paßt so gar nicht zu Sylvana.«

Giles warf seiner Mutter einen Blick zu, in dem sich Zuneigung und eine leichte Gereiztheit mischten. Wie konnte sie Tag für Tag mit Arabella zusammen leben, ohne das zu erkennen, was ihm fast sofort klargeworden war? Er konnte es nicht begreifen.

»Du wirst sie doch suchen und nach Hause bringen, bevor irgendein Schaden entstanden ist, nicht wahr?« bat Lady Rothwell. »Es ist ja noch nicht spät, und wenn wir Glück haben, können wir ein Unheil verhindern. Nicht auszudenken, wenn ihre Beliebtheit sinken und sie der Gegenstand von häßlichem Klatsch würde.«

»Ich fürchte, daß wir in dieser Hinsicht nicht viel tun können«, sagte Giles erbittert. Er wollte seine Mutter nicht noch ängstlicher machen, aber er selbst war ziemlich sicher, daß Conrad Addison seine Hand im Spiel hatte. Er ging in Gedanken schnell die Örtlichkeiten durch, wo öffentliche Bälle stattfanden, und bat Lady Rothwell, nach dem Butler zu läuten. Als Grimes erschien, trug Giles ihm auf, eine Gazette zu bringen.

»Was willst du denn damit?« fragte Lady Rothwell verdutzt. »Du willst doch nicht etwa Zeitung lesen, wenn Sylvana vielleicht dringend deine Hilfe braucht? Was meinst du, wo sie hingegangen ist? Nach Vauxhall? Oder vielleicht in den alten Vergnügungspark von Ranelagh?«

»Keins von beiden«, erwiderte Giles und studierte die Gazette, die Grimes inzwischen gebracht hatte. »Ich fürchte, Kit hat sie in die Argyll Rooms mitgenommen. Hier ist eine Anzeige, daß dort heute abend ein öffentlicher Ball stattfindet.«

»Ach, deshalb wolltest du die Gazette, wie klug du bist, Giles! Aber die Argyll Rooms!« Sie war so besorgt, daß plötzlich ihr Hang, sich verschwommen auszudrücken, verdrängt wurde. »Es ist mir unvorstellbar, daß Kit Sylvana dort hingebracht haben soll. Diese Bälle haben einen sehr schlechten Ruf. Wie konnte Kit so gedankenlos sein?«

»Ich glaube, daß es nicht allein Kits Schuld ist«, sagte Giles. Wenn er sich nicht täuschte, hatte Arabella in letzter Zeit alle Symptome eines schlechten Gewissens gezeigt; der heutige Vorfall könnte sie dazu veranlassen, ihr Täuschungsmanöver sofort aufzudecken, und das wollte er auf jeden Fall verhindern.

»Setz dich wieder, Mama«, bat er mit ruhiger Stimme. »Ich muß dich etwas fragen. Hast du nie den Eindruck gehabt, daß Sylvanas

Benehmen nicht ganz mit ihrem Wesen in Einklang steht?«

Lady Rothwell runzelte die Stirn. »Doch, ein- oder zweimal hat sie mehr Temperament gezeigt, als für sie typisch ist«, sagte sie unsicher.

»Aber du hast nie über den Grund für diese Widersprüchlichkeit nachgedacht?«

»Nein ... Giles, was willst du damit sagen?«

»Daß Arabella mit Sylvana den Platz getauscht hat«, erklärte Giles ohne Umschweife. »Ich bin erstaunt, daß du es nicht sofort gemerkt hast. Das Kind ist keine gute Schauspielerin.«

»Du meinst, daß Sylvana ... daß Arabella ...« Lady Rothwell verschlug es die Sprache. »Aber warum, um alles in der Welt, sollte sie so etwas tun? Das verstehe ich nicht.«

»Es ist auch mir unerklärlich«, gab Giles zu. »Aber die Antwort finden wir nur, wenn wir unsere kleine Schwindlerin mit der Wahrheit konfrontieren.«

Lady Rothwell starrte ihren Sohn verwirrt an. »Ich verstehe überhaupt nichts. Wenn es so ist, daß Sylvana nicht in die Stadt kommen wollte und statt dessen Arabella erschienen ist, dann hätte sie es mir doch sagen können!«

»Wie ich es sehe, ist die Lösung dieses Rätsels bei mir zu finden«, gestand Giles mit einem schiefen Lächeln.

Aber Lady Rothwell hörte ihn kaum. Sie war zu sehr damit beschäftigt, über das nachzudenken, was Giles ihr enthüllt hatte. »Das arme Kind!« sagte sie nach einer Weile. »Wie muß sie unter ihren Schuldgefühlen gelitten haben, und dabei war das so überflüssig, denn ich will ganz offen sagen, daß ich Arabella immer am liebsten gehabt habe. Ich hätte sie mit größter Freude in mein Haus aufgenommen.«

Giles war von dieser Reaktion seiner Mutter keineswegs überrascht. Er selbst hatte stundenlang darüber nachgedacht, ob er der Missetäterin auf den Kopf zusagen sollte, daß er sie durchschaut hatte. Allmählich ging ihm Arabellas Verstellung auf die Nerven, und er wollte der Komödie ein Ende bereiten.

»Du wirst sie doch nicht etwa nach Hause schicken, Giles?« sagte Lady Rothwell bittend, da sie sein Schweigen falsch auslegte. »Sie wollte ja nichts Böses tun, und ich würde sie vermissen. Ich habe mir so oft gewünscht, eine Tochter zu haben.« Sie seufzte.

125

»Ich würde sowieso nicht mehr viel von ihr haben, denn ich bin sicher, daß Cotteringham bald um sie anhalten wird. Er ist sehr verliebt in sie.«

»Cotteringham ist nicht der richtige Mann für Arabella«, erwiderte Giles kurz. »Aber selbst wenn ich es wollte, steht es nicht in meiner Macht, sie nach Hause zu schicken. Sie ist dein Gast, Mama, und ich maße mir nicht an, dir vorzuschreiben, wer in deinem eigenen Haus dein Gast sein darf.«

»Ich werde vorläufig nichts zu ihr sagen, und ich hoffe, du wirst es sie nicht merken lassen, daß du ihre Täuschung aufgedeckt hast. Sie würde es zwar abstreiten, aber ich weiß, daß ihr viel an deiner guten Meinung über sie liegt. Es würde sie zutiefst verletzen, wenn du sie demütigen würdest.«

Giles schwieg ein paar Sekunden. Dieses eine Mal hatte seine Mutter einen gewissen Scharfblick bewiesen. Er wußte ziemlich genau, wie Arabella reagieren würde. Sie würde auf der Stelle die Koffer packen und nach Hause fahren.

»Ich habe nichts dagegen, wenn sie vorläufig ihre Rolle weiterspielt«, beruhigte er seine Mutter. »Im Moment ist es wohl das beste, wenn wir sie weiterhin als Sylvana akzeptieren. Das wichtigste ist jetzt, sie aus den Klatschgeschichten herauszuhalten, die der heutige Vorfall nach sich ziehen könnte. Und jetzt müssen wir mal ein ernstes Wort wegen Kit miteinander reden. Ich bitte dich dringend, mir zu gestatten, daß ich ihm ein Offizierspatent kaufe.«

»Wenn wir uns sofort nach Rothwell zurückziehen würden, vielleicht würde dann...«

Giles schüttelte den Kopf. »Jedermann weiß, daß wir erst nach dem Ende der Saison aufs Land gehen wollen. Wenn wir jetzt schon abreisen, würde das den Gerüchten nur neue Nahrung geben. Allerdings werde ich wohl Kit sofort nach Hause schicken müssen, wenn er mir nicht verspricht, sich von Addison zu distanzieren.«

Giles war in die Brook Street gekommen, um mit Arabella Frieden zu schließen. Die Art und Weise, wie sie die Beherrschung verloren hatte, als er ihr vorwarf, sie habe ihn im Park geschnitten, hatte ihn sehr nachdenklich gemacht. Gab er sich einer verlorenen Hoffnung hin, wenn er erwartete, daß sie sich ihm freiwillig anvertrauen würde? Er konnte ihre Maskerade sofort beenden, aber dadurch würde er sich ihre Freundschaft vielleicht für immer verscherzen. Ich bin wirklich ein Narr, schalt er sich, und wenn Arabella ihn jetzt hätte sehen können, wäre sie sicherlich überrascht gewesen, denn seine Miene drückte keinen Zorn aus, sondern eine Mischung aus Reue und Zärtlichkeit.

Aber als Giles eine Viertelstunde später in den Argyll Rooms erschien, hatte diese milde Anwandlung einer kalten Wut Platz gemacht. Selbst dem naivsten Unschuldslamm konnte nicht verborgen bleiben, welcher Art dieses Etablissement war. Und trotzdem war Kit hierhergekommen! Er erkannte seinen Bruder sofort, denn seine hochgewachsene Gestalt und das blonde Haar verrieten ihn. Arabella hing an seinem Arm und wirkte so verängstigt, daß Giles' üblicher kühler Hochmut sofort verschwand. Er verspürte nur noch den Wunsch, Conrad Addison, den er ebenfalls erspäht hatte, eine halbe Stunde für sich allein zu haben.

Er hatte sich also nicht geirrt! Nun, hoffentlich konnte er Arabella und Kit aus dieser Situation herausholen, bevor weiterer Schaden entstand. Eventuelle Gerüchte konnten sicherlich dadurch entschärft werden, daß man einfach sagte, Arabella habe die Argyll Rooms in aller Unschuld besucht, aber sie würde viel Mut brauchen, um sich den unvermeidlichen Kommentaren zu stellen.

Für einen Mann von seiner stattlichen Erscheinung und gebieterischem Auftreten war es kein unmögliches Unterfangen, sich einen Weg durch die dichtgedrängte Menge der Gäste zu bahnen; trotzdem dauerte es ein paar Minuten, bis er die drei Gesuchten erreicht hatte.

Arabella hatte den Abend von der ersten Minute an scheußlich gefunden. Sie war müde und enttäuscht. Die Veranstaltung entsprach nicht ihren Erwartungen von einem Maskenball und war nicht ein bißchen romantisch. Sie versuchte, Kits Blick zu erhaschen, aber er starrte wie hypnotisiert geradeaus, und als sie ihn am Arm zupfte, murmelte er entsetzt: »Mein Gott, Arabella, Giles ist hier und hat uns gesehen.«

Beide waren so damit beschäftigt, den Näherkommenden zu beobachten, daß ihnen entging, wie Conrad Addison, der Kits Worte gehört hatte, die Augen verengte.

»Arabella« hatte er das Mädchen genannt, und sie hatte nicht widersprochen. Jetzt erinnerte er sich auch, daß Kit ein paarmal gestottert hatte, als er ihren Namen aussprach. Hatte Lady Rothwell ihm nicht erzählt, daß die Kleine eine Zwillingsschwester hatte? Sein Mund verzog sich zu einem genüßlichen Grinsen. Na so was, wer hätte das gedacht! Giles Rothwells Erscheinen in diesem Augenblick paßte zwar nicht in sein Konzept, aber er konnte es sich leisten, einen Satz zu verlieren, denn er wußte, daß er das ganze Spiel gewinnen konnte, wann immer er wollte.

Hämisch lächelnd beobachtete er die beiden Missetäter, als Giles vor ihnen stand.

»Ah, Rothwell. Sie sind wohl gekommen, um Ihre unschuldigen Schützlinge aus meiner Obhut wegzuholen?«

»Aus Ihrer Obhut und aus diesem Etablissement«, bestätigte Giles kühl, während sein Blick vielsagend über die Umgebung schweifte. Kit und Arabella drängten sich dicht aneinander, als ob einer beim anderen Schutz suchte.

»Wie hast du uns gefunden?« rief Kit aus und legte seinen Arm um Arabellas Schultern.

»Das war ganz leicht«, versicherte ihm Giles. »Sylvana, darf ich um deinen Arm bitten? Wir gehen. Und du kommst mit, Kit. Was ich dir zu sagen habe, bedarf keiner Zeugen.«

»Du meine Güte! Wollen Sie mir auch die Leviten lesen?« fragte Conrad Addison mit öliger Stimme.

»Ihre Angelegenheiten gehen mich nichts an, Addison«, erwiderte Giles gelassen, »und meine gehen *Sie* nichts an.«

Ihre Blicke kreuzten sich. Conrad war der erste, der seinen Blick abwandte.

»Nach dem heutigen Abend ist wohl besser, wenn weder mein Bruder noch Miß Markham jemals wieder in Ihrer Gesellschaft gesehen werden«, sagte Giles. »Wie ich erfahren habe, wird gerade über Ihre Mitgliedschaft bei White's beraten. Ein Mann Ihres Schlages braucht den Deckmantel der Respektabilität. Es wäre doch zu schade, wenn man Ihre Mitgliedschaft nicht erneuern würde. Denken Sie gut nach, Addison, und Sie werden feststellen müssen, daß ich es bin, der in diesem Spiel alle Trümpfe in der Hand hält.«

Alle außer einem, dachte Conrad grämlich, nachdem Giles sich abgewandt hatte. Aber diesen einen hatte er, und es war das Trumpfas. Giles konnte nicht wissen, daß das junge Ding ihm eine

Komödie vorspielte, das hätte er niemals geduldet. So sandte er Giles ein höhnisches Lächeln hinterher. Er konnte warten; seine Zeit würde kommen.

Arabella stählte sich innerlich gegen Giles' Zorn, aber er schien gar nicht zornig zu sein, sondern nur angewidert. Zumindest kam es ihr so vor, und sie errötete beschämt. Wie sehr bereute sie es, hierhergekommen zu sein! Immerhin hatte sie erkannt, daß Lady Rothwell recht hatte, wenn sie Conrad Addison mißtraute. Es war gar nicht nötig, daß Giles ihr Vorhaltungen machte, sie wußte selbst, wie dumm sie gewesen war. Kit, der an ihrer Seite ging, hüllte sich in ein mürrisches Schweigen.

Am Ausgang zur Vorhalle stritten sich ein paar Galane lautstark um den Besitz des Taschentuchs einer Dame. Arabella wandte unwillkürlich das Gesicht von diesem Spektakel ab und begegnete Giles' Blick, der grimmigen Spott ausdrückte und ihr abermals das Blut in die Wangen trieb.

Sie hatte sich in ihrem Leben schon viele Eskapaden geleistet, aber keine hatte so elende Schuldgefühle in ihr erweckt. Sie hatte mutwillig Lady Rothwell getäuscht, die so gütig zu ihr war; sie war ihr bewußt ungehorsam gewesen, und nun hatte sie sich zweifellos Giles' Verachtung eingehandelt. Erst auf dem Weg zur Kutsche wurde ihr bewußt, daß die letztere Erkenntnis sie am schwersten bedrückte.

Wie schon einmal, saß Arabella eingezwängt zwischen den Brüdern, während sie zur Brook Street fuhren. Zwischen ihnen herrschte ein Schweigen, das niemand als freundlich hätte bezeichnen können.

Endlich konnte Kit nicht länger an sich halten. »Mußtest du das tun?« platzte er heraus. »Uns vor aller Augen wie zwei unmündige Schulkinder hinauszuscheuchen?«

»Kurz gesagt: Ja!« erwiderte Giles. »Und wenn du nur eine Sekunde nachdenken würdest, statt dich aufs hohe Roß zu setzen, würdest du zugeben müssen, daß ich dabei sehr diskret vorgegangen bin – viel diskreter, als du es verdient hast. Um Himmels willen, Kit«, sagte er mit rauher Stimme, die verriet, daß er sich nur mit Mühe beherrschte, »wenn du nicht schon an dich selbst denken konntest, hättest du zumindest auf... auf diese kleine Idiotin Rücksicht nehmen müssen. Es muß dir doch klar sein, daß ihr Ruf

Schaden nimmt, wenn es sich herumspricht, wo sie gewesen ist.«

»Conrad hat mich erst in letzter Minute informiert, wo der Ball stattfindet, und selbst dann war mir nicht bewußt, um was für eine Art Etablissement es sich handelt, bis wir dort ankamen . . .«

»Aber nachdem du dort warst und gesehen hast, daß . . . Zumindest hättest du dann genug Verstand haben müssen, um sofort wieder zu gehen, oder hat dieser Addison euch beide wie zwei blöde Karnickel hypnotisiert? Nein, versuche nicht abzustreiten, daß er diesen Plan ausgeheckt hat, er trägt zu deutlich seine Handschrift. Schon als du noch ein kleiner Junge warst, war es sein Hauptvergnügen, Skandale zu entfesseln. Zum Glück hat jeder, der nur einen Funken Verstand hat, gelernt, seine Klatschgeschichten mit Skepsis zu betrachten, und vielleicht kommen wir mit heiler Haut davon.«

»Ich will dir noch etwas sagen«, grollte Kit. »Ich lasse mich nicht wie ein Kind nach Rothwell schicken, Giles, da kannst du dich drauf verlassen.«

»Du wirst genau das tun, was ich für richtig halte«, erwiderte Giles gelassen. »Anscheinend vergißt du, daß ich den Geldbeutel verwalte. Ich bin dir gegenüber bisher sehr nachsichtig gewesen, aber der Streich, den du dir heute geleistet hast, kann nicht mit Stillschweigen übergangen werden. Es ist dir doch klar, daß du . . . Sylvanas Ruf ernsthaft in Gefahr gebracht hast?«

Als Kit nicht antwortete, seufzte er und sagte kurz: »Nun gut, ich will dir noch eine letzte Chance geben, vorausgesetzt, daß du mir versprichst, die Freundschaft mit Addison sofort abzubrechen.«

Um der Wahrheit die Ehre zu geben, war Kit über die Argyll Rooms entsetzt gewesen, und sein Vertrauen zu seinem ›Freund‹ war sehr ins Wanken geraten. Aber aus reinem Trotz wollte er sich Giles widersetzen.

»Bitte gib nicht nur Kit die Schuld«, bat Arabella leise. »Ich habe genausoviel dazu beigetragen. Wenn er aus London verbannt werden soll, dann habe ich das gleiche verdient.«

Ein solches Opfer wollte Kit natürlich nicht annehmen, und so schluckte er seinen Groll mannhaft hinunter und sagte hölzern: »Ich verspreche es, Giles. Mein Ehrenwort.«

Insgeheim erleichtert, nickte Giles. »Also gut, aber falls ich jemals entdecken sollte, daß du dein Wort gebrochen hast...« Bevor er den Satz beenden konnte, hatten sie die Brook Street erreicht und hielten vor Lady Rothwells Haus an. Giles stieg als erster aus und hob Arabella mit einem Schwung von dem hohen Sitz herunter, wobei er sie zornfunkelnd ansah. »Hast du denn überhaupt keinen Verstand?« fragte er erbittert. »Ist dir dein Ruf so gleichgültig?«

Arabella wandte das Gesicht ab. Um keinen Preis sollte er die verräterischen Tränen sehen, die ihr in die Augen stiegen.

Wenn sie sich diese Verwechslungskomödie doch niemals ausgedacht hätte! Aber jetzt war es zu spät, alles rückgängig zu machen. Wäre Giles jetzt in anderer Stimmung gewesen, hätte sie ihm bestimmt alles gestanden und sich von der Last ihrer Schuldgefühle befreit. Aber so wünschte sie ihm nur mit zittriger Stimme gute Nacht, froh, daß er durch Kits Anwesenheit gezwungen war, seinen Zorn zu zügeln.

Lady Rothwell empfing sie sichtlich besorgt, was ihr Schuldbewußtsein noch verschlimmerte. Es kam ihr wie eine Ewigkeit vor, bis sie sich in ihr Zimmer flüchten und den aufgewühlten Gefühlen, die sich seit dem Treffen im Park in ihr aufgestaut hatten, freien Lauf lassen konnte. In diesem Zustand befand sie sich, als Lady Rothwell, die ziemlich genau vermutete, was geschehen war, noch einmal nach ihr sah.

Der Anblick des jungen Mädchens, das sich verzweifelt auf das Bett geworfen hatte, bestätigte ihre Ahnungen.

»Es ist ja kein Weltuntergang«, tröstete sie ihren jungen Gast in der Annahme, daß Arabella sich Sorgen um ihren Ruf machte. »Giles wird dafür sorgen, daß alles unter uns bleibt. Also mach dir deswegen keine Gedanken. Und wenn es sich herumsprechen sollte, daß du in diesem gräßlichen Etablissement warst, werden wir einen Ausweg finden, um es als harmlos abzutun.«

Arabella lächelte schwach. Die liebevollen Worte ihrer Gastgeberin machten alles nur noch schlimmer. Wenn ein bißchen unerfreulicher Klatsch nur das einzige wäre, das sie bedrückte!

Ihre Gedanken kreisten ständig um die Frage, wie Giles auf ihr falsches Spiel reagieren würde, aber warum es ihr soviel ausmachte, wie Giles über sie dachte, das konnte sie sich nicht erklären. Sie wußte nur, daß es ihr viel bedeutete – sogar sehr viel!

9

»Mach dir nicht zu viele Gedanken wegen des Maskenballs«, sagte Lady Rothwell am nächsten Morgen nochmals zu Arabella. Sie war mit ihrer Korrespondenz beschäftigt, aber diese Arbeit nahm ihre Aufmerksamkeit nicht so in Anspruch, daß sie die niedergeschlagene Stimmung des jungen Mädchens nicht bemerkt hätte.

»Du hast doch nicht vergessen, daß du heute nachmittag von Lady Marlwood zu einem Picknick eingeladen bist?« fragte sie, um Arabella etwas aufzuheitern. »Kit holt dich nach dem Mittagessen ab, und das Wetter ist so schön, daß du das neue pfirsichfarbene Nachmittagskleid anziehen kannst.«

Arabellas Antwort bestand aus einem verzagten Lächeln. Nein, sie freute sich wirklich nicht auf das Picknick. Das gestrige Ereignis lastete so schwer auf ihrem Gewissen, daß sie sich über nichts freuen konnte. Auch Kit schien etwas bedrückt zu sein, als er am frühen Nachmittag erschien. Zu Arabellas Erstaunen fuhr er in einer hocheleganten offenen Kutsche vor, die Giles ihm zur Verfügung gestellt hatte, wie Kit ihr mitteilte. Für ein weiteres Gespräch über den Maskenball würde sich allerdings keine Gelegenheit bieten, da man auf der Fahrt zum Picknick nicht allein sein würde.

Kit stellte ihr seine beiden Begleiter als den ehrenwerten James Creswell und dessen Schwester, Miß Katherine Creswell, vor. Die Geschwister seien erst kürzlich in London eingetroffen und wohnten gleich neben ihm in der Half Moon Street, und deshalb habe Lady Marlwood ihn gebeten, die beiden nach Kew mitzunehmen.

Unter normalen Umständen hätte Arabella die Fahrt sehr genossen, denn es war ein wunderschöner sonniger Tag. Die Sonne strahlte golden von einem klaren blauen Himmel hernieder, und als sie die Stadt hinter sich hatten, erstreckte sich vor ihnen das Land im frischen Grün des Spätfrühlings.

Die Creswells waren sehr sympathische, wenn auch etwas schüchterne junge Leute. Sie kamen aus Yorkshire und wohnten bei einer Tante, unter deren Obhut sie in die Gesellschaft eingeführt wurden. Katherine bewunderte Arabellas elegantes Kleid ganz offen und gestand, daß sie selbst wohl nie das Glück haben würde, so kostspielige Toiletten aus einem so berühmten Atelier zu tragen, aber Arabella fand, daß sie in dem rosa und weiß gemu-

132

sterten Musselinkleid und mit den rosa Bändern, die um die weichen braunen Locken gebunden waren, sehr hübsch aussah.

»Lady Marlwood hat mit dem Wetter wirklich Glück«, sagte Katherine, als sie den von hohen Hecken gesäumten Weg entlangfuhren, auf dem die Räder der Kutsche einen feinen weißen Staub aufwirbelten. »Ich muß gestehen, daß ich mich sehr auf das Picknick freue. Wir machen ja in Yorkshire im Sommer auch Ausflüge, aber man kann nie sicher sein, daß es nicht regnet, und im Vergleich zu den aufregenden und interessanten Leuten, die man in London trifft, ist unsere ländliche Gesellschaft sehr langweilig.«

Lady Marlwood besaß in Kew ein kleines Landhaus, das das Ziel der Fahrt war. Dort wurde Kit angewiesen, bis zu einer kleinen Waldlichtung weiterzugehen, wo sich die Gäste treffen sollten. Sie überließen die Kutsche und das Gespann dem Personal der Gräfin und wanderten über eine mit Schlüsselblumen und Hahnenfuß übersäte Wiese bis zu einer kleinen Pforte aus Weidengeflecht, die den Weg in den Wald freigab. Auf der Lichtung fanden sie die anderen Gäste schon vollzählig versammelt vor. Diener waren damit beschäftigt, Tischplatten auf Schragen zu legen und die üppigen Erfrischungen aufzutischen.

Die Gräfin begrüßte die Neuankömmlinge freundlich und machte sie mit ein paar anderen jungen Leuten bekannt. Arabella hatte eigentlich erwartet, daß auch Viscount Cotteringham dasein würde, konnte ihn aber nicht entdecken. Die Party fand aus Anlaß des siebzehnten Geburtstags der jüngsten Tochter der Gräfin statt, die noch nicht offiziell in die Gesellschaft eingeführt war, und von der Gruppe, die sie mit ihren Freunden bildete, schollen Gelächter und Scherzworte herüber.

Die Gräfin unterhielt sich mit Arabella, während ihr Sohn Kit und die Creswells zu seiner Schwester führte.

Es war offensichtlich, daß Giles bei der Gräfin in hohem Ansehen stand, denn sie sagte, daß Lady Rothwell sich glücklich preisen dürfe, einen so prachtvollen Sohn zu haben. »Ich hätte ihn ja gern eingeladen, aber ich hatte das Gefühl, daß er sich in der Gesellschaft so junger Leute langweilen würde...« Sie unterbrach sich und runzelte die Stirn. »Du meine Güte, das ist doch Conrad Addison? Ich kann mich nicht erinnern, ihm eine Einladung geschickt zu haben.«

133

Arabella spürte, wie ihr das Blut in die Wangen schoß. Conrad hier! Wie sollte sie ihm gegenübertreten? Hilfesuchend sah sie sich nach Kit um, aber er stand noch bei den Creswells. So blieb ihr nichts anderes übrig, als Conrad die Hand zu reichen, nachdem dieser sich lässig bei Lady Marlwood für sein ungebetenes Eindringen entschuldigt hatte.

»Man hat mir erzählt, daß Sie eine Party geben, und ich konnte es nicht ertragen, davon ausgeschlossen zu sein«, sagte er ölig, »insbesondere, als ich hörte, wer unter Ihren Gästen sein würde.«

Die Gräfin zog die Augenbrauen zusammen und streifte Arabella, die sich weit weg wünschte, mit einem neugierigen Blick. Wie kann Conrad es wagen, dachte Arabella, der Gräfin gegenüber anzudeuten, daß er nur ihretwegen gekommen sei?

Anscheinend war ihre Gastgeberin genau zu dieser Schlußfolgerung gekommen, denn sie zog sich unter einem fadenscheinigen Vorwand zurück und ließ die beiden allein. Arabella war verlegen und ärgerlich, Conrad hingegen triumphierte sichtlich.

»Was soll das?« fragte Arabella empört. »Wir haben einander nichts zu sagen.«

»Im Gegenteil, es gibt eine ganze Menge, worüber wir sprechen müssen«, widersprach Conrad honigsüß. »Aber nicht hier. Ich schlage vor, wir gehen zu meiner Kutsche und fahren irgendwohin, wo wir uns ungestört unterhalten können.«

Arabella war entsetzt. »Sind Sie wahnsinnig geworden?« fragte sie mit zornbebender Stimme. »Ich werde mit Ihnen nirgendwohin fahren!« Glaubte er wirklich, daß sie das Unheil, das er schon angerichtet hatte, einfach vergaß?

»Mutig gesprochen«, höhnte Conrad, »aber Sie werden bald eine andere Melodie singen – oder haben Sie etwa nichts dagegen, wenn ich allen Gästen hier erzähle, wie Sie Giles an der Nase herumführen, Miß Arabella?«

Arabella erblaßte und keuchte entsetzt auf, dann blickte sie verstohlen um sich, um sicherzugehen, daß niemand sie hören konnte.

»Wie . . . ?« Sie biß sich auf die Lippen und wollte Conrads Behauptung zurückweisen, als dieser mit überlegener Miene den Kopf schüttelte.

»Sie brauchen sich keine Lüge auszudenken, Ihr Gesicht verrät Sie.«

»Wie haben Sie es herausgefunden?« fragte sie. Ihr Mund war plötzlich so trocken, daß sie kaum sprechen konnte.

»Kit hat es mir gesagt«, erklärte Conrad lässig. »Aber es geschah ganz zufällig. Als er gestern abend Giles entdeckte, hat er Sie im ersten Schreck mit Ihrem richtigen Namen angeredet. Daraufhin habe ich zwei und zwei zusammengezählt, und das Ergebnis war ein hübsches kleines Täuschungsmanöver. Sehr klug ausgedacht, meine Liebe. Giles wird sich sehr blamiert fühlen, insbesondere, wenn er diese Neuigkeit von vielen Seiten gleichzeitig hören muß.«

Damit meinte er, daß sich die Geschichte wie ein Lauffeuer verbreiten würde, nachdem er sie vor den anwesenden Gästen ausposaunt hätte. Arabella schauderte zusammen. Das durfte niemals geschehen!

»Worüber wollen Sie mit mir sprechen?« fragte sie, um Zeit zu gewinnen. Vielleicht würde Kit sie mit Conrad sehen und sie aus dieser Lage erlösen.

Aber das war eine vergebliche Hoffnung, denn Conrad hatte sie sofort durchschaut, wie er bewies, als er sie hinter einen dicken Eichenstamm zog, wo sie den Blicken der Gäste entzogen waren.

»Das werden Sie erfahren, sobald wir allein sind«, sagte Conrad. »Also, wie ist es: Kommen Sie mit, oder soll ich Ihrer Gastgeberin erzählen, welch falsches Spiel Sie mit Giles treiben? Sie würde sich darüber bestimmt köstlich amüsieren, und eine so pikante Geschichte kann man unmöglich für sich behalten. Es heißt ja, daß die Gräfin Neuigkeiten schneller verbreitet als die ›Post‹. Wollen wir einmal ausprobieren, ob das stimmt?«

Einen Augenblick lang hatte Arabella das Gefühl, ohnmächtig zu werden.

»Ja, ich komme mit«, stieß sie hervor. Sie hätte alles getan, um ihn daran zu hindern, seine Drohung zu verwirklichen. »Aber bitte beeilen wir uns, damit man uns nicht vermißt.«

Conrad unterdrückte ein Lächeln. Ihm konnte es nur recht sein, wenn ihre Abwesenheit auffiel; genau das hatte er beabsichtigt, aber Arabella durfte es natürlich nicht merken.

Conrad hatte den Zeitpunkt gut gewählt. Kit unterhielt sich immer noch eifrig mit James Creswell, der seine Vorliebe für die Armee teilte, doch Katherine, die sich ein bißchen langweilte, sah sich nach Arabella um und reckte neugierig den Hals, als sie gerade noch einen Blick auf ein pfirsichfarbenes Kleid erhaschte, das auf dem Fußweg zum Haus verschwand.

»War das nicht Miß Markham?« fragte sie Kit. »Ich bin sicher, daß ich ihr Kleid erkannt habe, aber wohin könnte sie denn gehen?«

Kit drehte sich um, konnte aber nichts mehr sehen, doch Katherine bestand darauf, daß es Arabella gewesen war – ein so entzückendes Kleid würde sie bestimmt nicht mit einem anderen verwechseln. Der gutmütige Kit erbot sich, selbst ein Stück den Weg zum Haus entlangzugehen, um ihr zu beweisen, daß sie sich geirrt hatte.

»Sylvana kennt außer uns nur sehr wenige von den Gästen, und es ist kaum anzunehmen, daß sie in einer fremden Umgebung allein spazierengeht.«

Er blieb nur fünf Minuten weg, aber als er zurückkam, wirkte er etwas verstört, und das mit gutem Grund. Er hatte gerade noch gesehen, wie Conrads Kutsche abfuhr, und er hatte die beiden Insassen erkannt. Was Arabella im Sinn hatte, konnte er nicht wissen, aber die Tatsache, daß sie das Picknick verlassen hatte, ohne ihm ein Wort zu sagen, kam ihm unheimlich vor. Er verabschiedete sich von seiner Gastgeberin mit der Entschuldigung, daß Sylvana sich nicht wohl fühle und er sie nach London zurückbringen müsse.

Die Gräfin fragte mitfühlend: »Vielleicht möchte sich Miß Markham im Haus ein Weilchen hinlegen?«

Kit schüttelte den Kopf, und auf Katherines besorgte Fragen erklärte er, daß Sylvana durch grelles Sonnenlicht immer Kopfweh bekäme, wobei er sich im stillen ob seiner Erfindungsgabe bewunderte.

Zum Glück bestand die Gräfin nicht darauf, sich selbst um Arabella zu kümmern, und nachdem Kit dafür gesorgt hatte, daß andere Gäste die Creswells nach London mitnehmen würden, machte er sich schleunigst auf den Weg.

In der Stadt angekommen, fuhr Kit sofort zum Rothwell House. Jetzt war nicht der geeignete Zeitpunkt, um an kleinliche Streitereien zu denken, und außerdem kannte er niemanden, der mit dieser Situation besser fertig werden könnte als sein Bruder.

Der Butler teilte ihm mit, daß Giles nicht zu Hause sei, ließ sich dann aber zu dem Hinweis herab, daß Kit ihn wahrscheinlich in seinem Club finden könne.

Als Kit im Club auftauchte, begrüßte Giles ihn, als ob sein plötzliches Erscheinen nichts Außergewöhnliches sei. Dann fiel ihm die besorgte Miene seines Bruders auf, er entschuldigte sich bei seinen Freunden und stand auf.

»Nun, was ist?« fragte er brüsk, als sie allein waren. »Bedrängt dein Schneider dich mit der Rechnung?«

Kit schüttelte den Kopf. »Es ist etwas viel Schlimmeres. Du weißt sicher, daß Ar ... daß Sylvana und ich heute zu einem Picknick eingeladen waren?«

Giles runzelte die Stirn. »Was willst du damit sagen, Kit. Ist ein Unfall passiert?«

»Nein, nein, nichts dergleichen. Aber Sylvana ist verschwunden! Ich habe gesehen, wie sie in Conrads Kutsche wegfuhr. Sie hat mir kein Wort gesagt, und nach dem gestrigen Abend werde ich das Gefühl nicht los, daß Conrad etwas Böses vorhat.«

»Das nenne ich einen Gesinnungswandel«, sagte Giles trocken. »Ich kann mich noch gut der Zeiten erinnern, als er immer unfehlbar war. Dem Himmel sei Dank, daß du soviel Verstand hattest, gleich zu mir zu kommen. Hast du irgendeine Ahnung, wohin er sie gebracht haben könnte?«

Kit schüttelte den Kopf. »Nein. Ich kann mir auch nicht denken, warum sie mit ihm gegangen ist.«

»Hm. Zuerst müssen wir herausfinden, wo er sein könnte, und der beste Ort, wo wir das erfahren können, ist seine Wohnung. Wenn er für längere Zeit fort ist, muß er ja seine Diener verständigt haben.«

»Wenn er mit Sylvana etwas Schlimmes vorhat, dann hat er ihnen bestimmt befohlen, den Mund zu halten«, widersprach Kit, aber Giles lächelte nur grimmig und sagte: »Dann werden wir einen Weg finden müssen, daß sie ihn wieder aufmachen.«

Conrad wohnte in der Half Moon Street, nicht weit von Kit entfernt. Seine beschränkten Mittel gestatteten ihm nicht, sich einen Butler zu halten, und so war es sein Leibdiener, der auf Giles' Klopfen an der Tür erschien. Als Giles ihn nach dem Aufenthaltsort seines Herrn fragte, verschloß sich sein Gesicht.

»Sie wollen mir doch nicht weismachen, daß Sie nicht wissen, wo Ihr Herr ist. Aber vielleicht ist Ihr Gedächtnis etwas schwach und braucht eine kleine Auffrischung?«

Kit zwinkerte erstaunt, als Giles plötzlich zwei Goldstücke in der Hand hielt. Der Diener hingegen zeigte keinerlei Überraschung und ließ die Münzen mit einem diskreten Hüsteln in der Tasche verschwinden.

»Ich glaube mich zu erinnern, daß mein Herr seinen Reitknecht angewiesen hat, zum ›Green Man‹ in Islington zu reiten und dort für ihn einen Privatsalon zu bestellen. Er sagte ferner, daß er ihn später dort treffen wolle.«

»Der ›Green Man‹, das ist doch eine von den großen Poststationen!« stieß Kit hervor. »Was denkt er sich denn dabei, Sylvana in ein so öffentliches Haus zu bringen, und noch dazu ohne Anstandsdame! Und ein Privatsalon! Wenn sich das herumspricht, ist ihr Ruf rettungslos verloren.«

»Und dieser Tatsache ist er sich zweifellos voll bewußt«, sagte Giles mit einer so grimmigen Stimme, daß Kit zusammenfuhr.

»Giles, du glaubst doch nicht etwa, daß Conrad das nur tut, um dir eins auszuwischen? Aber —«

»Aber dein gesunder Menschenverstand sagt dir sicherlich, daß ein solcher Streich genau das ist, was zu ihm paßt, nicht wahr?« entgegnete Giles. »Aber wir haben keine Zeit für Diskussionen. Ich muß sofort nach Islington fahren und Sylvana befreien.«

»Und ich komme mit«, fiel Kit ihm ins Wort, aber Giles schüttelte den Kopf.

»Nein, du fährst zum Picknick zurück und erzählst der Gräfin, daß Conrad so freundlich war, Sylvana in die Brook Street zurückzufahren. Das wird genügen, um ihre Anwesenheit in Conrads Kutsche zu erklären, falls jemand sie gesehen hat. Kew ist nicht allzuweit von Islington entfernt, und wir können ohne weiteres behaupten, Sylvana habe sich so schlecht gefühlt, daß Conrad sie dorthin brachte, damit sie sich vor der Weiterfahrt etwas ausruhen konnte.«

»Das ist alles ganz gut und schön, aber wie willst du Conrad dazu bringen, daß er diese Lüge nicht aufdeckt? Und wie soll ich meine eigene Abwesenheit erklären?« fragte Kit.

»Letzteres ist sehr einfach. Nachdem ein Reitknecht dir gesagt hatte, daß Sylvana mit Conrad vorausgefahren sei, hast du festgestellt, daß sie ihren Hut in deiner Kutsche liegengelassen hatte, und daraufhin bist du ihr nachgefahren, um ihn ihr zu bringen. Da du der Gräfin bereits erzählt hast, daß Sylvana keine Sonne verträgt, wird sie dir Glauben schenken. Und nachdem du schon so viele Lügen von dir gegeben hast, kommt es auf eine weitere auch nicht mehr an, und deshalb kannst du ihr erzählen, daß du nicht eher zurückkommen konntest, weil eins deiner Pferde gelahmt hat.«

»Ich sehe nicht ein, warum ich überhaupt zurückfahren soll«, wandte Kit ein.

»Um herauszufinden, ob außer uns noch jemand weiß, was passiert ist, so daß du notfalls allen Gerüchten sofort entgegentreten kannst.«

»Also gut«, stimmte Kit zu. »Aber ich kann mir nicht vorstellen, wie du Conrad dazu bewegen willst, dein Lügenmärchen unwidersprochen zu lassen. Ich hätte nie gedacht, daß er so tief sinken oder gar versuchen würde, Sylvana auf eine so infame Art und Weise Schaden zuzufügen.«

Er war so verstört und niedergeschlagen, daß Giles leicht seinen Arm berührte und dabei dachte, daß Conrads niederträchtige Handlungsweise zumindest ein Gutes hatte: Kit würde ihm nie wieder trauen.

Kit versprach seinem Bruder, in Rothwell House Bescheid zu geben, daß man sofort Giles' Karriol in die Half Moon Street schicken solle, und fuhr ab. In diesem Moment fiel Giles auf, daß er von einem Mann beobachtet wurde, der in einen zerschlissenen Mantel aus grobem Tuch gehüllt war und den Hut tief über die Augen gezogen hatte, um sein Gesicht zu verbergen. Er benahm sich so verstohlen, daß Giles sofort mißtrauisch wurde. Das war kein Bettler, der darauf hoffte, daß man ihm ein paar Münzen zuwarf, aber ebensowenig war es ein ehrlicher Mann.

Einer plötzlichen Eingebung folgend, klopfte Giles abermals an Conrads Tür.

»Dieser Mann, der da drüben herumlungert, wollte der mit Lord Addison sprechen?« fragte er den Diener.

»Ja, das stimmt«, bestätigte dieser, »obwohl ich mir nicht vorstellen kann, was ein solches Subjekt in der Wohnung eines Gentleman zu suchen hat. Das ist doch ein Wegelagerer, wie er im Buche steht.«

Dieser Meinung war Giles ebenfalls. Alles deutete darauf hin, daß der Mann ein Mitglied der Londoner Unterwelt war, und Giles hätte gar zu gern gewußt, warum er Conrads Wohnung so aufmerksam beobachtete. Jedenfalls nicht, weil er sich eine fette Beute versprach. Conrad besaß nichts, das einen Einbruch wert gewesen wäre.

Scheinbar tief in Gedanken versunken, ging Giles fort, aber nicht auf den Dieb zu, sondern in die entgegengesetzte Richtung. Er überquerte die Straße und bog in eine enge Gasse ein. Er wollte unbedingt herausbekommen, was dieser Mann mit Conrad zu tun hatte, aber diesmal würde er mit Geld allein nicht zum Ziel kommen; er mußte auch List anwenden. Die Gasse führte auf eine Parallelstraße zur Half Moon Street. Giles ging ein Stück auf ihr entlang, bog abermals in eine Gasse ein und konnte sich auf diese Weise unbemerkt von hinten an den Mann heranschleichen.

Er stand immer noch am selben Platz. Hoffte er vielleicht, daß Conrad bald kommen würde? Aber was immer er vorhatte, es konnte nichts mit Conrads Ränken gegen ihn selbst zu tun haben, überlegte Giles.

Als Giles' Finger mit stählernem Griff das Handgelenk des Mannes umschlossen, seinen Arm nach hinten rissen und dann auf dem Rücken hochschoben, stieß dieser einen Schmerzensschrei aus. Er drehte und wand sich mit aller Kraft und trat mit den Füßen gegen Giles, aber das nützte ihm nichts. Giles trainierte nicht umsonst jeden Vormittag in ›Gentleman Jackson's Box-Salon‹.

»Was willst du von Addison?« fragte Giles ruhig. »Gesteh, oder ich breche dir den Arm.«

»Sie sehn das ganz falsch, Gov'nor«, winselte der Mann. »Ich hab' nichts Unrechtes nich' vor. Warte bloß auf 'nen Freund, das ist alles.«

»Addison wäre sicherlich entzückt darüber, daß du ihn zu deinen Freunden zählst«, sagte Giles höhnisch. »So, und jetzt raus mit der Wahrheit, sonst bringe ich dich in die Bow Street, wo man sich bestimmt freuen würde, dich zu sehen.«

Giles wußte, daß er den Nagel auf den Kopf getroffen hatte, als der Mann wüst fluchte und seine Anstrengungen, sich zu befreien, verdoppelte.

»Ich hab' Freunde, Gov'nor«, keuchte er. »Sie können mich

nich' zwingen, irgendwas zu sagen.«

»Du bist ein Straßenräuber«, erwiderte Giles kühl. »Ich würde der Gesellschaft einen Dienst erweisen, wenn ich dir den Arm breche und deinem Treiben ein Ende setze, aber ich bin bereit, sehr großzügig zu sein. Du brauchst mir nur zu erzählen, was du von Conrad Addison willst, dann bin ich bereit zu vergessen, daß ich dich jemals gesehen habe.«

»Verdammter feiner Pinkel«, fluchte der Mann, als er merkte, daß Giles ihn nicht loslassen würde, bis er die Wahrheit aus ihm herausgepreßt hatte. »Na jut, wenn Sie's unbedingt wissen wollen, ich und Addison, wir ha'm Geschäfte miteinander.«

Addison und ein Straßenräuber? Das konnten nur höchst ungesetzliche ›Geschäfte‹ sein! »Was für Geschäfte?« fragte Giles scharf. »Und denke daran, daß ich die Wahrheit hören will.«

Er hatte den Griff ein wenig gelockert, und sein Gefangener beugte sich blitzschnell nach vorn, nur um sofort wieder hochgerissen zu werden, als Giles ihn erneut packte. Aber dieser eine Augenblick hatte dem Mann genügt, um ein gefährlich aussehendes Stilett aus einer der geräumigen Taschen seines schäbigen Mantels hervorzuziehen, das er jetzt in der linken Hand hielt, wobei er Giles teuflisch angrinste.

»Jetzt bist du nicht mehr so tapfer, mein Süßer, was?« sagte er sanft, warf einen Blick die menschenleere Straße entlang und wollte zustechen. Er hatte von einem italienischen Taschendieb gelernt, wie man mit dem Messer umgeht, und hatte damit schon mehr als ein widerspenstiges Opfer zum Schweigen gebracht, das zu laut dagegen protestiert hatte, seiner Wertsachen beraubt zu werden.

Das Stilett stieß ins Leere, denn Giles war ihm rechtzeitig ausgewichen. Der Dieb wirbelte herum, das Stilett blitzte bösartig im Licht der Sonne – aber Giles war auf der Hut, seine rechte Faust krachte wuchtig gegen das Kinn des Gegners, der zu Boden ging. In diesem Augenblick bog das Karriol in die Half Moon Street ein.

»Helfen Sie mir, den Kerl in die Kutsche zu heben«, befahl Giles dem entsetzten Reitknecht. Dann wand er der regungslos daliegenden Gestalt das Stilett aus der Hand und warf es achtlos beiseite.

Es dauerte ein paar Minuten, bis der Dieb wieder zu sich kam, sich in eine sitzende Position hochrappelte und seinen schmerzen-

den Unterkiefer betastete. Als ihm bewußt wurde, daß er Giles'
Gefangener war, starrte er erschreckt um sich.

»He, was soll denn das?« protestierte er bestürzt, dann fügte er
mit widerwilliger Bewunderung hinzu: »'ne knallharte rechte Gerade ha'm Se, Mister, das muß man Ihnen lassen.«

»Zu meinem Glück«, gab Giles kühl zurück, andernfalls würde
ich jetzt mit einem Messer zwischen den Rippen in der Half Moon
Street liegen. So, und jetzt will ich die Wahrheit über Addison wissen.«

Offensichtlich war der Dieb von den Erfahrungen, die er gemacht hatte, ziemlich erschüttert. Er warf einen verstohlenen Blick
auf Giles' unnachgiebige Miene und sagte erbittert: »Ich seh'
schon, daß ich nich' eher wegkomm', bis ich's Ihnen erzählt hab'.
Also gut. – Er – der Addison – schießt mir 'ne Kugel in den Arm,
als ich seine Kutsche überfall'. Verpaßt mir 'n übles Ding, tja, das
tut er, und droht, mich den Polypen von der Bow Street zu übergeben, wenn ich bei seinem Plan nich' mitmach'. Ich soll für ihn 'nen
Bruch machen. Ich sag' ihm, das is' nich' mein Metier – ich bin 'n
Straßenräuber – aber er is' nich' davon abzubringen, und so
kommt's, daß ich und ein Freund von mir einverstanden sind, das
Ding für ihn zu dreh'n, und dann müssen wir Werkzeug kaufen,
Pferde auch, und...«

»Was solltest du für ihn stehlen?« fragte Giles.

»Familienerbstücke, und noch dazu von seinem eigenen Großvater«, sagte der Dieb ohne Umschweife. »'ne komische Sache,
und er obendrein 'n Adliger.«

»Nimm die Zügel und halte das Tempo«, wies Giles den Reitknecht an·und holte aus einer Manteltasche ein Notizbuch und einen Kohlestift hervor.

»Jetzt höre genau zu«, sagte er zu dem Dieb. »Ich schreibe alles
auf, was du erzählt hast, und du wirst es unterschreiben. Ich gebe
dir mein Wort, daß ich diese Aussage nicht gegen dich verwenden
werde. Wenn du damit nicht einverstanden bist, wird mein Reitknecht die Kutsche auf der London Bridge anhalten, und ich persönlich werde dich hinausstoßen. Ich will hoffen, daß du schwim-
men kannst.«

Das Gesicht des Mannes zeigte deutlich, daß er zutiefst verstört
und beunruhigt war, aber das ließ Giles kalt. Er schrieb seelenruhig

weiter, während die Kutsche sich der Brücke näherte. Plötzlich hielt sie an, Giles stand auf, und der Dieb stieß einen Angstschrei aus.

»Schon gut, schon gut, ich unterschreib' alles ...«

Die Unterschrift war zittrig und kaum leserlich, und Giles bezweifelte, daß diese Aussage vor Gericht Gültigkeit haben würde, aber für seine Zwecke genügte sie.

»Hilf unserem Freund beim Aussteigen«, befahl er dem Reitknecht. Nachdem das geschehen war, ließ er die lange Peitschenschnur über die Köpfe der Pferde tanzen und fing sie geschickt mit der linken Hand ein, als die Pferde mit einem Satz angaloppierten und den Weg nach Islington einschlugen.

## 10

Es paßte Conrad gar nicht, daß Arabella so gefaßt war. Er hatte Tränen und flehentliche Bitten erwartet, statt dessen saß sie in eisigem Schweigen neben ihm. Um sich zu rächen, fuhr er so viele Umwege wie möglich, in der Hoffnung, daß sie die Nerven verlor.

Bis jetzt war alles genau nach Plan verlaufen. Er hatte ganz zufällig erfahren, daß sie zu dem Picknick eingeladen war, und ihm kam sofort eine Idee, wie er mit einem Schlag die Entdeckung der wahren Identität des Mädchens verwerten, Giles zutiefst treffen und einen köstlichen Skandal entfesseln könnte.

So beherrscht Arabella sich auch zeigte, in ihrem Innern zitterte sie vor Angst.

Das Gasthaus ›Green Man‹ war eine große Poststation mit regem Verkehr. Es lag an der Hauptstraße nach London, und in ununterbrochener Folge fuhren Postkutschen und private Gefährte vor und luden ihre Fahrgäste ab.

Zu Arabellas Mißbehagen bestand Conrad darauf, daß sie ihn in die große Gaststube begleitete, wo er den Wirt mit lauter Stimme anwies, er möge die Miß in den Privatsalon begleiten, der für ihn bestellt worden sei.

Auch der vielsagende Blick, mit dem der Wirt sie musterte, war Arabella sehr peinlich. Sie errötete heftig, als ihr bewußt wurde, welchen Eindruck sie erwecken mußte – ein junges Mädchen, das ohne Anstandsdame reiste und keinerlei Gepäck bei sich hatte. Ach, warum hatte sie sich bereit erklärt, Conrad zu begleiten! Aber natürlich wußte sie sehr genau, was sie dazu getrieben hatte. Sie hatte um jeden Preis verhindern wollen, daß Conrad der Gräfin verriet, wer sie in Wirklichkeit war und wie sie Giles getäuscht hatte. Conrad betrachtete sie mit einem zynischen Lächeln. Sie warf ihm einen Blick zu, der, wie sie hoffte, ihren Abscheu ausdrückte, raffte betont hochmütig ihr Kleid, damit es ihn ja nicht streifte, und rauschte an ihm vorbei. Der Wirt führte sie über eine enge Treppe zu einem kleinen, stickigen Privatzimmer, das offensichtlich nur selten benutzt wurde; es hatte nur ein einziges Fenster mit Blick auf die Ställe, und die ganze Einrichtung bestand aus einem Tisch und zwei schäbigen Stühlen.

Es dauerte eine ganze Weile, bis Conrad erschien. Ein Diener stellte eine Flasche Wein und ein Glas auf den Tisch und zog sich sofort zurück, so daß sie mit Conrad allein war.

»So, jetzt sind wir hier, und vielleicht wollen Sie mir endlich mitteilen, worüber Sie so dringend mit mir sprechen wollen.«

»Alles zu seiner Zeit«, sagte Conrad unbeeindruckt und schenkte sich ein Glas Wein ein. »Ich habe sehr lange auf diesen Augenblick der Genugtuung gewartet, und Sie, meine Teure, haben mir dazu verholfen. Die Postkutsche nach London muß innerhalb der nächsten Stunde eintreffen. Sie ist immer voll besetzt, und die Fahrgäste nehmen hier eine Erfrischung zu sich, während die Pferde gewechselt werden. Genau zu diesem Zeitpunkt werde ich hinuntergehen und ganz nebenbei die Nachricht verbreiten, daß ich in Ihrer Begleitung hier bin.«

Arabella hatte ihm mit ungläubig aufgerissenen Augen zugehört. Jetzt starrte sie ihn entsetzt an, als könne sie ihren Ohren nicht trauen.

»Sie wollen mich absichtlich in Verruf bringen? Aber warum denn?«

»Warum nicht?« gab Conrad brutal zurück. Für ihn stand fest, daß Giles in Arabella verliebt war, aber wenn bekannt wurde, daß sie ohne Anstandsdame in einem öffentlichen Gasthaus und obendrein in *seiner* Gesellschaft gesehen worden war, würde ihr Ruf so lädiert sein, daß Giles sie unmöglich heiraten konnte. Das würde ihm die Genugtuung geben, daß er Giles um das gebracht hatte, was dieser sich am meisten wünschte.

Er empfand Arabella gegenüber keinerlei Gewissensbisse, noch hatte er irgendwelche Skrupel in bezug auf das, was er ihr antun wollte. Für ihn zählte nur, daß Giles gedemütigt wurde, alles andere war unwichtig. Er hatte sein Vorhaben sehr sorgfältig geplant. Zweifellos hatte ihre Ankunft im Gasthaus Aufmerksamkeit erregt, und es war nur eine Frage der Zeit, bis sich diese Neuigkeit in ganz London verbreitet hatte. Bei diesen Machenschaften kam ihm Arabellas Natur sehr zupaß. Wäre sie bedachter und zurückhaltender gewesen, hätten einige Leute sicherlich bezweifelt, daß sie ihn freiwillig begleitet hatte. Aber ihr temperamentvolles Wesen und die Tatsache, daß sie in seiner Gesellschaft in den Argyll Rooms gesehen worden war, würden alle ihre Versuche, das Geschehene der Wahrheit gemäß zu schildern, scheitern lassen.

Sie warf einen verzweifelten Blick in Richtung auf die Tür, aber Conrad lachte nur höhnisch. »O nein, meine Liebe, das hat keinen Zweck. Der Schlüssel ist in meinem Besitz, und ich habe sehr sorgfältig abgeschlossen. Sie brauchen nicht zu befürchten, daß ich Ihnen irgendeinen körperlichen Schaden zufügen oder Sie gar entehren werde. Das gehört nicht zu meinem Plan.«

Ihm kam der Gedanke, daß es wohl am besten wäre, London zu verlassen, sobald die Geschichte in Umlauf war. Er hatte der angeblich unerschütterlichen Gelassenheit, die Giles zur Schau trug, nie getraut. Giles mochte zwar fähig sein, seine Gefühle in der Öffentlichkeit zu verbergen, aber privat...

Conrad lächelte unwillkürlich. Nun, vielleicht könnte er seiner Intrige noch ein paar pikante Tupfer aufsetzen, indem er Giles glauben machte, er habe in der Tat Arabellas unschuldige Reize genossen, doch dann gab er diese Idee, wenn auch ungern, wieder auf. Wenn Giles das wirklich glaubte, würde er alles in seinen Kräften Stehende tun, um sich zu rächen, und wahrscheinlich sogar aus einem altmodischen Ehrgefühl heraus, die Kleine heiraten. Nein, es würde genügen, Arabellas Ruf zu besudeln und dann dafür zu sorgen, daß Giles erfuhr, welch falsches Spiel sie mit ihm getrieben hatte. Ein Mann von seinem Stolz würde es nicht verwinden, sich in dem Mädchen seines Herzens derartig getäuscht zu haben.

»Wann werden Sie mich gehenlassen?« fragte Arabella mit gespielter Tapferkeit. »Sie können mich ja nicht für immer hier einsperren.«

»Nein, natürlich nicht, das habe ich auch gar nicht vor. Die Postkutsche wird jede Minute eintreffen, und dann werden Sie und ich nach unten gehen.« Er beugte sich vor, zog die unter dem Kinn gebundene Schleife von Arabellas Hütchen auf und zerzauste ihre Seitenlöckchen. »Ah ja, so ist es schon besser. Vielleicht würde es den Eindruck, daß wir etwas Verbotenes getrieben haben, noch verstärken, wenn auch Ihre Kleidung etwas in Unordnung wäre. Natürlich nicht allzu auffallend. Es liegt nun mal in der Natur des Menschen, gerade aus Andeutungen Schlüsse zu ziehen.«

Arabella wich zurück. Hinter ihr war das Fenster, und einen Augenblick lang dachte sie in ihrer Verzweiflung daran, hinauszuspringen. Mit zitternden Fingern versuchte sie, den unteren Teil des Fensters hochzuschieben, mußte aber feststellen, daß der Rahmen verriegelt war, so daß ihr auch dieser Fluchtweg verbaut war.

Plötzlich wurde draußen heftig an der Türklinke gerüttelt. Conrad ging mit wütender Miene zur Tür. Dann scharrte Metall gegen Metall, und sie hörten, wie sich der Schlüssel im Schloß drehte.

»Dieser verdammte Wirt«, fluchte Conrad. »Ich habe ihm gesagt, daß er nicht heraufkommen soll.«

Arabella stürzte auf die Tür zu und rief verzweifelt: »Bitte, bitte, machen Sie auf und lassen Sie mich heraus...« Ihre Schreie verstummten abrupt, als Conrad sie unsanft zurückriß und ihr den Mund zuhielt.

»Kein Wort mehr!« zischte er. »Sonst können Sie was erleben!«

Die Tür ging auf, und Arabella kam es wie ein Wunder vor, als Conrad sie mit einem unterdrückten Fluch losließ.

»Rothwell! Wie zum Teufel –«

»Kit hat beobachtet, wie Sie das Picknick verließen«, sagte Giles kurz. Er vermied es, Arabella anzusehen, weil er fürchtete, daß er die Beherrschung verlieren würde. Ihr flehentlicher Schrei hatte in ihm den mörderischen Wunsch geweckt, Conrad bei der Gurgel zu packen und zuzudrücken, bis ihm der Atem für immer wegblieb. Noch nie hatte Giles einen derartigen Ansturm der Gefühle erlebt, aber jetzt war nicht der richtige Zeitpunkt, um darüber nachzudenken, welche Veränderungen die Liebe im Wesen eines Menschen hervorrufen kann. Und außerdem hätte er sich nicht zurückhalten können, Arabella in die Arme zu nehmen, wenn er auch nur einen einzigen Blick auf sie geworfen hätte.

Er würde von der Aussage, die er dem Dieb abgepreßt hatte, wohl Gebrauch machen müssen, dachte er, als er Conrads triumphierende Miene sah. Es würde nicht leicht sein, ihn dazu zu bringen, unauffällig die Stadt zu verlassen, ohne ein Wort darüber zu verlieren, daß Arabella mit ihm zusammen hier gewesen war. Aber es war die einzige Möglichkeit, um Arabella davor zu bewahren, zum Gegenstand des Klatsches zu werden. Ihm selbst würde das Gerede nichts ausmachen, aber er gestand sich ein, daß er Himmel und Erde in Bewegung setzen würde, wenn er dadurch die kleinste Chance hätte, ihr Kummer zu ersparen.

»Giles! Gott sei gedankt!« schluchzte Arabella, umklammerte mit den Händen seine Mantelrevers und preßte das Gesicht gegen seine Schulter, während eine Woge der Erleichterung über sie hinwegging.

»Ich hatte so schreckliche Angst«, sagte sie undeutlich. Giles drückte sie tröstend an sich, dann löste er behutsam ihre Finger von den Revers, lächelte ihr aufmunternd zu und schob sie zur Tür.

»Mein Karriol steht draußen. Bitte steig ein und warte auf mich. Ich habe mit Addison noch etwas zu besprechen. Nein, nein«, fügte er hinzu, als er den ängstlichen Ausdruck in ihren Augen sah, »ich werde ihn nicht fordern, obwohl ich zugeben muß, daß ich es sehr gern täte. Aber . . .« Er hatte sagen wollen, daß er dadurch das von Conrad gelegte Feuer nur schüren würde, doch ein Blick auf ihr Gesicht machte ihm bewußt, daß sie genug gelitten hatte, und so lächelte er sie nur sanft an. »Und jetzt sei ein braves Kind und tu, was ich gesagt habe.«

Es war ein Maßstab für ihre seelische Verfassung, daß sie sich ihm widerspruchslos fügte.

Arabella vermochte kaum zu glauben, was in den letzten paar Minuten geschehen war. Nicht nur, daß Giles wie ein Ritter aus der Sage erschienen war, um sie aus ihrer Not zu erretten, er hatte seltsamerweise auch weder Zorn noch Verachtung gezeigt. Fast schwindlig vor Erleichterung eilte sie in den strahlenden Sonnenschein hinaus, und erst als der Reitknecht ihr beim Einsteigen behilflich sein wollte, kam ihr zu Bewußtsein, welch gefährliche Waffe Conrad in den Händen hielt. Sie blieb stehen und warf einen unsicheren Blick auf das Gasthaus zurück. Sollte sie wieder umkehren? Würde Addison Giles verraten, was sie getan hatte?

»Seine Gnaden wünscht, daß Sie hierbleiben, bis er zurückkommt, Miß«, sagte der Reitknecht in respektvollem, aber bestimmtem Ton. »Es wird nicht lange dauern.«

Trotz dieser Versicherung richtete Arabella ihre Augen alle paar Sekunden auf die Eingangstür des Gasthauses. Sie würde an Giles' Miene sofort erkennen, ob Conrad es ihm gesagt hatte oder nicht, und bei diesem Gedanken wurde ihr angst und bange.

In dem kleinen verstaubten Zimmer standen die beiden Männer einander gegenüber.

»Sparen Sie sich die Mühe, Rothwell«, höhnte Conrad. »Selbst Sie können nicht verhindern, daß sich diese Geschichte herumspricht. Noch bevor der Tag zu Ende ist, wird die ganze Stadt wissen, daß die Kleine mit mir zusammen hier war.«

»Sie würden mit voller Absicht ein unschuldiges Kind ruinieren, nur um mir eins auszuwischen?« fragte Giles angewidert. »Nein, Sie brauchen mir nicht zu antworten, Addison. Ich weiß bereits, was für eine Sorte Mensch Sie sind.«

Conrad wurde blutrot, und in seinen Augen blitzte blanker Haß auf, als er versuchte, die Oberhand zu gewinnen.

»Sehr uneigennützig gesprochen! Aber wir beide wissen ja, daß Sie an dem Ruf der jungen Dame ein sehr persönliches Interesse haben, nicht wahr? Oder wollen Sie mir weismachen, daß Sie sie nicht lieben?«

»Warum sollte ich?« fragte Giles kühl.

»Sie können sie aber nicht mehr heiraten. Sie ist hoffnungslos kompromittiert, und ich bin sicher, daß sie glauben würde, Ihre Motivation sei einzig und allein der Wunsch, ihren guten Namen zu retten.«

Giles war insgeheim derselben Meinung. Das war genau das, was Arabella vermuten würde. Er preßte die Lippen zusammen.

»Man denke sich! Der erhabene und untadelige Giles Rothwell verliebt sich in ein junges Ding, dessen Name in jedem Club und Bordell der Stadt von Mund zu Mund geht!« höhnte Conrad.

»Sie übertreiben«, sagte Giles grimmig und hielt sich nur mit größter Anstrengung davor zurück, sein Gegenüber niederzuschlagen. »Niemand wird diesem Klatsch Glauben schenken.«

»Das meinen Sie doch nicht im Ernst!« Als Giles schwieg, fuhr Conrad mit honigsüßer Stimme fort: »Sie haben mich noch nicht gefragt, wie es mir gelungen ist, sie dazu zu bringen, mich zu begleiten. Wollen Sie es nicht wissen?«

»Ich nehme an, daß es nicht die Anziehungskraft Ihrer Persönlichkeit war«, erwiderte Giles ruhig. »Aber wenn Ihnen Ihr Leben lieb ist, Addison, dann wählen Sie Ihre Worte sehr sorgfältig.«

»Oh, sie ist nicht freiwillig mitgekommen«, gab Addison zu. »Ihr kleines Unschuldslamm ist jedoch gar nicht so arglos, wie Sie glauben, mein lieber Giles, und hat Sie ganz schön hinters Licht geführt. Der einzige Grund, warum sie mitgekommen ist, war meine Drohung, Ihnen zu verraten, wer sie in Wirklichkeit ist.«

»Und jetzt verraten Sie sie trotzdem. Sie sind ein feiner Gentleman, Addison!«

Conrad lief abermals rot an und sagte verbittert: »Sie haben es leicht, so zu reden. Sie haben ja immer alles gehabt. Aber würden Sie nicht anders geworden sein, wenn Sie in meiner Lage wären?«

»Das glaube ich nicht«, sagte Giles kühl, was Addison noch mehr in Wut brachte.

»Sie halten sich ja für so klug«, spottete er, »und doch haben Sie sich von einem blutjungen kleinen Ding täuschen lassen, das Ihnen vorgaukelt, sie sei ihre Schwester, aber –«

»In Wirklichkeit ist Sylvana Arabella«, vollendete Giles den Satz, womit er Addison den Wind aus den Segeln nahm. »Sie enttäuschen mich. Ihre Begierde, mich zu demütigen, hat Ihre Intelligenz ausgeschaltet. Sie können doch nicht im Ernst angenommen haben, daß ich die Wahrheit nicht wüßte? Wie Sie vor ein paar Minuten so treffend sagten, liebe ich Arabella. Glauben Sie nicht, daß ich das Mädchen, das ich liebe, kenne?«

Addison verschlug es die Sprache. Er konnte Giles nur verblüfft anstarren.

»Da wäre noch etwas, Addison. Sie werden nicht in die Stadt zurückfahren. Es wird sicher ein paar neugierige Fragen geben, warum Arabella mit Ihnen hier war, und Sie stimmen mir wohl zu, daß es – sagen wir – besser ist, wenn Sie nicht in der Nähe sind, um diese Neugier anzufachen.«

»Versuchen Sie mal, mich dazu zu bringen!« sagte Addison höhnisch. Der Gedanke, jetzt wieder sicheren Boden unter den Füßen zu haben, belebte ihn. Jetzt sah die Lage für ihn besser aus, jetzt war Giles in Bedrängnis. Und wenn Giles glaubte, daß er, Addison, sich seinen Befehlen fügen und sich um das amüsanteste Spielchen bringen würde, das er seit Jahren erlebt hatte, dann mußte man ihm klarmachen, daß er auf dem Holzweg war. »Sie können mich nicht zwingen, die Stadt zu verlassen.«

»O doch, das kann ich«, widersprach Giles gelassen. »Als ich entdeckte, was Sie planen, hatte ich zuerst die Absicht, an Ihren Anstand als Edelmann zu appellieren und Sie dadurch davon abzuhalten, den Ruf eines sehr jungen und unschuldigen Mädchens zu ruinieren. Bei näherer Überlegung gelangte ich jedoch zu der Überzeugung, daß Worte allein nicht genügen würden, um Sie zu veranlassen, Ihre Meinung zu ändern.«

»Sehr weise«, stimmte Addison zu, und aus seinen Augen sprach schiere Bosheit. »Eine ganz ungewohnte Situation für Sie, Giles, einmal der Unterlegene zu sein. Ich gestehe offen, daß ich Ihr Unbehagen genieße. Schade, daß Sie zu intelligent sind, um mir eine Bestechung anzubieten – das hätte einen wunderbaren Stoff für Klatsch geliefert.«

»Genauso wie das hier«, sagte Giles, von Addisons Niedertracht keineswegs aus der Ruhe gebracht. Er zog die mit Kohlestift geschriebene Aussage aus der Tasche und legte sie auf den Tisch. »Ich bin nie sonderlich religiös gewesen, aber der heutige Tag hätte mich beinahe zur Frömmigkeit bekehrt. Da stand ich in der Half Moon Street und zermarterte mir das Gehirn, wie ich Sie zwingen könnte, die Stadt zu verlassen, und im nächsten Moment fiel mir das geeignete Werkzeug sozusagen in den Schoß, getreu dem Bibelwort: ›Bittet, und es wird euch gegeben werden.‹«

»Sie sprechen in Rätseln, Giles«, sagte Addison abweisend.

Giles legte leicht eine Hand auf das Papier und sagte freundlich: »Ich will es Ihnen gern erklären. Was ich hier habe, ist die unterschriebene Aussage eines Mannes, der, wie er mir selbst erzählte – und ich habe keinen Grund, an seinen Worten zu zweifeln –, in gewissen Kreisen ›Gentleman Jake‹ genannt wird; schlicht ausgedrückt: ein Straßenräuber, der den Detektiven in der Bow Street wohlbekannt ist. Diese Aussage bestätigt, daß Sie ›Gentleman Jake‹ und einen zweiten Mann aus dem gleichen Gewerbe angeheuert haben, um aus dem Haus Ihres Großvaters den berühmten Familienschmuck der Addisons zu stehlen; daß Sie den beiden ferner einen Grundriß des Hauses geliefert und ihnen genau erklärt haben, wo der Schmuck aufbewahrt wird.«

Als Addison diese mit ruhiger Stimme vorgetragenen Enthüllungen vernahm, wurde er leichenblaß. Er machte in unverkennbarer Absicht einen Schritt auf den Tisch zu, aber Giles steckte das Papier wieder ein, bevor er danach greifen konnte.

»O nein, das möchte ich behalten! Stellen Sie sich nur einmal vor, wie entzückt eine Gastgeberin, wie zum Beispiel Lady Jersey, sein würde, wenn sie ihre Gäste mit diesem Skandal erfreuen könnte.«

Addison fluchte, und seine Augen glänzten wie im Fieber.

»Das können Sie mir nicht antun! Ich wäre ruiniert! Die Gesellschaft würde mich ausstoßen!«

»Ja, genau die Gesellschaft, die für Sie das Lebensblut ist«, bestätigte Giles. »Armer Conrad, wie langweilig würde Ihr Leben dann sein! Niemand, mit dem oder über den Sie klatschen könnten, und das wäre noch nicht einmal das Schlimmste. Sie haben über die Bedeutung dieses Dokuments noch nicht richtig nachgedacht«, sagte Giles mit sanftem Tadel in der Stimme. »Wenn ich es Ihrem Großvater aushändigen würde, könnte ich mir durchaus vorstellen, daß er Sie bei Gericht anzeigt. Ich glaube, daß die in solchen Fällen übliche Strafe sieben Jahre Gefängnis beträgt.«

»Um Gottes willen, Giles, das würden Sie doch nicht tun!« flehte Addison. »Haben Sie Mitleid mit mir. Sie wissen doch, wie sehr mein Großvater mich haßt.«

»Und Sie wußten, wie unschuldig und unerfahren Arabella ist, und doch haben Sie ihr Vertrauen mißbraucht, sie in Todesangst versetzt und bei dem Gedanken, daß ihr Ruf möglicherweise für immer ruiniert wird, nicht den leisesten Skrupel verspürt. Und Sie haben die Frechheit, mich um Gnade zu bitten! Als ich in dieses Zimmer kam, war mein erster Impuls, Sie zu erwürgen, aber jetzt sehe ich ein, daß ich mich damit auf Ihr Niveau erniedrigt hätte. Geben Sie mir Ihr Ehrenwort, daß Sie nicht in die Stadt zurückfahren, und ich verbürge mich dafür, daß kein anderer Mensch dieses Dokument jemals zu Gesicht bekommt. Sie werden sich sechs Monate lang in London nicht blicken lassen, und nach Ihrer Rückkehr wird Arabellas Name nie wieder über Ihre Lippen kommen. Ist das klar?«

Addison starrte ihn feindselig an, aber er wußte, daß Giles jedes Wort so meinte, wie er es gesagt hatte. Gegen diese schriftliche Aussage, die ihn so klar und eindeutig verdammte, konnte er nichts unternehmen, und solange sie in Giles' Besitz war, hatte dieser ihn in der Hand. Jeder andere wäre froh gewesen, so leicht davonzukommen, aber da Addison nun einmal Addison war, schoß er noch einen letzten Giftpfeil ab.

»Pech klebt, und egal, was Sie unternehmen, die Anwesenheit des Mädchens in diesem Gasthaus und in meiner Gesellschaft wird Klatsch erregen«, erklärte er schadenfroh.

»Möglich. Aber ihre wahren Freunde werden sie deswegen nicht schief ansehen, und außerdem wird man die Sache schnell vergessen«, erwiderte Giles, aber im Innern war er keineswegs so überzeugt. Ein Mädchen in Arabellas Alter, ohne einflußreiche Verwandte oder ein großes Vermögen, das als Schutzschild dienen konnte, lief Gefahr, sehr viel zu verlieren, wenn es ins Gerede kam. Sosehr er es auch wünschte, er wußte, daß er sie nicht vollkommen abschirmen konnte, und wenn er sich zu auffällig bemühte, würde er vielleicht genau die Situation auslösen, die er vermeiden wollte. Die Leute würden sofort sagen, daß es keinen Rauch ohne Feuer gibt, und höchst unangenehme Schlußfolgerungen ziehen.

Nachdem er sich vergewissert hatte, daß Addison seine Anweisungen befolgen würde, verließ er das Gasthaus und ging zu seinem Karriol. Da ihm die Sonne ins Gesicht schien, konnte Arabella zu ihrem Leidwesen nicht erkennen, wie seine Stimmung war.

Er stieg ein, und der Reitknecht übergab ihm die Zügel. Gerade als sie aus dem Hof fuhren, traf die Postkutsche nach London ein.

Schweigend fuhren sie einige Kilometer in Richtung London. Arabella wurde immer deutlicher bewußt, wie sie Giles an die Brust gestürzt war, als er in das Zimmer trat. Ihre bisher so blassen Wangen färbten sich blutrot. Was war denn nur in sie gefahren? Und wie konnte sie Giles ihr Zusammensein mit Conrad erklären? Er glaubte doch nicht etwa – welch schrecklicher Gedanke! –, daß sie freiwillig mit ihm gefahren war? Sie würde Giles die Wahrheit sagen müssen und begann, sich innerlich für diese schwere Prüfung zu wappnen.

Die Schlehdornhecken standen in voller Blüte, die Luft duftete nach Frühling, aber Arabella nahm von ihrer Umgebung keine Notiz. Unaufhörlich quollen Tränen aus ihren Augen und mußten unauffällig weggewischt werden, während sie so tat, als ob sie mit großem Interesse die Landschaft betrachtete. Plötzlich blieb die Kutsche stehen, und Arabella wagte es, einen schnellen Blick auf Giles zu werfen.

Er befahl dem Reitknecht, sich für eine Weile zu entfernen, dann wandte er sich an Arabella. Noch nie hatte sie einen solchen Ausdruck in seinen Augen gesehen.

»Bitte, sei mir nicht böse«, flehte sie. »Ich wollte ja gar nicht mit ihm fahren. Er... er hat mich dazu gezwungen, und als er mir sagte, was er plante, hatte ich solche Angst.«

Zu ihrem Entsetzen kullerten zwei große glitzernde Tränen über ihre Wangen und tropften auf den Sitz zwischen ihnen. Und dann hielten Giles Arme sie umschlungen, und seine Schulter bildete ein tröstliches Polster für ihren Kopf.

Giles wartete geduldig, bis sie sich ausgeweint hatte und wieder etwas gefaßter war. »Du hast ein schreckliches Erlebnis gehabt, und ich bin keineswegs böse auf dich. Bin ich denn ein solches Scheusal, daß der bloße Gedanke, ich könnte zornig sein, dich zum Weinen bringt?« fragte er behutsam. »Das gefällt mir aber gar nicht...«

Ich bin ein Narr, sagte er sich, ich hätte dieser Scharade schon vor Tagen ein Ende machen sollen, aber wenn ich ihr jetzt sage, daß ich von Anfang an Bescheid gewußt habe, wird ihr Stolz sie aus meinen Armen treiben und ihre Feindseligkeit gegen mich aufs neue entfachen. Es war sehr angenehm, sie so zu halten – für Erklärungen war auch später noch Zeit.

»Bin ich ein Scheusal?« wiederholte er seine Frage. Seine Nähe und der Ausdruck in seinen Augen erweckten in ihr eine atemlose Seligkeit.

Sie war nicht fähig, ein einziges Wort hervorzubringen, und schüttelte nur den Kopf. Dann flüsterte sie: »Du warst wegen des Maskenballs so zornig... Ich hatte Angst vor dir.«

Ja, so war es gewesen, erkannte sie jetzt. Sie hatte sich gefürchtet, aber nicht vor seinem Zorn, sondern davor, daß sie sich seine gute Meinung von ihr für immer verscherzt haben könnte.

»Du hattest Angst vor mir?« Er blickte sie ganz merkwürdig an. Ein leichter Windstoß pustete ihre Locken gegen seine Schulter, und sie wagte nicht, sich zu bewegen.

»Ich darf wohl annehmen, daß du keine Zuneigung für Addison empfindest?« fragte er abrupt.

Sie schüttelte den Kopf. »Weder für ihn noch für irgendeinen anderen.« Aber während sie das sagte, wußte sie, daß es gelogen war. Es gab sehr wohl einen Mann in London, der ihr viel bedeutete – nämlich Giles selbst.

Sie war noch damit beschäftigt, diese neue Erkenntnis zu verarbeiten, als Giles leichthin fragte: »Nicht einmal für den jungen Cotteringham?«

»Den Viscount?« Sie mußte wohl sehr erstaunt gewesen sein, denn Giles lächelte plötzlich schalkhaft und murmelte: »Armer Cotteringham. Ich glaube, er wollte sich gerade dazu aufraffen, dir einen Heiratsantrag zu machen, aber ihr hättet nicht zueinander gepaßt.«

Was war denn los mit ihr? Warum protestierte sie nicht sofort und wortreich gegen diese männliche Überheblichkeit? Sie konnte es sich nicht erklären. Sie wußte nur, daß sie sich in der Geborgenheit seiner Arme glücklich fühlte und nichts dagegen hatte, ihm die Führung zu überlassen.

Sie riskierte einen verstohlenen Blick auf sein Gesicht, um sich zu vergewissern, daß seine nachsichtige Haltung nicht gespielt war und sich dahinter keine zornige Verachtung verbarg, die er später auf sie herniederprasseln lassen würde. Schließlich hatte sie sich wirklich sehr töricht benommen.

Aber sie konnte nichts in seinem Gesicht entdecken, das erklärt hätte, warum ihr Herz plötzlich hämmerte, es sei denn, daß das belustigte Verständnis, mit dem er sie betrachtete, daran schuld war.

»Du bist dir doch bewußt, daß diese Affäre eine Menge Staub aufwirbeln wird«, sagte Giles plötzlich ganz sachlich. »So unmittelbar nach deinem Besuch in den Argyll Rooms muß sie Aufmerksamkeit erregen.«

Arabella erblaßte. Wollte Giles sie etwa nach Hause schicken, vielleicht sogar in Ungnade?

»Mach dir keine Sorgen«, tröstete er sie. »Wir werden es schon schaffen. Alles, was wir brauchen, ist ein bißchen Entschlossenheit. Du mußt immer den Kopf hochhalten und daran denken, daß die Leute unfreundlich über dich reden, weil sie dich fürchten oder nicht leiden können.«

»Aber warum?«

»Na, hör mal, so naiv kannst du doch nicht sein. Du bist innerhalb kürzester Zeit eine sehr umworbene junge Dame geworden. Das erweckt natürlich bei Damen, die von der Natur nicht so begünstigt worden sind, eine gewisse Eifersucht. Sicherlich hast du schon oft beobachtet, daß die hübscheste junge Dame in einer Gruppe von den anderen wegen der geringsten Kleinigkeit kritisiert wird.«

Arabella mußte zugeben, daß er recht hatte, aber es war ein scheußliches Gefühl, sich darauf gefaßt machen zu müssen, daß sie ins Gerede kommen würde.

»Es wird ja nicht lange dauern, und jeder Klatsch stirbt eines natürlichen Todes, wenn er keine neue Nahrung bekommt. Noch eine Woche, und wir fahren nach Rothwell. Diejenigen, die deine wahren Freunde sind, werden nicht für einen Augenblick lang an dir zweifeln.«

Arabella bemühte sich, in diesen Worten Trost zu finden. Nur ein paar Zentimeter Zwischenraum trennten sie von Giles. In seinen Augen lag nicht nur Mitgefühl, sondern noch etwas anderes, für das sie keine Bezeichnung wußte; sie sah nur, daß das harte Grau seiner Augen plötzlich dunkel und sanft geworden war. Seine Lippen streiften ihre Wange, so wie man ein kleines Kind tröstet, das Kummer hat, aber dann senkten sie sich auf ihren Mund.

Es schien die natürlichste Sache von der Welt zu sein, die Arme um Giles' Hals zu schlingen – eine Vertraulichkeit, die ihr bis jetzt völlig fremd gewesen war; nicht einmal die Bewunderung, die sie als Kind für Kit empfand, hatte sie dazu hinreißen können, ihn zu umarmen.

Ihr Herz pochte mit rasender Geschwindigkeit, und ihr Körper erschauerte in seligem Entzücken. Nie hätte sie gedacht, daß ein Kuß so wundervoll sein könnte.

Als Giles sie schließlich freigab, starrte sie ihn zutiefst verwirrt an; in ihrem Gesicht wechselten Röte und Blässe miteinander ab, und ihr Mund war etwas geöffnet, als ob sie etwas sagen wollte, aber die richtigen Worte nicht finden konnte.

»Schau mich nicht so an«, sagte Giles mit etwas schwankender Stimme, die gar nicht mehr kühl klang, »denn wenn du das tust, sehe ich mich gezwungen, dich wieder zu küssen, aber ich fürchte, daß ich dich diesmal nicht so schnell freigeben würde.«

Arabella starrte ihn immer noch wie gebannt an, als ob sie plötzlich etwas ganz Neues und Wundervolles entdeckt hätte.

»Willst du mir nicht erzählen, womit Addison dich gezwungen hat, ihn zu begleiten?«

Arabella erstarrte vor Schreck. Einen Augenblick lang hatte sie Sylvana und ihre Maskerade vergessen, aber jetzt schmerzte sie das Bewußtsein ihrer Unaufrichtigkeit wie ein Messer, das sich in ihrer Brust drehte. Wie konnte sie sich jetzt Giles anvertrauen? Wie könnte sie es ertragen, sehen zu müssen, wie diese beglückende Zärtlichkeit erstarb und von Zorn und Abscheu verdrängt wurde? Ein leiser Seufzer entfloh ihren Lippen, und ihre Kehle war vor Kummer wie zugeschnürt.

»Bitte, frage mich nicht, Giles«, bat sie bekümmert und wandte sich ab, damit er nicht in ihren Augen lesen konnte, wie schändlich sie ihn getäuscht hatte. »Frage mich bitte nicht.«

Giles verwünschte sich im stillen. Wie dumm von ihm, zu erwarten, daß sie sich ihm so kurz nach der schrecklichen Erfahrung mit Addison anvertrauen würde, aber jener kurze Augenblick, in dem sie seinen Kuß erwiderte, hatte ihn hoffen lassen, daß ihre Gefühle stärker seien als die Schranken, die sie errichtet hatte, und daß sie ihm genug vertraute, um ihm die Wahrheit zu gestehen.

Aber es war nicht so wichtig. Im Laufe der Zeit würden sich noch andere Gelegenheiten ergeben, doch hatte seine Geduld beinahe ihre Grenze erreicht. Er konnte nicht glauben, daß er ihr gleichgültig war.

Die Rückkehr des Reitknechts machte eine weitere Unterhaltung unmöglich. Wortlos saß Arabella neben Giles. Wenn sie doch den Mut gehabt hätte, ihm die Wahrheit zu sagen, bevor er sie in die Arme genommen hatte! Sie konnte vor der Tatsache, daß sie sich in Giles verliebt hatte, nicht länger die Augen verschließen. Sie warf einen verstohlenen Blick auf sein schönes Profil, und in ihrem Herzen lagen Glück und Kummer miteinander in Wettstreit.

Giles hatte ihren Blick nicht bemerkt. Er dachte darüber nach, wie man den Gerüchten, die vielleicht schon jetzt im Umlauf waren, am besten entgegentreten könnte.

Wenn er Arabella gestattete, ihre Maskerade fortzusetzen, ging er ein Risiko ein, aber das hatte er von Anfang an gewußt. Je eher die Saison zu Ende ging und sie nach Rothwell fuhren, desto glücklicher würde er sein. Dort konnte er wenigstens ungestört weiter um Arabella werben.

In der Brook Street wäre Arabella am liebsten sofort in ihr Zimmer hinaufgegangen, um in Gedanken noch einmal jenen Augenblick zu erleben, als sie in Giles' Armen so selig gewesen war, bevor ihr Glück durch die Erinnerung an ihr falsches Spiel getrübt wurde, aber dieser Wunsch ging nicht in Erfüllung.

Lady Rothwell war zwar etwas erstaunt darüber, daß Arabella in Giles' Gesellschaft zurückgekommen war, doch hatte sie wichtigeres auf dem Herzen. Sie teilte ihrem Sohn mit, daß sie ihn von seinem Versprechen entband, für Kit kein Offizierspatent zu kaufen.

Gerade als Giles ihr sagte, daß sie eine weise Entscheidung getroffen habe, meldete der Butler den Besuch von Lady Waintree und Cecily.

Lady Rothwell seufzte und wies den Butler an, die Damen hereinzuführen.

»Ich hätte mich ja verleugnen lassen«, gestand sie, »aber Amelia ist unfähig, einen Wink zu verstehen. Sie hätte bestimmt hier gewartet, bis ich bereit gewesen wäre, sie zu empfangen.«

Lady Waintree war ganz in das von ihr bevorzugte Purpurrot gekleidet. Ihre eindrucksvolle Erscheinung wurde durch einen mit Straußenfedern besetzten Turban noch betont. Sie ließ sich neben Lady Rothwell nieder und musterte Arabella mißfällig, wobei ihrem scharfen Blick weder Arabellas gerötete Wangen noch die zerzauste Frisur entging.

»Giles!« rief sie überrascht aus. »Ich habe nicht erwartet, *Sie* hier zu treffen. Cecily hat soeben Ihre Pferde bewundert. Sie haben sie bisher noch nicht zu einer Spazierfahrt in Ihrem Karriol eingeladen, nicht wahr?« fragte sie schelmisch, während Cecily errötete und verlegen den Kopf senkte.

»Sie müssen mir verzeihen«, erwiderte Giles leicht ironisch, »aber wenn ich mich recht erinnere, hat Cecily mir gesagt, daß sie Angst davor habe, in einem Rennwagen zu fahren.«

»Unsinn!« erklärte Lady Waintree mit Nachdruck. »Aber ich darf nicht vergessen, warum ich eigentlich gekommen bin. Ich habe heute vormittag die abstoßendsten Gerüchte über Ihr Patenkind gehört«, sagte sie zu Lady Rothwell. »Wirklich, im höchsten Maße schockierend. Sie haben mein ganzes Mitgefühl, meine Liebe. Es ist schrecklich, daß Sie so widerlichen Klatschgeschichten ausgesetzt sind.« Mit boshaft funkelnden Augen wandte sie sich an Arabella. »Und welche Entschuldigung haben Sie für Ihr Benehmen, Miß? Sich vor aller Welt in den Argyll Rooms zur Schau zu stellen! Es würde Ihnen recht geschehen, wenn Lady Rothwell Sie sofort nach Hause schickte. Ich weiß, was ich an ihrer Stelle täte!«

»Sie machen aus einer Mücke einen Elefanten«, warf Giles lässig ein. »Das Kind ist in aller Unschuld dort hingegangen, und das gleiche gilt für Kit, der sie begleitete. Ich versichere Ihnen, daß es für beide eine schmerzliche Lektion war. Nur übelwollende Personen würden in diesem kleinen Fehltritt etwas Anstößiges sehen.«

Lady Waintree schnaufte durch die Nase und warf Arabella einen vernichtenden Blick zu. »Sie sind zu nachsichtig, Giles«, gurrte sie versöhnlich und fügte mit kalter Genugtuung hinzu: »Cotteringham wird seine Werbung natürlich nicht aufrechterhalten. Nicht nach diesem Vorfall!«

Arabella wäre am liebsten aus dem Zimmer geflohen, aber ihr angeborener Mut ließ sie nicht im Stich. Steif aufgerichtet ließ sie Lady Waintrees sarkastische Seitenhiebe über sich ergehen und betete innerlich darum, daß sie dieser Dame nicht die Freude machen möge, sich irgendeine Reaktion anmerken zu lassen.

»Hat Cecily einen Antrag bekommen?« schaltete sich Lady Rothwell in das Gespräch ein. »Ich habe in der ›Post‹ nichts dergleichen gelesen.«

Ihr Kommentar hatte die beabsichtigte Wirkung. Mit wahrer Märtyrermiene verkündete Lady Waintree, daß Cecily genug Verehrer habe, daß dieses törichte Kind aber nicht die leiseste Anstrengung unternehme, um einen ernst zu nehmenden Heiratsantrag zu bekommen. »Ich habe sie gewarnt, daß jetzt auch Mary und Jane bald dem Schulzimmer entwachsen sind und daß ihr Papa ihr wohl keine zweite Saison finanzieren wird, aber das macht auf sie keinen Eindruck.«

»Ich denke, daß Cecily mit ihren siebzehn Jahren noch viel Zeit hat, einen Ehemann zu finden«, bemerkte Giles kühl, dann wandte er sich an seine Mutter. »Ob du wohl fünf Minuten Zeit für mich hättest, Mama? Bevor ich gehe . . .«

Lady Waintree hatte diesen Wink ausnahmsweise verstanden. Sie erhob sich und verabschiedete sich von der Hausherrin.

»Vielleicht sehen wir uns heute auf Lady Thirlmeres Abendgesellschaft«, flüsterte Cecily Arabella zu, als Lady Waintree vor ihr aus dem Zimmer rauschte.

Als sich die Tür hinter ihnen geschlossen hatte, schenkte sich Giles ein Glas Wein ein.

»Giles, irgend etwas ist doch nicht in Ordnung. Um was handelt es sich? Ist Kit etwas passiert?«

»Kit geht es bestens, Mama«, beruhigte Giles sie. »Aber ich fürchte, daß ein schwieriges Problem auf uns zukommt. Conrad Addison hat Sylvana heute nachmittag gezwungen, ihn in ein öffentliches Gasthaus zu begleiten. Seine Absicht war, ihren Ruf noch weiter zu schädigen.« Er hielt es nicht für erforderlich, seiner Mutter zu erklären, warum Conrad so gehandelt hatte.

Lady Rothwell war entsetzt. »O Giles, nein!« Sie sah Arabella an. »Du armes Kind, aber wie . . .«

»Ich will mich kurz fassen, Mama. Ich entdeckte, was er vorhatte, und konnte Sylvana aus ihrer schwierigen Lage erlösen, bevor er eine Gelegenheit fand, seinen Plan in die Tat umzusetzen. Unglücklicherweise ist sie zweifellos in Conrads Karriol gesehen worden, und obwohl ich ihm klarmachen konnte, wie töricht es wäre, bösartige Gerüchte in Umlauf zu setzen, wird man bestimmt darüber klatschen.«

Arabella war während dieser Worte immer blasser geworden und wünschte, daß sich der Boden öffnen und sie verschlingen möge. Lady Rothwell war so gütig und großzügig zu ihr gewesen, und zum Dank tat sie ihr diese schreckliche Geschichte an!

»Vielleicht ist es am besten, wenn ich nach Hause fahre«, sagte sie traurig, in der festen Überzeugung, daß ihre Gastgeberin die Chance, sie loszuwerden, sofort ergreifen würde.

Aber Lady Rothwell sagte liebevoll: »Unsinn, mein Kind! Ich kenne dich gut genug, um zu wissen, daß du niemals freiwillig mit Addison mitgefahren bist. Wir müssen einen Weg finden, wie wir etwaige Gerüchte im Keim ersticken können.«

»Meiner Ansicht nach können wir nichts anderes tun, als sie zu ignorieren«, verkündete Giles. »Je weniger wir davon Notiz nehmen, desto weniger wird man sie glauben.«

»Du hast recht«, stimmte Lady Rothwell ihm zu. »Wir werden unser gesellschaftliches Leben weiterführen, als ob nichts geschehen sei.«

»Du wirst eine Menge häßliche Bemerkungen zu hören bekommen«, sagte Giles warnend zu Arabella. »Sei mutig und laß dich nicht unterkriegen. Es wird ja nicht lange dauern. In ein paar Tagen fahren wir nach Rothwell.«

Bei diesen freundlichen Worten stieg ein Kloß in Arabellas Kehle hoch. Sie war wirklich das nichtswürdigste Geschöpf auf der Welt. Wenn er wüßte, wie sie ihn getäuscht hatte, würde er denken, daß dies alles die gerechte Strafe für ihr Benehmen sei.

Kurz danach verabschiedete sich Giles mit dem Versprechen, zu Lady Thirlmeres Abendgesellschaft zu kommen.

Arabella hatte erwartet, daß Lady Rothwell sie mit Fragen bombardieren würde, aber Giles hatte seine Mutter gebeten, nichts zu fragen, und so sagte sie lediglich tröstend, daß manche Leute viel schlimmere Skandale überlebt hätten.

»Ein paar Leute werden dir die kalte Schulter zeigen, aber deine wirklichen Freunde werden dich nicht im Stich lassen. Welch ein Glück, daß Giles rechtzeitig erfahren hat, was Conrad Addison vorhatte.«

Die folgenden Tage waren für Arabella eine Prüfung, die sie nicht noch einmal durchmachen wollte. Auf Lady Thirlmeres Abendgesellschaft gab es kaum Probleme, denn der Klatsch hatte noch nicht die Runde gemacht, aber als sie mit Lady Rothwell bei Almack erschien, wurde ihr verschiedentlich die kalte Schulter gezeigt, wenngleich Lady Jersey sehr mitfühlend und verständnisvoll war.

Kit und Giles sorgten dafür, daß es ihr nie an Tanzpartnern mangelte. Trotzdem merkte sie, daß ihre Beliebtheit gesunken war, und das war für sie eine sehr schmerzliche Erfahrung.

Am Abend vor der Abreise nach Rothwell waren sie zu einer musikalischen Soiree bei der Gräfin Saltash eingeladen. Arabella trug ein neues Kleid in Zartrosa, das mit Perlen bestickt war und ihr sehr gut stand. Aber als sie in den Spiegel sah, mußte sie sich eingestehen, daß ihr Aussehen unter ihrer gedrückten Stimmung gelitten hatte. Sie wirkte nicht mehr so strahlend und unbekümmert wie früher.

Händels Musik trug wenig dazu bei, ihre düstere Laune aufzuhellen, und als die Gäste sich nach dem Konzert unterhielten, blieb Arabella nicht verborgen, daß eine ganze Reihe Leute so tat, als sähe sie sie gar nicht. Manche bedachten sie auch mit einem abschätzigen Blick.

Ich werde zu empfindlich, schalt sie sich selbst, als sie sich hinter einer üppigen Gruppe von Grünpflanzen hinsetzte.

In diesem abgeschiedenen Winkel machte Arabella die bisher demütigendste Erfahrung: Sie mußte mit anhören, wie zwei Mädchen, die sie bisher als nette Bekannte betrachtet hatte, so ätzend und bösartig über sie klatschten, daß alle Farbe aus ihrem Gesicht wich.

In diesem Zustand fand Giles sie. Ihre Wangen waren so blaß wie der Spitzenbesatz ihres Kleides, und von ihren Augen konnte man ablesen, wie fassungslos sie darüber war, daß die beiden Mädchen ihren Ruf so erbarmungslos zerpflückt hatten.

Daß auch Giles einen Teil dieser Unterhaltung gehört hatte, bewies der grimmige Zug um seinen Mund.

Bei seinem Anblick rief Arabella verzweifelt aus: »Ach, Giles, wenn wir doch bloß schon nach Rothwell gefahren –«

»Und davongelaufen wären?« fiel er ihr ins Wort. »Nein, meine Liebe, das wäre grundfalsch gewesen. Was du gerade gehört hast, war nichts anderes als die gehässigen Bemerkungen von zwei Mädchen, die eine ganze Menge Verehrer an dich verloren haben. Wer dein Freund ist, bleibt auch dein Freund. Hebt es deine Stimmung, wenn ich dir sage, daß der junge Cotteringham mich um deine Hand gebeten hat?«

Arabella sah ihn verblüfft an. »Dich um meine Hand gebeten... aber...«

»Es steht nicht in meiner Macht, ihn zu akzeptieren oder abzuweisen? Ja, das weiß ich. Trotzdem habe ich mir erlaubt, es ihm so rücksichtsvoll wie möglich auszureden. Du hast mir ja selbst gesagt, daß du keine Zuneigung für ihn empfindest«, erinnerte er sie, »und ich dachte, daß es für dich eine unnötige Belastung sein würde, mit ihm zu sprechen.«

Giles hatte ganz recht, gestand sich Arabella ein. Zwar war Conrad Addison nicht wieder in der Stadt aufgetaucht, aber es war für sie eine große Anstrengung, ständig so zu tun, als ob sie nicht wüßte, daß alle Welt über sie klatschte. Wie immer hatte Giles es durch seine ruhigen und ermutigenden Worte geschafft, ihre Ängste zu verscheuchen und sie dazu zu bringen, daß sie die Dinge in der richtigen Perspektive sah.

»So, und jetzt komm und tanze diesen Walzer mit mir«, forderte er sie lächelnd auf. »Übrigens hat Lady Jersey nach dir gefragt. Du siehst also, daß nicht jeder dein Feind ist. Kopf hoch, Kind, und lächle! Morgen um diese Zeit bist du in Rothwell.«

Es war wundervoll, sich im Walzertakt in seinen Armen zu wiegen und sich einzureden, daß seine Fürsorge tatsächlich ihr, Arabella, galt, aber sie wußte auch, daß solche Wunschträume gefährlich waren. Und richtig, auf der Heimfahrt wurde sie jählings aus ihren angenehmen Gedanken gerissen, als Lady Rothwell freudestrahlend sagte: »Ich bin so glücklich über dich und Giles, mein Liebling. Genau das hatte ich mir erhofft, und ich bin sicherlich keine übertrieben parteiische Mutter, wenn ich sage, daß er ein wunderbarer Ehemann für dich sein wird. Ich habe noch nie erlebt, daß er so aufmerksam... Aber, Kind, was habe ich denn Schlimmes gesagt?« fragte sie alarmiert, als Arabella sie mit einem gequälten Blick ansah.

Wie konnte Arabella es ihr erklären? Giles' Fürsorglichkeit hatte sich so unauffällig und natürlich von der eines älteren Bruders in die eines Liebenden verwandelt, daß sie es kaum bemerkt hatte. Aber jetzt traf die Erkenntnis sie wie ein Schock, daß diese Beziehung nicht andauern durfte. Giles glaubte ja, sie sei Sylvana! Die volle Last ihrer Sünden senkte sich schwer auf ihre Schultern. Jetzt hatte sie endgültig den Zeitpunkt verpaßt, ihm die Wahrheit zu gestehen. Was sollte sie nun tun?

Zu Hause floh Arabella wie von Furien gehetzt in ihr Zimmer und ließ Lady Rothwell einfach stehen, die ihr verdutzt nachsah. Bescheidenheit war ja ganz gut und schön, aber sie hatte niemals erwartet, daß Arabella bei dem Gedanken, Giles' Zuneigung gewonnen zu haben, eine derartig mädchenhafte Scheu demonstrieren würde. Das entsprach nicht ihrer Natur, für einen solchen typisch weiblichen Gefühlswirrwarr war sie viel zu geradlinig und offen, und außerdem war Lady Rothwell überzeugt gewesen, daß

Arabella Giles' Gefühle erwiderte. Die beiden miteinander verheiratet zu sehen, wäre für sie die Verwirklichung eines langgehegten Herzenswunsches. Sie war schon seit langer Zeit der Ansicht, daß Arabella für Giles die ideale Ehefrau sein würde, denn ihr Temperament war seiner starken Persönlichkeit gewachsen.

Mit einem Seufzer ging sie in ihr Schlafzimmer. So war es nun mal mit den jungen Leuten, man wußte nie, woran man eigentlich war, aber eines war sicher: Giles würde es ihr nicht danken, wenn sie sich in sein Leben einmischte.

## II

Ich bin bestimmt das unglücklichste Mädchen auf der Welt, dachte Arabella traurig, während sie von ihrem Schlafzimmerfenster aus zusah, wie die Diener die Stühle verluden. Wenn sie sich irgendeinen hieb- und stichfesten Grund hätte ausdenken können, um nicht nach Rothwell mitfahren zu müssen, hätte sie zweifellos davon Gebrauch gemacht.

Lady Rothwells Bemerkungen waren für sie ein seelischer Schock gewesen. Giles war in sie verliebt! Die Freude, die sie bei diesen Worten empfunden hatte, war aufschlußreicher gewesen als alle ihre bisherigen Versuche, ihr Herz zu erforschen, aber sie war genauso schnell wieder vergangen. Es wäre so wundervoll gewesen, wenn Giles ihr seine Zuneigung geschenkt hätte, aber es ist ja nicht wahr! dachte sie mit unterdrücktem Schluchzen. Seine Zuneigung galt ja der Person, für die er sie hielt – nämlich Sylvana.

Die Vorbereitungen für die Übersiedlung nach Rothwell dauerten schon den ganzen Vormittag an. Mit Ausnahme von zwei Hausmädchen blieb das gesamte Personal hier, um das Haus in der Brook Street in Ordnung zu halten. Auf dem Treppenabsatz lag bereits ein Stapel Schonbezüge, mit denen die Möbel verhüllt werden sollten, sobald die Hausherrin abgereist war.

Für Arabella und Lady Rothwell stand Giles' große Reisekutsche bereit. Als Arabella sah, wie viele Hutschachteln und Mantelsäcke in die Kutsche geladen wurden, verstand sie, warum ein so großes Gefährt gebraucht wurde.

Dem Himmel sei Dank, daß sie nicht ihrem Gefühl gefolgt war, Giles auf der Rückfahrt vom Gasthof die Wahrheit zu gestehen. Der bloße Gedanke machte sie schaudern. Mit der Liebe war sie auch reifer und einfühlsamer geworden, und deshalb wußte sie genau, wie Giles reagieren würde, wenn er möglicherweise zu der Schlußfolgerung kam, sie habe ihn kaltblütig und berechnend ermutigt, um sie zu werben, obwohl sie gewußt hatte, daß er sie für Sylvana hielt.

Wieder schluchzte sie auf. Das würde sie nicht ertragen können. Gewiß, ihre Motive waren keineswegs edel gewesen, aber einen so heimtückischen Plan hätte sie niemals ausgetüftelt. Sie hatte ihr falsches Spiel schon oft bereut, aber noch nie so bitter wie jetzt. Der brennende Wunsch, Giles vor einer schweren Enttäuschung zu bewahren, hatte sogar Vorrang vor ihrer Liebe zu ihm.

Sylvana hatte bereits den Mann ihres Herzens erwählt, und selbst wenn es wie durch ein Wunder gelingen würde, die Plätze zu tauschen, ohne entdeckt zu werden, würde Sylvana Giles' Aufmerksamkeiten zurückweisen, dessen war sich Arabella sicher.

Sie mußte also versuchen, ihm unsympathisch zu werden, beschloß Arabella bekümmert. Eine andere Möglichkeit bot sich nicht. So weh es ihr auch tun würde, wenn das verschmitzte Zwinkern in seinen Augen einer kühlen Gleichgültigkeit wich, sie mußte es um Giles' willen tun. Lieber sollte Giles glauben, daß sie an ihm nicht interessiert sei, als daß in ihm der Verdacht aufkeimte, er habe sich in ein Mädchen verliebt, dessen Ziel es war, ihn zu täuschen und zu demütigen.

Diese Gedanken, aus schierer Verzweiflung geboren, deprimierten sie natürlich, und so war sie in ziemlich bedrückter Stimmung, als sie die Treppe hinunterging, um ihren Platz in der Reisekutsche einzunehmen, die soeben vor der Haustür vorgefahren war.

Zum Abschied von London hatte Lady Rothwell sich noch eine Überraschung für Arabella ausgedacht und ihr ein Reisekleid aus blaßgelbem Tuch geschenkt. Es sei ja nur eine Kleinigkeit, versicherte sie, und Arabella würde es in Rothwell gut gebrauchen können, da man häufig zu den Nachbarn zu Besuch fuhr. »Du wirst wahrscheinlich zu mehr Bällen eingeladen werden, als wir hier in London besucht haben«, hatte Lady Rothwell prophezeit.

Zum Schutz gegen die Sonne trug Arabella einen Strohhut, der mit künstlichen Primelsträußchen verziert war und unter dem Kinn mit zitronengelben Seidenbändern zusammengebunden war. Als zusätzliche Vorsichtsmaßnahme hatte Lady Rothwell auch noch ein zierliches Sonnenschirmchen gekauft, das Arabella gehorsam aufspannte, als sie zur Kutsche ging.

»Wo ist Seine Gnaden?« fragte Lady Rothwell einen der Reitknechte, als die Stufen hochgeklappt und die Türen geschlossen waren.

»Seine Gnaden ist vorausgefahren, Mylady. Er läßt Ihnen ausrichten, daß er zwei Stunden vor Ihnen in Rothwell sein und den Koch anweisen wird, Ihre Lieblingsgerichte zuzubereiten.«

»Der gute Giles. Aber so ist er immer. Er will während der Fahrt Kit mitteilen, daß er ihm das ersehnte Offizierspatent kaufen wird.«

Sie seufzte und warf einen Blick auf Arabella. Das arme Kind sah seit dem Maskenball, der soviel Klatsch entfesselt hatte, so unglücklich aus. Und es hatte keine Ahnung, daß sein Täuschungsmanöver längst durchschaut worden war.

Die gutherzige Lady Rothwell, der es sehr naheging, daß Arabella so litt, hatte sie von dieser Last befreien und ihr sagen wollen, daß sie alle Bescheid wußten, aber Giles hatte sie dringend gebeten, es nicht zu tun. Wahrscheinlich hatte er irgend etwas im Sinn, aber ihr tat es leid, daß sich die früher so lebensprühende Arabella in dieses stille Mädchen mit den traurigen Augen verwandelt hatte.

Um ihren Gast ein wenig abzulenken, erklärte sie Arabella die Gegend, durch die sie fuhren. Rothwell lag ungefähr zwanzig Kilometer von Oxford entfernt in einer lieblichen Hügellandschaft, und Lady Rothwell erzählte Arabella ein paar Einzelheiten aus der Geschichte des Hauses.

Merkwürdigerweise waren die Zwillinge niemals zu Besuch in Rothwell gewesen. Arabella war zuerst so in ihre kummervollen Gedanken versunken, daß sie kaum zuhörte, aber allmählich wurde sie gegen ihren Willen von Lady Rothwells Bericht fasziniert.

Das Haus und der Herzogstitel waren während der Regierung von Richard III., dem letzten Plantagenet, in den Besitz der Familie gelangt. Als treuer Gefolgsmann von König Richard hatte sich Arnot Rothwell, im Gegensatz zu vielen seiner Standesgenossen, geweigert, seinen Mantel nach dem Wind zu hängen und Henry Tudor um Gnade zu bitten.

Zum Glück war Henry Tudor, ein fähiger Regent und guter Menschenkenner, geneigt gewesen, Nachsicht zu üben. Arnot durfte sowohl den Titel als auch die Ländereien behalten. Als Dank verlangte der König nur, daß Arnot ein Mädchen aus einer Familie heiratete, die zu den loyalsten Anhängern der Tudors zählte.

»Arnot weigerte sich«, berichtete Lady Rothwell lächelnd, »und verließ Westminster. Er schwor, daß er nur eine Frau seiner Wahl heiraten werde.«

»Und was geschah dann?« fragte Arabella gespannt.

»Wie ich schon sagte, war Henry ein guter Menschenkenner. Er gestattete Arnot, den Hof zu verlassen, aber schon einen knappen Monat später besuchte er mit seinem Hofstaat Rothwell. Unter dem Gefolge befand sich eine junge Frau, die sofort Arnots Aufmerksamkeit erregte. Stolz und temperamentvoll wie sie war, wies sie anfangs Arnots Versuche zurück, sie näher kennenzulernen, aber Arnot war hartnäckig.« Wieder lächelte sie. »Vielleicht hast du schon erraten, daß es sich bei ihr um das Mädchen handelte, das Henry für Arnot als Ehefrau bestimmt hatte, und so setzte der König schließlich seinen Willen durch. Diese Heirat war der Ausgangspunkt einer hübschen Legende. Es heißt, daß, wenn ein Rothwell aus Liebe heiratet, sein Leben voller Glück sein wird; heiratet er ohne Liebe, wird sein Leben öde und schal sein. Richard erzählte mir diese Geschichte, kurz nachdem wir uns verlobt hatten, und ich fand sie sehr romantisch.« Sie tätschelte Arabellas Hand. »Schau nicht so traurig drein, mein Liebes. Was immer es auch sein mag, das dich bedrückt, es wird vorbeigehen, da bin ich ganz sicher.«

Gern hätte sie mehr gesagt, aber sie hatte Giles versprochen zu schweigen, und zweifellos würde er selbst zu dem Zeitpunkt, den er für richtig hielt, Arabella mitteilen, daß er ihre Täuschung durchschaut hatte.


Erst am Spätnachmittag hatten sie Rothwell erreicht. Das Haus lag auf einer kleinen Anhöhe und bot einen herrlichen Blick über die Gegend. Arabella konnte die imposante Fassade des Schlosses schon von weitem sehen.

»Das Gebäude mußte nach dem Bürgerkrieg völlig renoviert werden«, erklärte Lady Rothwell ihrem Gast. »Während der Regierung von Charles I. wurden nach Entwürfen des berühmten Architekten Inigo Jones zwei Seitenflügel angebaut, und auch der Park wurde umgestaltet, aber den mußt du dir von Giles zeigen lassen. Die Orangerie und die Gewächshäuser gelten als besonders schöne Beispiele seines Stils.

Vielleicht ist dir bekannt, daß im Bürgerkrieg in dieser Gegend sehr heftige Kämpfe stattfanden, und viele schöne Adelssitze wurden niedergebrannt und zerstört. Rothwell wurde konfisziert und an einen General der Rundköpfe verkauft, aber leider erst nachdem es geplündert und durch Feuer schwer beschädigt worden war.

Das waren schwere Zeiten für die Familie. Der damalige Herzog erlag seinen Verwundungen, die er in der Schlacht von Nasby erlitten hatte, und sein Sohn, ein sechsjähriges Kind, mußte nach Frankreich geschmuggelt werden. Nach der Rückkehr von Charles II. wurde der Besitz und der Titel den Rothwells zurückgegeben, aber es dauerte viele Jahre, bis sie sich finanziell wieder erholt hatten.«

Als sie durch eine prächtige Lindenallee fuhren, wuchs die elegant gegliederte Fassade des Hauses vor ihren Augen empor. Die Säulenhalle wurde von dorischen Säulen getragen, zwei neuere Seitenflügel flankierten die von Inigo Jones entworfene Fassade. Rasen und Baumgruppen im Stil von Capability Brown erstreckten sich bis zu einem hübschen See, über den sich eine Holzbrücke spannte. Im breiteren Ende des Sees lag eine kleine Insel, die mit Trauerweiden bepflanzt war; in der Mitte stand ein kleiner Pavillon.

»Den hat mein Mann für mich bauen lassen«, erklärte Lady Rothwell, die Arabellas Blick gefolgt war. »In den ersten Jahren unserer Ehe habe ich gern Aquarelle gemalt, und deshalb ließ Richard als Geburtstagsüberraschung für mich den Pavillon bauen, damit ich ungestört malen konnte.«

»Sie müssen ihn sehr vermissen«, sagte Arabella, der hier bewußt wurde, wie einsam sich Lady Rothwell nach dem Tod ihres Mannes gefühlt haben mußte.

»Ja, sehr«, bestätigte Lady Rothwell leichthin, »aber wir durften zwanzig glückliche Jahre miteinander erleben und waren mit zwei gesunden Söhnen gesegnet. Ich habe ihn zu sehr geliebt, als daß ich mich zu einer Vernunftehe mit einem anderen Mann hätte entschließen können.«

Lady Rothwell hatte wenigstens einige Jahre mit ihrem Richard verbringen können, dachte Arabella. Sie selbst hingegen würde ihr ganzes Leben ohne Giles ertragen müssen. Als sie sich das vorstellte, stiegen ihr die Tränen in die Augen.

Sie wurden von einem Butler empfangen, der sie mit einer Verbeugung in die große Eingangshalle einließ. Während Arabella sich neugierig umsah, sagte Lady Rothwell zu ihr: »Ich komme immer wieder gern nach Rothwell. Das Haus hat eine so freundliche Atmosphäre.«

Arabella verstand sehr gut, was Lady Rothwell meinte. Auch sie hatte das Gefühl, als ob das Haus sie willkommen geheißen habe.

»Seine Gnaden ist in der Bibliothek und bespricht mit dem Verwalter Gutsangelegenheiten«, teilte der Butler Lady Rothwell mit.

»Wie schade«, entfuhr es Lady Rothwell, »aber was sein muß, muß sein, und Giles ist ein gewissenhafter Gutsherr. Aber für uns beide gibt es auch eine Menge zu tun. Ich möchte eine Abendgesellschaft und einen zwanglosen Tanzabend geben, um dich mit unseren Nachbarn bekannt zu machen. Da ich die Einladungen so schnell wie möglich auf den Weg bringen will, könnte ich deine Hilfe gut gebrauchen. Die Zeit wird ein bißchen knapp sein, aber es sind alles alte Freunde, die das nicht übelnehmen werden.«

Ein Hausmädchen erschien, das Arabella zu dem für sie vorgesehenen Zimmer führen sollte.

»Was, das Grüne Zimmer!« sagte Lady Rothwell etwas überrascht. »Giles verwöhnt dich wirklich, meine Liebe. Es war das Schlafzimmer meiner Schwiegermutter und ist ein wunderschöner Raum. Giles dachte sicher, daß es zu deinen Farben paßt.«

»Wie freundlich von ihm«, sagte Arabella teilnahmslos. Nicht ihre Farben, sondern die von Sylvana! Sie hatte nur zufällig die gleichen.

Aber als das Mädchen die Tür geöffnet hatte und dann beiseite trat, um den Gast vorangehen zu lassen, war Arabella doch entzückt.

Die Wände waren in einem zarten Nilgrün getüncht, das in der Nachmittagssonne wie die geheimnisvolle Tiefe des Meeres schimmerte. In die Felder der Wandpaneele, die das Bett umrahmten, war zartgrüne Seide eingelassen, die mit pastellrosa Mandelblüten bestickt war. Aber das schönste an dem ganzen Zimmer war das Bett.

Es war ein prachtvolles Himmelbett, dessen Tagesdecke aus der gleichen Seide gearbeitet war wie die Felder der Wandpaneele. Über dem Bett war ein goldenes Krönchen in die Decke eingelassen, von dem die Vorhänge, die das Bett vollkommen umschließen konnten, in schönen Falten herunterhingen.

»Das Bett hat der Großvater Seiner Gnaden selbst entworfen«, erklärte das Hausmädchen. »Die verstorbene Herzogin war eine Französin – aus St. Louis in den Kolonien. Die Familie besitzt dort Ländereien, und als der Herzog einmal eine Inspektionsreise unternahm, lernte er seine Frau kennen. Sie soll sehr hübsch gewesen sein. Der Herzog hat dieses Zimmer extra für sie anfertigen lassen, damit sie sich hier gleich heimisch fühlte und sich nicht nach der alten Heimat sehnte.«

Wie gern hätte auch Arabella sich in diesem schönen Raum heimisch gefühlt – aber er war ja gar nicht für sie bestimmt, sondern für Sylvana. Bevor sie wieder in melancholische Gedanken versinken konnte, erschien ihre Zofe Lucy, die nach Rothwell mitgenommen worden war.

»Master Kit ist in den Ställen, Miß«, verkündete sie mit verschwörerischer Miene. Zuerst war Arabella etwas verdutzt, aber dann erinnerte sie sich an den Maskenball. Lucy hatte damals vermutet, daß sich zwischen ihr und Kit eine Romanze anbahnte. Arabella wollte Lucy gerade über ihren Irrtum aufklären, als ihr eine Idee kam. Wenn Lucy glaubte, daß sie eine Schwäche für Kit hatte, konnte man dann nicht Giles zu der gleichen Überzeugung bringen? Sie hatte Giles zwar gesagt, daß ihr Herz noch frei sei, aber wenn sie jetzt für Kit Interesse zeigte und gleichzeitig Giles kühl behandelte, müßte dieser doch den Eindruck gewinnen, daß sie ein flatterhaftes Geschöpf und seiner Zuneigung nicht wert sei, und dann würde er bestimmt nicht mehr den Wunsch haben, ihre Beziehung zu vertiefen.

Dieser Plan erschien ihr erfolgversprechend, und er verfolgte sie noch, als sie am Abend zu Bett ging.

Als Arabella am nächsten Morgen im Frühstückszimmer erschien, traf sie dort niemanden an. Sie hatte sehr schlecht geschlafen und war immer wieder von Alpträumen gequält worden, in denen ein harter, eiskalter Giles ihr sagte, daß er sie durchschaut habe, und sie mit Abscheu und Verachtung überschüttete.

Auf ihre Frage teilte die Haushälterin ihr mit, daß Lady Rothwell noch nicht aufgestanden sei, und daß Seine Gnaden bereits gefrühstückt und das Haus verlassen habe.

Einerseits war Arabella erleichtert, daß sie Giles jetzt nicht begegnen würde, andererseits war sie enttäuscht. Da fiel ihr die Stute ein, die Giles für sie in Pflege genommen hatte, und sie beschloß, den Ställen einen Besuch abzustatten.

Die Stallgebäude waren zu einem Viereck gruppiert, dessen Mitte ein großer Hof bildete. Alles war blitzsauber. Ein Reitknecht zeigte ihr die Box der Stute und führte das Tier hinaus, damit Arabella es besser sehen konnte.

Die Stute war in erstklassiger Kondition. Ihr Fell glänzte wie Seide, und seltsamerweise schien sie Arabella wiederzuerkennen. Arabella hob gerade die Hand, um ihr den Hals zu klopfen, als Kit in den Hof geritten kam.

»Du hast sicher schon gehört, daß Giles mir nun doch das Offizierspatent kauft«, sagte er fröhlich. In seiner Hochstimmung fiel ihm nicht auf, wie bedrückt Arabella war.

»Ich gebe zu, daß ich ihn vollkommen falsch beurteilt habe«, fuhr Kit fort. »Ich habe mich von Conrads weltmännischem Gehabe blenden lassen. Allerdings kamen mir die ersten Zweifel an Conrad an dem Abend, als wir auf dem Maskenball waren, und als er dich dann praktisch entführte ... Ich hatte keine Ahnung, was ich tun sollte; ich wußte nur, daß ich es sofort Giles erzählen mußte. Ein Glück, daß ich es tat! Wenn ich jedoch geahnt hätte, welcher Gefahr er sich aussetzte, hätte ich ihn niemals allein gelassen.«

»Gefahr?« fragte Arabella mit schwankender Stimme. Was für eine Gefahr meinte Kit? Giles hatte ihr nichts dergleichen erzählt.

Als er die Angst in ihren Augen sah, bereute Kit, daß er dieses Thema angeschnitten hatte. Er hatte angenommen, daß Giles auch Arabella von dem Kampf mit ›Gentleman Jake‹ erzählt hatte, aber jetzt mußte er erkennen, daß diese Vermutung irrig war.

Er erkannte außerdem, daß Arabella keine Ruhe haben würde, bis sie die Wahrheit erfahren hatte, und so sah er sich gezwungen, ihr alles zu erzählen. Ihr Gesicht wurde immer blasser, während sie ihm zuhörte. Allerdings verschwieg er ihr, daß das Messer des Straßenräubers um ein Haar seinem Bruder in die Brust gedrungen wäre.

Arabella biß sich auf die Lippen, um ihr Zittern zu verbergen. Giles in Gefahr, und sie hatte nichts davon gewußt! Und in diese Gefahr war er nur durch ihre Schuld geraten! Sie bereute ihr Verhalten zutiefst und wäre am liebsten zu Giles gelaufen, um ihm zu danken, aber das war natürlich unmöglich, denn wenn sie in seiner Nähe war, drängte es sie jedesmal, ihm die Wahrheit zu gestehen.

»Kein Wort zu Giles«, warnte Kit sie. »Es wäre ihm bestimmt nicht recht, daß ich dir alles erzählt habe, und ich hätte es auch nicht getan, wenn ich gewußt hätte, daß es dir so nahegeht«, fügte er hinzu. Er sah Arabella an, und plötzlich fiel es ihm wie Schuppen von den Augen.

»Du hast dich in Giles verliebt!«

Arabella brachte es nicht fertig, diese Behauptung abzuleugnen, und Kit las in ihrem Gesicht die Wahrheit.

Er wollte gerade etwas sagen, als ein Reitknecht zu ihnen trat und ihn daran erinnerte, daß sie bei einem Nachbarn ein Pferd genauer ansehen wollten, das ihm gefallen hatte. Bevor Arabella ein Wort herausbringen konnte, war Kit fort.

Sie hatte Lady Rothwell versprochen, ihr beim Schreiben der Einladungen für die Dinnerparty mit anschließendem Tanz zu helfen, und machte sich auf den Weg zum Damenwohnzimmer, wo ihre Gastgeberin an einem zierlichen Schreibtisch saß.

Das Fenster des Damensalons ging auf einen hübschen Garten mit Formbäumen und -büschen auf der Rückseite des Hauses. Lady Rothwell machte Arabella auf ein kleines Labyrinth aufmerksam, und erzählte ihr in Erinnerung lächelnd: »Giles war als kleiner Junge von dem Labyrinth fasziniert und gab keine Ruhe, bis er sich darin zurechtfand. Ich gestehe, daß ich mich mehr als einmal darin verirrt habe und um Hilfe rufen mußte, aber es ist ein reizendes Fleckchen und ideal für einen kleinen Spaziergang.«

Die Einladungen waren innerhalb kurzer Zeit geschrieben und wurden von einem Diener abgeholt, der sie einem Reitknecht zur Weiterbeförderung übergeben sollte. Lady Rothwell rechnete damit, daß mindestens zwanzig Paare zum Dinner kommen würden.

Arabella, die wieder in traurige Gedanken versunken war, merkte nicht, daß Lady Rothwell wiederholt einen besorgten Blick auf ihr blasses Gesicht warf.

»Schade, daß Darleigh Abbey nicht näher bei Rothwell liegt«, sagte sie, »sonst hätten wir auch deinen Vater und deine Schwester einladen können.«

Arabella erschrak zutiefst. Sie dankte dem Himmel, daß ihr Vaterhaus so weit weg war. Wenn Giles sie und ihre Schwester zusammen gesehen hätte, würde er sofort erkannt haben, daß sie nicht Sylvana war.

Manchmal war der Gefühlsdruck, unter dem sie stand, so stark, daß er ihren festen Willen, Giles' Wohl über alles andere zu stellen, ins Wanken zu bringen drohte, und dann sehnte sie sich danach, zu ihm zu gehen, alles zu gestehen und seine Verzeihung zu erlangen. Aber das Bewußtsein, daß sie Giles nur einen bitteren Schmerz zufügen würde, wenn sie sich so egoistisch verhielte, hielt sie immer wieder zurück. Das Unglück war geschehen, sie wollte zumindest nichts tun, was es noch größer machte.

Als es Zeit war, sich zum Abendessen umzuziehen, legte Lucy ein weichfließendes rosa Chiffonkleid mit silbernen Bändern bereit. So hübsch es auch war, Arabella empfand kaum Freude daran, als sie es anzog. Dann ging sie in den Damensalon zurück, wo sich Lady Rockwell die Zeit mit einem Modejournal vertrieb.

»Giles ist immer noch mit den Gutsangelegenheiten beschäftigt«, teilte sie Arabella mit, weil sie dachte, daß Giles' Abwesenheit der Grund für die gedrückte Stimmung des jungen Mädchens sei. »Ich nehme an, daß er diese Arbeit so schnell wie möglich hinter sich bringen will, damit er nachher mehr Zeit für uns hat.«

Da es bis zum Abendessen noch eine Weile dauern würde, beschloß Arabella, einen Spaziergang zu machen und sich die künstlerisch zugeschnittenen Bäume und Büsche anzusehen.

Der leichte Wind trug den Duft von Lavendel und Thymian herbei, und da Arabella leichte Slipper trug, waren ihre Schritte auf den Kieswegen kaum zu hören. Der Park war wunderschön und mustergültig gepflegt, aber die Probleme, über die sie ständig nachgrübelte, lenkten sie immer wieder von ihrer Umgebung ab. Am Eingang zum Labyrinth war der Weg abrupt zu Ende. Trotz ihrer tristen Stimmung warf Arabella einen neugierigen Blick in das Labyrinth. So weit das Auge sehen konnte, erstreckten sich sorgfältig beschnittene Taxushecken, und Arabella konnte der Versuchung nicht widerstehen: Sie ging hinein und wanderte ziellos zwischen den Hecken umher. Plötzlich überfiel sie ein fast unheimliches Gefühl der Einsamkeit, und sie bereute ihren impulsiven Entschluß. Die grünen Wände schienen sie einzuschließen, und es kam ihr vor, als ob die Außenwelt nicht mehr existierte. Sie blieb stehen und wollte gerade umkehren, als sie am Ende des Weges eine Bewegung wahrnahm. Während sie noch unentschlossen zögerte, schlenderte Giles auf sie zu. Er war zwanglos gekleidet und trug ein Hemd aus feinem Musselin, das am Hals offen war, und Reithosen.

»Machst du einen kleinen Abendspaziergang?« fragte er und umschloß mit einer Hand ihren Ellenbogen. Bei seinem Anblick begann ihr ungebärdiges Herz schneller zu schlagen. Wie unter einem geheimen Zwang hob sie die Augen und blickte in sein geliebtes Gesicht, und Giles konnte ihr ansehen, wie verstört sie war.

Einen Augenblick lang schien eine seltsame Spannung die Luft erzittern zu lassen, dann ging Giles weiter, ohne Arabellas Arm freizugeben. Etwas spöttisch wiederholte er seine Frage.

»Ich wollte das Labyrinth erkunden, aber das kann ich auch ein andermal tun«, erwiderte Arabella.

»Warum nicht jetzt?« fragte Giles. »Ich verspreche dir, daß ich uns nicht in die Irre führen werde.« Seine Hand schob sie unerbittlich weiter, und bevor sie protestieren konnte, waren sie um eine Ecke gebogen und folgten einem anderen Weg.

»Ich muß zurückgehen«, sagte sie gehetzt und warf einen hilflosen Blick über die Schulter zurück, aber die grünen Wände schienen sich hinter ihr geschlossen zu haben, und sie bezweifelte, daß sie sich allein zurechtfinden würde.

»Bevor wir mit dem Plan der Anlage vertraut waren, saßen Kit und ich oft stundenlang in der Falle«, erklärte Giles, als ob er ihre Gedanken gelesen hätte. »Ich würde an deiner Stelle nicht versuchen, den Weg allein zu finden. Ist dir meine Gesellschaft so unangenehm? Ich hatte in letzter Zeit ein paarmal den Eindruck, daß das Gegenteil der Fall ist.«

Der Weg führte sie zu einem kleinen Rastplatz, dessen Mitte mit Stockrosen und anderen Gartenblumen bepflanzt war. Giles beugte sich vor und brach ein paar Blüten ab, dann zog er Arabella mit eisernem Griff näher an sich heran.

Arabella wagte kaum zu atmen und vermied es, ihn anzusehen. Sie hoffte inständig, daß er sie nicht küssen würde, denn dann würde sie all ihre Entschlossenheit verlieren und ihm die Wahrheit gestehen.

»Es ist schon spät«, sagte sie nervös. »Wir müssen zurückgehen. Das Abendessen...«

»Wir essen frühestens in einer Stunde. Diese Blumen haben genau die Farbe deines Kleides. Ich erinnere mich, wie reizend du auf deinem Einführungsball mit den frischen Blumen im Haar ausgesehen hast, und ich möchte dich gern wieder so sehen.«

Bei diesen Worten begann er, die Blumen durch die Bänder zu stecken, die ihre Locken zusammenhielten.

Arabella bemühte sich krampfhaft, nicht auf seinen kräftigen, von der Sonne gebräunten Hals zu sehen oder darauf zu achten, wie seine Brust sich beim Atmen hob und senkte; seine Männlichkeit drohte sie zu überwältigen und ihre Vorsätze ins Wanken zu bringen. Vor ihren Augen verschwamm alles, und sie zitterte am ganzen Körper, während er in aller Ruhe fortfuhr, die Blumen in ihr Haar zu stecken. Sie wagte nicht, einen Schritt rückwärts zu machen, um seine Nähe nicht mehr spüren zu müssen, weil sie befürchtete, daß er dann die Verzweiflung in ihrem Gesicht sehen und sie nach dem Grund dafür fragen könnte.

Sie blieb also stehen, doch ihre verkrampfte Haltung veranlaßte ihn zu der Frage: »Ich habe den Eindruck, daß du darauf erpicht bist, mich möglichst schnell zu verlassen. Hast du etwa Angst vor mir?«

»Angst?« Arabella versuchte in seinem Gesicht zu lesen, aber sie konnte es im Schatten der Hecke nur undeutlich sehen. »Wie kommst du darauf, Giles?« Vergessen waren alle Pläne, sich bei ihm unbeliebt zu machen. Sie blickte zu ihm auf, und ihre Augen flehten um sein Verständnis. Sie wollte nicht, daß er glaubte, daß es Angst war, was sie in seiner Gegenwart so nervös machte, obwohl es der Wahrheit entsprach: Ja, sie hatte entsetzliche Angst davor, daß sie nicht mehr fähig war, ihm die Wahrheit länger zu verschweigen.

»Ich bin auf diese Vermutung gekommen«, erwiderte er trocken, »weil ich gesehen habe, wie du reagiert hast, als ich auf dich zukam,

174

und weil auch dein jetziges Verhalten dafür spricht.«

Ja, er hatte recht, dachte sie unglücklich. Sie wollte sich von ihm abwenden, aber er hob mit den Fingerspitzen ihr Kinn, so daß sie gezwungen war, ihm in die Augen zu sehen.

»Wenn es nicht Angst ist, was ist es dann?« fragte er leise. »Keine Antwort? Nun gut, gehen wir weiter, und ich verspreche, daß ich dich nicht mehr mit persönlichen Fragen quälen werde. Und nun erzähle mir, wie dir Rothwell gefällt.«

»Es ist wunderschön«, erwiderte Arabella artig. Sie wünschte im stillen, daß die Abendluft nicht so süß nach Blumen duften und nicht so sanft und lind ihre Haut liebkosen und alle möglichen leichtfertigen Begierden in ihr erwecken würde – wie zum Beispiel den Wunsch, sich an Giles' Schulter zu schmiegen und – die Kühnheit dieses Gedankens verschlug ihr fast den Atem! – im Schatten der Hecke einen um Verzeihung bittenden Kuß auf seinen Mund zu hauchen.

Arabella zog sich immer mehr in sich selbst zurück. Giles' leichter Griff um ihren Arm gemahnte sie mit schmerzlicher Deutlichkeit an all das, was sie verlieren würde.

Die Abenddämmerung senkte sich hernieder, und die Schatten der Hecken wurden tiefer. Das Zwitschern der Vögel verstummte.

»Also Rothwell gefällt dir einigermaßen, nicht aber sein Besitzer. Stimmt's?«

Die kühle Ironie in seinen Worten tat ihr so weh, daß sie ihm beinahe alles gestanden hätte – aber sie mußte festbleiben; sie mußte ihre eigenen Wünsche ersticken und nur an sein Wohl denken.

»So etwas darfst du mich nicht fragen«, sagte sie mit gekünstelter Ruhe, »das bringt mich in Verlegenheit.«

»Möglich – wenn du ein so schüchternes kleines Ding wärst wie Cecily Waintree. Willst du damit sagen, daß ich es bin, der dir nicht gefällt?«

Arabella erblaßte und wünschte sich weit weg.

»Ich . . .«

Giles packte ihren Arm fester, und sein Gesicht zeigte deutlich, wie zornig er war.

»Machen wir uns nichts vor. Ich bin nicht so dickfellig, daß ich nicht merke, wie gern du mich los wärst. Aber vielleicht täusche ich mich doch . . .«

Arabella betete innerlich darum, daß er nicht hören konnte, wie ihr Herz hämmerte.

»Vielleicht willst du mir nur zu verstehen geben, daß du nichts für mich empfindest? Nun gut, stellen wir deine Gleichgültigkeit einmal auf die Probe«, sagte er so heftig, daß sie vor Schreck erstarrte, und dann preßte sich sein Mund hart und rücksichtslos auf ihren Mund. Immer wieder forderte er von ihren widerspenstigen Lippen die Antwort, die er haben wollte, obwohl sie alles versuchte, um sie ihm zu verweigern.

Aber er wollte nicht nur durch Zwang beweisen, daß er sie dazu bringen konnte, ihre Gefühle zu offenbaren. Plötzlich wurde sein Kuß zärtlich und behutsam, und jetzt ergab sie sich ihm freiwillig.

Einen Augenblick lang wurde sie von einer Woge der Glückseligkeit überflutet. Aber dann kämpfte sie entschlossen den Wunsch nieder, für immer in seinen Armen zu bleiben, riß sich los und rannte davon, ohne einen Gedanken daran zu verschwenden, daß sie nicht wußte, wohin der Weg führte. Sie mußte ihm entfliehen, bevor sie ihm ihre törichte Liebe noch deutlicher offenbart hatte, denn dann würde Giles keine Ausflüchte mehr dulden und sie nicht in Ruhe lassen, bis sie ihm die Wahrheit gestand – eine Wahrheit, die sie ihm um seinetwillen verschweigen mußte.

Sie fühlte immer noch den Druck seiner Lippen, und der Aufruhr der Sinne, den seine Berührung in ihr entfesselt hatte, war noch nicht abgeklungen. Plötzlich versperrte eine grüne Wand ihr den Weg, und als sie sich umdrehte, stand Giles vor ihr.

»Du wirst den Weg hinaus niemals allein finden. Nur deshalb und aus keinem anderen Grund bin ich dir nachgegangen. Für heute wollen wir die Dinge auf sich beruhen lassen, da das so offensichtlich dein Wunsch ist.« Es war ihm nicht entgangen, wie unglücklich und verstört sie war, und obwohl er sich einen Toren schalt, weil er seinen Vorteil nicht weiterverfolgte, konnte er es nicht über sich bringen, sie noch mehr zu bedrängen. »Aber das soll nicht heißen, daß wir miteinander fertig sind. Du stehst mir keineswegs gleichgültig gegenüber, auch wenn du das noch so sehr beteuerst, und wenn ich wollte, könnte ich dir das sofort beweisen.«

Mit diesen Worten packte er sie beim Arm und führte sie zum Ausgang des Labyrinths.

Als Arabella endlich in der Geborgenheit ihres Zimmers war, entdeckte sie, daß die Blumen noch in ihrem Haar steckten. Mit zitternden Händen zog sie sie heraus und legte sie sorgsam zwischen die Seiten eines Reiseführers, den sie mitgebracht hatte. Vielleicht würden sie ihr in den langen einsamen Tagen, die vor ihr lagen, ein Trost sein – auch wenn Giles in dem Glauben war, er habe sie – ebenso wie seine Zärtlichkeiten – ihrer Schwester geschenkt.

Arabella rührte das Abendessen kaum an, und Lady Rothwell fragte sie besorgt, ob sie sich nicht wohl fühle. Sie brachte es nicht fertig, Giles anzusehen, und nur Kit schien von der Atmosphäre, die bei Tisch herrschte, nicht berührt zu sein.

Nach dem Essen zog er Arabella beiseite und lächelte sie verschmitzt an. »Ich vermute, daß mein Anspruch auf dich sich mit dem von Giles nicht mehr messen kann«, sagte er mit einem vielsagenden Blick. »Ich bin sicher, daß er deine Zuneigung erwidert.«

»*Meine* Zuneigung? Du meinst wohl Sylvanas«, erwiderte sie traurig, schwieg dann aber, weil Giles sich zu ihnen gesellte und Kit nach dem Pferd fragte, das er sich angesehen hatte.

Arabella war über ihre Reaktion auf Giles' Kuß selbst überrascht. Sie hätte nie gedacht, daß sie zu einer so hemmungslosen Gefühlsaufwallung fähig sei. In jenen paar Sekunden hatte nichts für sie Bedeutung gehabt, außer daß sie zusammen waren. Waren solche Gefühle ein Bestandteil der Liebe? fragte sie sich. Als ob man von einem Feuer verzehrt würde und gleichzeitig vor Verlangen zerschmolz? Sehnsüchte, die sie noch nie empfunden hatte, ließen alle ihre bisherigen Vorstellungen von der Liebe erblassen. Wie ein Schock traf sie die Erkenntnis, daß Sylvana Roland gegenüber wohl die gleichen Empfindungen hatte.

Sylvana! Vielleicht konnte ihre Schwester ihr helfen. Plötzlich wußte sie, was sie zu tun hatte. Sie bat Lady Rothwell, sich zurückziehen zu dürfen, und eilte in ihr Zimmer. Ihre Gedanken rasten den Worten voraus, die sie an ihre Schwester schrieb.

Diesmal verschwieg sie nichts, sondern enthüllte ihre Gefühle und bat ihre Schwester um Hilfe und Verständnis.

»Meine liebe Sylvana,
wie Du siehst, sind wir jetzt in Rothwell. Kit bekommt endlich das ersehnte Offizierspatent, und Lady Rothwell hat sich

damit abgefunden, daß er sie bald verlassen wird. Aber ich schreibe Dir heute nicht, um Dir Neuigkeiten mitzuteilen, sondern will Dich um Deine Hilfe bitten.

Vor einiger Zeit habe ich Dir berichtet, daß Giles zu mir in meiner Rolle als Sylvana sehr freundlich ist. Ich weiß nicht, wie ich es Dir erklären soll, aber anscheinend hat er sich in die Person, für die er mich hält (mit anderen Worten: in Dich, liebe Schwester!), verliebt. Du kannst Dir sicher vorstellen, wie die alte Arabella, dir nur den Wunsch hatte, ihn zu verletzen und zu demütigen, sich an dieser Situation ergötzt hätte, aber jetzt ist alles ganz anders. Du hast einmal versucht, mir die Gefühle zu beschreiben, die ein Mädchen empfindet, wenn es einen Mann liebt. Genau diese Gefühle sind es, die meinen Haß zum Verschwinden gebracht haben. Ich gestehe Dir – und nur Dir allein –, daß diese Gefühle ganz gefangenhalten. Das ist der Grund, warum ich Dich um Deine Hilfe bitte, denn Giles ist anscheinend entschlossen, unsere Beziehung fortzusetzen, und hat mir das auch gesagt. Aber wie kann ich, die ich ihn so verzweifelt liebe, gestatten, daß er weiter um mich wirbt, wenn ich weiß, daß er in dem Glauben ist, ich sei Du! Ich weiß, es ist ebenso ausgeschlossen, daß er meine Liebe erwidert wie Du die seine, aber zumindest kann ich ihm die demütigende Erkenntnis ersparen, daß er sich in ein Hirngespinst verliebt hat – in eine Frau, die es gar nicht gibt, und aus diesem Grund habe ich mich bemüht, ihn kühl zu behandeln und jedes Alleinsein mit ihm möglichst zu vermeiden.

Ich weiß nicht, wie lange ich mich noch beherrschen kann. Es ist durchaus möglich, daß ich mich durch irgendeinen unbedeutenden Anlaß aus der Fassung bringen lasse und mich verrate. (Könntest Du Deine Liebe zu Roland verbergen, wenn er Dich in die Arme nimmt und Dich küßt, bis Du Deine Gefühle nicht mehr unterdrücken kannst?) Wenn Du mich lieb hast, dann hilf mir. Schreibe mir umgehend und schicke mir den Brief durch einen unserer Diener. Bitte mich dringend, nach Hause zu kommen. Vielleicht würde die Erwähnung irgendeiner Krankheit oder eines Unfalls Deiner Bitte Gewicht verleihen, aber das überlasse ich Dir. Ich weiß nur, daß ich Rothwell verlassen muß, bevor ich mich verraten habe. Ich bitte Dich nicht nur um meinetwillen, sondern auch um Giles' willen. Es wäre mehr, als ich ertragen kann, wenn ich die bittere Verachtung in seinen Augen sehen müßte, sobald er erkannt hat, daß ich Arabella und nicht Sylvana bin. Ich werde für meinen törichten Streich hart bestraft. Wie sehr sehne ich mich danach, einmal zu erleben, daß er mich um meiner selbst willen in die Arme nimmt und nicht weil er glaubt, Dich vor sich zu haben.

Ich bitte Dich noch einmal inständig, mir sofort zu antworten. Ich schicke diesen Brief durch einen Reitknecht, damit Du ihn ohne Verzögerung bekommst. Morgen gibt Lady Rothwell einen Tanzabend, und das wird für mich Himmel und Hölle zugleich sein, denn Giles wird mich sicher zum Tanz auffordern . . .«

Die Feder hörte plötzlich auf, über das Papier zu kratzen, und eine Träne tropfte auf die letzten Worte und verschmierte die Schrift ein bißchen.

Ich kann jetzt nicht weiterschreiben, dachte Arabella. Alles andere werde ich Sylvana erzählen, wenn ich wieder zu Hause bin. Einige Dinge würde sie allerdings niemals erfahren. Arabella verschloß den Brief mit Siegelwachs und ging trotz der späten Stunde nach unten, um nach einem Diener zu suchen.

In der Eingangshalle war niemand, nur die Kerzen glimmten noch in den Wandleuchtern. Unter der Tür zur Bibliothek sah sie einen Lichtstreifen, der ihr verriet, daß Giles noch auf war. Auf Zehenspitzen schlich sie an der Tür vorbei.

Plötzlich trat der Butler aus einem der Salons, und sie erschrak. Als sie sich wieder gefaßt hatte, gab sie ihm den Brief und bat ihn eindringlich, dafür zu sorgen, daß er *sofort*, noch *in dieser Nacht*, an ihre Schwester auf den Weg gebracht wurde. »Vielleicht könnte einer der Reitknechte . . .«, sagte sie zögernd und war sehr erleichtert, als der Butler ihr versicherte, daß er sich sofort darum kümmern würde.

Als Arabella gegangen war, betrachtete er den Brief nachdenklich, dann klopfte er an die Tür zur Bibliothek.

Giles saß vor dem Kaminfeuer, ein Glas Wein in der Hand. Auf einem Tisch neben ihm lagen einige Papiere. Er hatte geglaubt, daß Arbeit das geeignete Mittel sei, um ihn von der Erinnerung an das, was sich im Labyrinth ereignet hatte, abzulenken, aber immer wieder sah er Arabellas unglückliches Gesicht vor sich.

Er nahm den Eintritt des Butlers mit einem kurzen Lächeln zur Kenntnis.

»Ich bedaure, Sie zu stören, Euer Gnaden, aber Miß Markham hat mich soeben gebeten, diesen Brief an ihre Schwester zu befördern. Es schien ihr sehr viel daran zu liegen, daß er sofort nach Darleigh Abbey gebracht wird. Ich dachte, Sie sollten Bescheid wissen.«

Vor der Dienerschaft kann man wirklich nichts geheimhalten, dachte Giles ergrimmt, nahm den Brief entgegen und legte ihn auf den Schreibtisch.

»Sie dürfen den Brief mir überlassen«, sagte er ruhig. »Ich werde selbst für seine Beförderung sorgen.«

Nachdem der Butler gegangen war, warf Giles einen nachdenklichen Blick auf den Brief. Was mochte er enthalten? Er dachte an Arabellas traurige Augen und streckte eine Hand aus, zog sie jedoch wieder zurück. Er konnte doch nicht einen Brief öffnen und lesen, der nicht für ihn bestimmt war!

Er schenkte sich ein Glas Wein ein, trat ans Fenster und sah in die Nacht hinaus, aber der Brief zog seinen Blick wie ein Magnet an.

Wenn die Liebe im Spiel ist, wird alles andere unwichtig, gestand er sich ein. Der Brief mußte sehr wichtig sein, wenn Arabella gebeten hatte, ihn sofort auf den Weg zu bringen. Hatte sie Sylvana anvertraut, daß ihr seine Werbung unwillkommen war? Er mußte Klarheit haben.

Obwohl er Gewissensbisse hatte, nahm er das Papiermesser zur Hand und schlitzte entschlossen das Siegel auf, bevor er seine Meinung ändern konnte. Trotzdem dauerte es ein paar Minuten, bevor er es über sich brachte, den Brief zu lesen.

Zuerst überflog er das Geständnis nur, dann las er es noch einmal sorgfältig durch. Als er die Tränenflecken sah, preßte sich sein Mund etwas zusammen.

Das arme Kind hatte wirklich sehr gelitten, und zwar völlig umsonst. Er wäre nie auf die Idee gekommen, daß sie aus Sorge um ihn geschwiegen hatte. Mit einem ihm ganz ungewohnten Gefühl der Demut griff er nach der Glocke, aber dann wurde ihm bewußt, wie spät es schon war.

Er überlegte einen Moment, setzte sich an den Schreibtisch und langte nach Papier und Feder. Zehn Minuten später stand ein Reitknecht vor ihm, dem er sehr genaue Anweisungen über die Beförderung des Briefes gab.

Wenn er Glück hatte, würde Sylvana ihm zu Gefallen ihren Antwortbrief aufschieben, bis er Zeit gehabt hatte, mit Arabella ins reine zu kommen. Er überlegte hin und her, wie er ihr schonend beibringen sollte, daß er alles wußte, verwarf jedoch alle Pläne wieder. Plötzlich huschte ein Lächeln über sein Gesicht. Ja, das würde der beste Weg sein, um allen Mißverständnissen und Verstellungen ein Ende zu bereiten. Er schloß eine Schreibtischschublade auf und nahm ein Kästchen heraus.

## 12

Arabella war schon am Morgen nervös und ängstlich, weil sie nicht wußte, wie sie einen weiteren Tag in Giles' Gesellschaft überstehen sollte, ohne sich zu verraten. Sie hatte wieder schlecht geschlafen, ihr Gesicht war blaß, die Augen umschattet. Ihr einziger Trost war der Gedanke, daß der Brief bald in Sylvanas Händen sein mußte.

Als sie im Frühstückszimmer erschien, war Lady Rothwell bereits da und sah ihre Post durch.

»Du siehst blaß aus, Kindchen«, schalt sie liebevoll und klopfte einladend auf den Sitz des Stuhls, der neben dem ihren stand. »Komm und setz dich zu mir. Irgendwo muß ein Brief für dich sein.«

Arabellas Herz machte einen Sprung. Sylvana konnte doch unmöglich schon geantwortet haben? Der Brief trug zwar die Handschrift ihrer Schwester, aber als Arabella ihn in die Hand nahm, wurde ihr klar, daß er schon einige Tage alt war, denn Sylvana hatte ihn nach London geschickt, von wo aus er dann nach Rothwell gesandt worden war.

Sylvana war offensichtlich in Hochstimmung gewesen, als sie den Brief schrieb.

»Papa hat meiner Verlobung mit Roland zugestimmt, und Rolands Mutter wird uns zu Ehren eine Abendgesellschaft geben.
Ich möchte Dich so gern wieder zu Hause haben, damit wir gemeinsam Pläne schmieden können. Ich werde in unserer Dorfkirche heiraten. Ach, Arabella, Du kannst Dir nicht vorstellen, wie glücklich ich bin! Ich bin überzeugt, daß es nie so gekommen wäre, wenn ich statt Dir nach London gefahren wäre...«

In dieser Tonart ging es noch eine Weile weiter. Als Arabella mit der Lektüre fertig war, dachte sie, daß ihr falsches Spiel wenigstens einem Menschen Glück gebracht hatte; trotzdem wünschte sie von ganzem Herzen, daß sie sich nie auf diese Maskerade eingelassen hätte. Plötzlich wurde ihr mit schmerzhafter Deutlichkeit klar, daß es zum ersten Mal in ihrem Leben einen Menschen gab, der ihr mehr bedeutete als ihre Zwillingsschwester.

»Schlechte Nachrichten, mein Kind?« fragte Lady Rothwell besorgt, der Arabellas Blässe gar nicht gefiel.

Arabella schüttelte den Kopf. »Es ist nur ein Brief von meiner Schwester.«

Wie wahr war doch das alte Sprichwort, daß eine Lüge tausend neue gebar. Da sie sich ja als Sylvana ausgab, durfte sie Lady Rothwell nichts über die Verlobung ihrer Schwester erzählen. Seufzend legte sie die Seiten zusammen. Sylvana mußte jetzt über ihren großen Kummer Bescheid wissen und ihre Bitte um Hilfe gelesen haben. Wie lange würde es wohl dauern, bis die Antwort hier eintraf? Lady Rothwells Stimme riß sie aus ihren Gedanken.

»Ich möchte dich um einen Gefallen bitten«, sagte sie. »Ich habe Jake, unserem Obergärtner, gesagt, daß wir für heute abend Blumen und frisches Obst brauchen. Er wird bestimmt so tun, als ob er es vergessen hätte. Ich möchte schwören, daß ihm seine Blumen genauso lieb und teuer sind wie seine eigenen Kinder. Würdest du wohl für mich zur Orangerie gehen und mit ihm sprechen? Dein reizendes Lächeln wird mehr bei ihm erreichen als meine Bitten.«

Lady Rothwell hatte von allen Eingeladenen Zusagen erhalten. Rothwell war der größte Landsitz in der Gegend, und es gab nur wenige Leute, die eine Einladung zugunsten eines anderen Vergnügens ablehnen würden. Nachdem jetzt die Zahl der Gäste feststand, machte sich Lady Rothwell auf den Weg zum Küchenchef.

Froh, eine Beschäftigung zu haben, auch wenn sie noch so unbedeutend war, wanderte Arabella zur Orangerie, die sich als ein ganz entzückendes Bauwerk erwies. Der Gärtner, der sonst eine verdrießliche Miene zur Schau trug, zeigte sich von seiner freundlichsten Seite. Er führte Arabella durch die Gewächshäuser und zeigte ihr die Pfirsiche und Trauben, die als Tafelobst gezogen wurden, sowie die Treibhausblumen, die ebenfalls nur für das Schloß bestimmt waren.

Nachdem sie ihm das Versprechen abgenommen hatte, daß er Lady Rothwells Bestellung ausführen werde, ging Arabella am See entlang zurück und bewunderte die Schwäne.

Das Mittagessen war nur ein leichter Imbiß, zu dem auch Kit erschien, der sich den ganzen Vormittag über nicht hatte blicken lassen, was er damit entschuldigte, daß er noch viel erledigen müsse, bevor er zu seinem Regiment nach London abreise.

Von Giles war nichts zu sehen, und Arabella brachte es nicht über sich, nach ihm zu fragen. Vielleicht wurde er von Gutsangelegenheiten an seinem Schreibtisch festgehalten – oder mied er etwa ihre Gesellschaft?

»Kit ist völlig verändert«, sagte Lady Rothwell zu Arabella, als sie wieder allein waren. »Armer Giles, in der letzten Zeit hat er mit seiner Mutter und seinem Bruder eine Menge durchmachen müssen.« Anscheinend wollte sie noch etwas sagen, aber zu Arabellas Erleichterung besann sie sich anders und fragte statt dessen, ob Arabella das Sèvres- oder das Meißener-Service für geeigneter halte.

»Giles hat bei Mr. Wedgewood ein neues Service in Auftrag gegeben, aber es ist noch nicht fertig. Es soll das Familienwappen ins Dekor einbeziehen und sehr hübsch sein.«

Nach einigem Hin und Her entschied sie sich für das Meißener und bat Arabella, die Haushälterin davon zu verständigen.

Das Speisezimmer bot einen Blick auf den Park. Hinter den französischen Fenstern lag eine Steinterrasse, auf der große, mit Blumen gefüllte Schalen standen. Das in Grün und Gold ausgeführte Dekor des Raumes gefiel Arabella besonders gut, aber sie wollte ihr Herz nicht allzusehr an Rothwell hängen.

Da es auf dem Land Brauch war, schon um sieben Uhr zu dinieren, ging Arabella um fünf Uhr in ihr Zimmer, um sich umzuziehen. Sie überlegte gerade, welches Kleid sie anziehen solle, als Lady Rothwell hereinkam; sie wirkte etwas aufgeregt.

»Bitte, zieh das grüne Kleid an, Liebling«, bat sie, ohne davon Notiz zu nehmen, daß Arabella überrascht aufblickte. War die Robe, die sie auf ihrem Einführungsball getragen hatte, nicht etwas zu großartig für eine zwanglose Abendgesellschaft mit Tanz? Aber Lady Rothwell verfügte über einen ausgezeichneten Geschmack, und Arabella hatte ihr Talent, für jede Gelegenheit die passende Toilette zu wählen, schon oft bewundert.

Lady Rothwell läutete nach Lucy und befahl ihr, das grüne Kleid aufzubügeln. Sie war soeben bei Giles gewesen, der ihr eine Mitteilung gemacht hatte, die sie in große Aufregung versetzte. Gemäß seinen Anweisungen eilte sie davon, bevor Arabella irgendwelche Fragen stellen konnte, und sagte von der Tür aus noch schnell, Arabella möge den Diamantschmuck anlegen, den Giles ihr geschenkt hatte.

Warum nicht, dachte Arabella seufzend. Es würde sowieso das letzte Mal sein.

Mit bauschenden Röcken lief Arabella die Treppe hinunter. Sie hatte sich etwas verspätet, weil Lucy einen Handschuh verlegt hatte und kein Reservepaar finden konnte. Zum Glück hatte Lady Rothwells Zofe ein Paar Handschuhe gebracht, die Arabella sehr gut paßten.

Die große Halle war voll von lachenden und schwatzenden Leuten, und Arabella blieb auf der Treppe stehen, von einer plötzlichen Scheu überfallen.

»Versteckst du dich in den Schatten?«

Sie hatte nicht bemerkt, daß Giles hinter ihr stand, und fuhr zusammen, als sein Arm sich für einen Moment leicht um ihre Taille legte.

»Gehen wir zusammen hinunter?« Ohne auf ihre Antwort zu warten, legte er ihre Hand auf seinen Arm, und das war das Bild, das sich den Gästen bot, als das Paar in der Halle erschien.

Die meisten Nachbarn der Rothwells gehörten zum Landadel. Es waren schlichte Leute, die Arabella mit großer Herzlichkeit in ihren Kreis aufnahmen. Keiner der Herren kann sich mit Giles messen, dachte sie mit heimlichem Stolz.

Bei Tisch saß er zu ihrer Rechten, und Arabella hatte bemerkt, daß eine oder zwei Damen mit dieser Bevorzugung nicht ganz einverstanden waren, aber natürlich hatte niemand dagegen protestiert.

Während des Essens bemerkte sie ein- oder zweimal, daß Giles' Blick auf ihr ruhte, aber das war wohl reiner Zufall, sagte sie sich. So wie sie sich seit ihrer Ankunft in Rothwell benommen hatte, mußte sie seine Zuneigung zu ihr zerstört haben.

Arabella neigte höflich lauschend den Kopf, als der Herr zu ihrer Linken ihr erzählte, daß er vor zwanzig Jahren öfter in London gewesen sei. »Aber für mich ist Oxfordshire gut genug«, sagte er herzhaft. »Hab' nichts für Städte übrig. Viel zu laut und schmutzig.«

»Oh, Sir William, Sie sind unfair«, protestierte eine füllige Matrone. »Wollen Sie uns alle dazu verdammen, altmodisch angezogen zu sein und unelegant auszusehen?«

Die Damen lachten über Sir Williams Gesichtsausdruck, und Lady Rothwell erklärte: »Es gibt nichts Besseres als eine Saison in London, um jungen Leuten etwas Schliff beizubringen.«

Irgend jemand erkundigte sich nach Lady Waintree und Cecily, und die Unterhaltung wurde sehr allgemein. Aber trotz der köstlichen Speisen und obwohl jedermann freundlich zu ihr war, konnte Arabella den Abend nicht genießen.

Endlich war das Diner zu Ende. Arabella erwartete, daß Lady Rothwell den Damen jetzt das Zeichen zum Aufstehen geben werde, aber zu ihrer Überraschung erschien abermals der Butler, gefolgt von drei Dienern, die Tabletts mit hohen schmalen Gläsern und einigen Flaschen Champagner hereintrugen.

Nachdem die Diener wieder gegangen waren, erhob sich Giles und blickte lächelnd über die Tafel.

»Meine Freunde«, sagte er mit ruhiger Stimme, »es ist für mich immer wieder eine Freude, nach Rothwell zurückzukommen, aber diesmal ist meine Rückkehr mit einem besonders glücklichen Ereignis verbunden.« Bei diesen Worten warf er einen Blick auf Arabella, den diese verblüfft auffing. Was meinte er denn? Wollte er etwa Kits bevorstehende Abreise verkünden? Aber das würde er doch nicht als ein glückliches Ereignis bezeichnen?

»Meine Damen und Herren«, fuhr Giles fort, »ich stelle Ihnen hiermit die nächste Lady Rothwell vor – meine Verlobte, Miß Markham.«

Sofort brach ein aufgeregtes Stimmengewirr los, Gratulationen und erstaunte Ausrufe schwirrten durch die Luft, aber Arabella nahm davon kaum etwas wahr. Giles griff nach ihrer eiskalten Hand und schob einen Ring mit einem großen funkelnden Diamanten über ihren Finger. Dann stand Lady Rothwell auf, kam zu ihr und geleitete sie hinaus in den Salon, wo sich Arabella auf einen Stuhl sinken ließ und in ungläubigem Schweigen vor sich hin starrte. Die anderen Damen folgten ihnen.

Giles hatte ihre Verlobung verkündet! Was, um alles in der Welt, mochte in ihn gefahren sein? Und ohne sie überhaupt zu fragen! Im ersten Moment stieg brennender Zorn in ihr auf, weil er es wagte, sie so zu behandeln, doch gleich darauf wurde sie von einer tiefen Verzweiflung befallen, denn diese Verlobung konnte ja keine Gültigkeit haben. Stumm blickte sie auf den glitzernden Ring an ihrem Finger.

»Der Verlobungsring der Rothwells«, flüsterte Lady Rothwell ihr zu. »Ich bin ja so glücklich, mein Liebes. Genau das habe ich mir immer gewünscht.«

»Wie romantisch!« sagte eine Dame, die sich neben Arabella setzte und den Ring bewunderte.

Für Arabella verging die Zeit, bis die Herren sich wieder zu den Damen gesellten, wie im Fluge. Dann gab Lady Rothwell der Kapelle das Zeichen, den ersten Walzer zu spielen.

Giles verbeugte sich vor Arabella, bot ihr seinen Arm und führte sie auf die Tanzfläche. »Mach nicht so ein ernstes Gesicht«, flüsterte er ihr ins Ohr, »alle erwarten, daß du glücklich bist.«

»Wie konntest du nur!« sagte Arabella erbittert, als er sie in die Arme zog. »So ohne weiteres unsere Verlobung zu verkünden!«

»Unfair von mir, nicht wahr?« stimmte Giles ihr mit einem spöttischen Lächeln zu. »Aber mir fiel kein anderer Weg ein, wie ich verhindern konnte, daß du mir wegläufst, und so beschloß ich, sozusagen den Karren vor das Pferd zu spannen und...« Er unterdrückte einen Fluch, als die Musik aufhörte zu spielen und ein Gast auf ihn zutrat, um ihm zu gratulieren.

Während die beiden Herren miteinander sprachen, ging Arabella unauffällig zu ihrem Platz zurück. Giles ließ sie keinen Moment aus den Augen. Sie war zutiefst erregt und hatte nur den Wunsch, das Haus zu verlassen, um in Ruhe über alles nachzudenken. Jetzt würde sie Giles die Wahrheit sagen müssen. Sie konnte nicht länger zulassen, daß er sich einer Täuschung hingab. Sie stand auf und ging zu den französischen Fenstern vor der Terrasse.

Der Park schien ihr zuzuwinken, und sie schlüpfte hinaus, ohne daß es einem der Gäste auffiel. Die Nacht war lau, und sie ging hinunter zum See, auf dessen Wasser das Mondlicht schimmerte. Tief in Gedanken versunken ging sie weiter, ohne auf den Weg zu achten, und stand plötzlich vor der dunklen und verlassenen Orangerie.

Lady Rothwell hatte ihr erzählt, daß ihre Vorgängerin oft musikalische Abende in diesem bezaubernden Wintergarten veranstaltet hatte. Arabella ging hinein, und sofort begann sich ein Gefühl des Friedens in ihr auszubreiten. Der würzige Duft der Früchte wirkte belebend. Sie erinnerte sich, daß sie in einer Nische eine schmiedeeiserne Sitzbank mit gestreiften Seidenkissen gesehen hatte, und ging dorthin.

Jetzt war sie endlich allein und konnte ihre Gedanken nach Herzenslust wandern lassen. Zumindest hatte sie ihre Erinnerungen, die ihr teuer waren – ein paar Küsse, die für Giles nichts, für sie jedoch alles bedeuteten. Sie schlug die Hände vor das Gesicht und weinte bitterlich.

In diesem Zustand traf Giles sie an, der beobachtet hatte, wie sie das Haus verließ, und ihr gefolgt war.

Arabella hörte ihn nicht eintreten und merkte erst, daß sie nicht mehr allein war, als Giles ihre Schulter berührte. Sie sprang sofort auf und betete innerlich darum, daß er ihre Tränen nicht gesehen hatte.

»Warum bist du aus dem Haus geflohen?«

In der Hoffnung, daß sie im Schutz der Dunkelheit mehr Mut haben würde als im hellen Licht des Tages, holte Arabella tief Atem.

»Giles, ich muß dir etwas sagen. Ich bin nicht Sylvana . . .« Ihre

Stimme verstummte, als ihre Augen sich wieder mit Tränen füllten. Sie brachte es nicht fertig, Giles anzusehen. Was dachte er jetzt? Wie reagierte er auf ihr Geständnis?

»Du schweigst«, sagte sie mit bebender Stimme, »und das kann ich dir nicht verdenken. Du mußt schockiert sein – angewidert. Glaube mir, nichts, was du mir sagst, könnte mich elender machen, als ich es schon bin.« Sie zerrte an dem Diamantring, aber ihre Hände zitterten so sehr, daß sie ihn nicht vom Finger ziehen konnte. »Ich reise morgen ab. Du brauchst mich nie wiederzusehen... Ich hätte alles darum gegeben, um dir das zu ersparen. Bitte, glaube mir, ich wollte nichts Böses tun. Wenn ich gewußt hätte, was sich daraus entwickeln würde...«

»Arabella, Kind, hör auf, dich zu quälen. Es ist abscheulich von mir, dich so leiden zu lassen. Mein Liebling, ich habe deine Täuschung von Anfang an durchschaut und mich trotzdem in dich verliebt.«

Giles zog das zitternde Mädchen an sich heran und hob ihr Kinn, so daß sie ihn ansehen mußte.

»Hältst du mich wirklich für so dumm, daß ich das Mädchen, das ich liebe, nicht kenne?«

Arabella wagte ihren Ohren nicht zu trauen. »Du hast es die ganze Zeit gewußt? Aber warum hast du kein Wort gesagt, warum...« Plötzlich wich die Erleichterung in ihrem Gesicht neuer Pein, und Giles erriet sofort, was sie dachte.

»Nein, nein... So war es bestimmt nicht. Glaubst du etwa, daß ich mein Spiel mit dir getrieben habe? Daß ich dich dazu brachte, dich in mich zu verlieben, um dich zurückzustoßen und dir die Wahrheit ins Gesicht zu schleudern? Ich gebe dir mein Wort, daß ich niemals an so etwas gedacht habe. Du bist keine gute Schauspielerin – und außerdem hast du mir einen sichtbaren Beweis geliefert, als ich dir nach deinem Reitunfall im Park half.« Er tupfte mit dem Zeigefinger zärtlich auf das kleine Muttermal und zog sie noch fester in seine Arme.

Arabella wagte es immer noch nicht, seinen Worten zu glauben. »Du liebst mich wirklich?« stammelte sie unsicher.

Giles lachte. »Kannst du daran zweifeln?« fragte er mit rauher Stimme, von dem gleichen Gefühl gepackt, das sie erfüllte.

»Schau mich nicht so an«, sagte er, »sonst fühle ich mich gezwungen, dir hier und jetzt zu beweisen, wie sehr ich dich liebe.«

Er lachte abermals, küßte sie zart, und als er spürte, wie ihr unerfahrener Mund sich unter dem seinen bewegte, preßte er sie fest an sich.

Arabella hatte das Gefühl, zu träumen. Konnte es denn wirklich wahr sein, daß sie in Giles' Armen lag, wie sie es sich so lange ersehnt hatte? Daß alle Ängste und Schrecken verschwunden waren? Ihr Herz jauchzte, während Giles' Lippen ihr zärtliche Dinge sagten, für die Worte allein nicht ausreichen.

Sein Kuß wurde drängender und entflammte ihre Sinne, und in ihrem Körper erwachte ein leidenschaftliches Begehren. Sie hatte keinen Zweifel daran, daß Giles ihre Gefühle teilte, und klammerte sich ohne die leiseste Scham an ihn, während er sie die volle beseligende Bedeutung dieses Begehrens lehrte.

Als er ihren Mund endlich freigab, sagte Arabella leise: »Ich wollte dir oft gestehen, wer ich in Wirklichkeit bin. Als du mich vor Conrad gerettet hast, wollte ich es dir sagen, aber dann hast du mich geküßt, und ich wollte um keinen Preis dein Wohlwollen verlieren. Ich war in dem Glauben, daß du deine Zuneigung Sylvana geschenkt hattest. Wir beide haben uns doch immer so feindlich gegenübergestanden. Ich dachte, du habest mich nur geküßt, weil du glaubtest, daß ich Sylvana sei, und daß du mich niemals um meiner selbst willen lieben könntest.«

»Meine arme kleine süße Närrin. Ich ahnte seit deiner Ankunft in London, wer du bist, und als ich das Muttermal sah, fand ich bestätigt, was mein Gefühl mir schon gesagt hatte. Aber ich kannte ja deinen Stolz und befürchtete, daß du sofort die Flucht ergreifen würdest, wenn ich dich zwänge, die Wahrheit zu gestehen, und das wollte ich um jeden Preis verhindern. Als Sylvana mußtest du mich in einem ganz neuen Licht sehen, und ich hoffte, daß du mich allmählich so lieben würdest, wie ich dich liebe. Ich muß dir noch etwas gestehen«, sagte er sehr ernst, »und erklären, warum ich heute abend unsere Verlobung verkündet habe. Ich habe mich höchst unfein benommen und deinen Brief an Sylvana geöffnet. Nicht ohne reifliche Überlegung allerdings. Aber sobald ich den Brief gelesen hatte, wußte ich, daß ich dich unter Druck setzen und unsere Verlobung bekanntgeben mußte, bevor du Rothwell verlassen konntest. Wie ich gehofft habe, hat das dein Geständnis, wer du in

Wirklichkeit bist, herbeigeführt und gleichzeitig mir die Gelegenheit verschafft, dir zu sagen, wie sehr ich dich liebe.«

Nach diesen Worten war es Arabella unmöglich, ihn zu schelten, weil er den Brief geöffnet hatte. Insgeheim war sie sogar froh, daß er es getan hatte, und sie lächelte ihn liebevoll an.

»Du weißt nicht, wie viele lange einsame Jahre ich von diesem Augenblick geträumt habe«, sagte Giles schwermütig und drückte sie besitzergreifend an sich. »Wann hast du zum ersten Mal gefühlt, daß du mich liebst?«

»Ich glaube, das war, als du mich vor Conrad Addison gerettet hast«, gestand Arabella scheu. »Aber ich hatte schon vorher erkannt, daß du mir nicht gleichgültig warst.«

Giles blickte lächelnd auf sie hinunter. »Ich liebe dich schon seit viel längerer Zeit«, sagte er. »Du warst fast noch ein Kind, als ich mir über meine Gefühle für dich schon im klaren war. Jenen Kuß, den ich dir vor Jahren stahl, habe ich teuer bezahlen müssen, aber das konntest du nicht wissen. Ich verspottete mich selbst und hieß mich einen Narren. Ein sechsundzwanzigjähriger Mann verliebt sich Hals über Kopf in eine Sechzehnjährige.«

»Du hast mich damals schon geliebt?« fragte Arabella überrascht. »Aber du hast dich doch mir gegenüber so scheußlich benommen!«

»Ich konnte nicht anders«, erklärte Giles. »Ich gebe zu, daß ich mich damals nicht sehr fein benommen habe, aber du hattest mich gröblich provoziert. Zuerst habe ich mitansehen müssen, wie du meinen Bruder, der noch grün hinter den Ohren war, angehimmelt hast, und dann hast du versucht, mir das Genick zu brechen. Ich wußte nicht, ob ich dich so verprügeln sollte, daß du eine Woche lang nicht hättest sitzen können, oder ob ich dir eine ganz anders geartete Strafe verpassen sollte. Als ich meinem Gefühl statt meinem Verstand folgte, wußte ich, daß ich verloren war.«

»Aber du hast doch gesagt, daß du mich nicht in London haben wolltest«, erinnerte Arabella ihn.

»Das stimmt«, gab Giles offen zu. »Ich wollte dich auf dem sicheren Land wissen, weit entfernt von lüsternen Männeraugen, bis du erwachsen genug sein würdest, deinen kindischen Haß gegen mich abzulegen und mich als einen Mann und nicht als einen Feind zu sehen. Aber in dem Augenblick, als ich erkannte, daß du dich als

Sylvana ausgabst, war mir klar, daß du deine Abneigung gegen mich noch nicht überwunden hattest, und deshalb habe ich dich nicht mit der Wahrheit konfrontiert.«

Einen Moment lang herrschte Schweigen, dann fragte Giles zärtlich: »Nachdem wir nun alles geklärt haben, Miß Arabella Markham, wollen Sie mir die Ehre geben und meine Frau werden?«

»Lieber als alles sonst auf der Welt, Giles«, erwiderte Arabella ehrlich und seufzte gerührt, als Giles ihre Hand an seinen Mund hob und den Finger küßte, der seinen Ring trug.

»Jetzt bist du mein, und ich werde dich niemals von mir fort lassen«, sagte Giles energisch. »Ich habe vier Jahre gewartet, bis ich dir diese Frage stellen konnte. Damals warst du ein Schmetterling, der gerade ausgeschlüpft war, und ich war über mich selbst entsetzt, daß ich dir solche Gefühle entgegenbrachte. Als ich damals nach Rothwell zurückfuhr, war ich fest entschlossen, dich zu vergessen. Ich wußte ja, daß du mich verabscheutest, und ich versuchte mir einzureden, daß meine Gefühle nur eine verspätete Schwärmerei seien, aber tief im Innern wußte ich, daß es nicht so war, und so wartete ich darauf, daß du erwachsen wurdest.«

»Und jetzt bist du der Meinung, daß ich erwachsen bin?«

Seine Augen wanderten forschend über ihr Gesicht und registrierten jede Einzelheit, dann sah er, wie ihre Lippen zitterten, und er küßte sie so leidenschaftlich, daß sie keinen Zweifel an seinen Gefühlen haben konnte.

»Ich könnte dich niemals mit Sylvana verwechseln«, sagte er mit etwas heiserer Stimme, »selbst wenn ich taub und blind werden sollte. Als ich deinen Brief an sie las, wollte ich zu dir gehen, dich in meine Arme nehmen und nie wieder freilassen. Ich habe dir sogar das Zimmer gegeben, das mein Großvater für seine Braut eingerichtet hatte, in der Hoffnung, daß du eines Tages meine Braut sein würdest. Darf ich annehmen, daß diese Hoffnung nicht vergeblich war?«

Er hatte sie zwar schon offiziell um ihre Hand gebeten, aber Arabella fühlte, was diese Frage für ihn bedeutete und nickte schüchtern.

Mit einemmal waren ihr Trotz und ihre Aggressivität verschwunden, und an ihre Stelle trat eine mädchenhafte Unsicherheit, die Giles bezauberte.

»Keine Maskeraden mehr«, murmelte er, und seine Augen wurden plötzlich ganz dunkel, »keine Verstellung mehr. So, jetzt noch ein letzter Kuß, dann müssen wir zu Mamas Gästen zurückgehen. Man wird sicherlich Nachsicht walten lassen, weil wir frisch verlobt sind, aber unser Verschwinden ist bestimmt aufgefallen.«

»Conrad Addison wird der Schlag treffen, wenn er von unserer Verlobung erfährt«, sagte Arabella tief befriedigt. »Übrigens drohte er mir damals damit, daß er dich über mein Täuschungsmanöver aufklären würde, und auf diese Weise hat er mich gezwungen, ihn zu begleiten.«

»Ja, ich weiß, er hat es mir gegenüber zugegeben und war sehr unangenehm berührt, als er feststellen mußte, daß ich seine Hilfe nicht benötigte. Allerdings habe ich ihn nicht aufgeklärt, daß deine Lippen wie himmlischer Nektar schmecken und nicht mit denen einer anderen Frau verwechselt werden können.«

Er schob sie sanft in Richtung auf die Tür, aber Arabella blieb plötzlich wie vom Donner gerührt stehen.

»Deine Mutter!« rief sie entsetzt. »O Giles, was sollen wir ihr sagen?«

»Nichts«, entgegnete Giles prompt. »Sie weiß schon alles – nämlich daß ich dich liebe und daß du Arabella und nicht Sylvana bist. Außerdem hat sie mir erklärt, daß sie es sich von ganzem Herzen gewünscht hat, dich zur Tochter zu bekommen. So, Miß Markham, kommen Sie jetzt mit, oder muß ich Sie wieder küssen ...«

Als Giles' Arme sich fester um sie schlangen, dachte Arabella, daß dies der einzige Platz auf der Welt sei, nach dem sie sich jemals gesehnt hatte, und ihr Mund öffnete sich seinen Liebkosungen. Sie hätte nie geglaubt, daß es so viel Glück geben könnte.

»Deine Gäste«, mahnte sie, wenn auch ohne Nachdruck, ein paar wonnevolle Sekunden später.

»Meine Gäste können warten«, erwiderte Giles kühl und mit mutwillig blitzenden Augen. »Ich habe Wichtigeres zu tun.«